朧月書版

朧月書版

4

灰谷

illust
蜜犬 HONEYDOGS

IRON HORN

Contents

Chapter 154 冰冠星

冰冠星是奧涅金家族名下的產業，這座星球常年覆蓋白雪，有高聳連綿的冰川以及平坦遼闊的雪原，整個實驗基地建在雪原上，是一座巨大的穹頂圓堡，整體風格宏大而深沉，冰天雪地裡一群一群的機器模擬白鳥，在風雪中成群環繞著基地一圈一圈翱翔著，相當符合洛夏人的審美。

邵鈞下了飛船，聞到了清冽的雪的味道，古雷已經迎了上來，看到他笑道：「怎麼現在才來？」

這次空間鈕的製造，他特地為古雷申請了一個席位，且是作為專案負責人，自己僅擔任副手，這也是羅丹要求的：「我的長處是生物，空間鈕我並不擅長，你需要古雷來主持，而且我們兩人都不適合太常出現在人前，空間鈕是劃時代的產品，古雷也研究了很多年，他當之無愧。」

邵鈞卻也有些擔心：「他如果發現你是個機器人身體呢？」

羅丹搖了搖頭笑道：「你就說丹尼爾是我的智慧型機器人，我有事來不了。就算他現在有些懷疑，將來等艾斯丁醒了，再對他的記憶做個小小的混淆就好了——

你別這麼震驚地看著我。我們是不可能篡改記憶的，只是類似心理暗示，暗示他確信我不可能是天網裡的丹尼爾，而現實生活中接觸的我確實就是個智慧型機器人。」

於是古雷便提前到了冰冠星上，聽到邵鈞來了，連忙出來迎接，邵鈞道：「生物機甲那邊還有不少事情要處理，我全安排好了才來。生物機甲系統訂單非常熱門，供不應求，戰場上機甲加裝了這套系統後，能參加對戰的機甲隊伍越來越多，蟲族大軍開始退到牠們的基地去了。」

古雷搖著頭道：「離徹底打退牠們還遠著呢，現在藍星上的沙漠、海島上全都被蟲族盤踞了。帝國和聯盟似乎又在重啟聯軍談判了，似乎是想要組織聯軍共同對抗蟲族。」

邵鈞邊走邊道：「現在聯盟有了生物機甲，稍占上風，帝國自然是想要組聯軍，聯盟估計要討要不少優惠條件。」

古雷笑道：「金錫能源還是非常珍貴的，帝國一直仗著金錫能源掐住聯盟的脖子，現在難得能討價還價，聯盟這邊自然是會狠狠敲一筆。等柯冀再多輸幾場，那時候更好要價，就可憐帝國的人民了。」

邵鈞道：「如果能順利製作出空間鈕，機甲聯軍就可以在短時間內聚集大量機甲隊伍，集中攻擊蟲族，到時候應該就能更有效地取勝。」

古雷道：「我聽說聯盟軍方科學研究所正在研製能夠讓蟲族喪失生育能力的基因武器。」

這是生物學的範疇了，邵鈞忍不住轉過頭看了眼肩膀上的丹尼爾，丹尼爾動了動花瓣，軟軟道：「很難，他們需要找到破壞蟲族基因，又不會影響人類基因的武器。這同樣需要很長時間驗證，短期內一代兩代內都還看不出結果，解不了燃眉之急。貿然使用基因武器，反而怕會對人類造成傷害。很多基因影響，會在很多代以後才顯露出來。這麼多年人類戰爭都禁止使用基因武器，就是怕惡魔的箱子一旦打開就關不上了。人類同樣也是茫茫宇宙中的一個種族，製造滅絕另外一個種族的基因武器，從宇宙發展來看，往往會引起反噬。」

古雷驚駭道：「這是——丹尼爾？」一時之間各種可怕的念頭閃現出來，他甚至又驚又疑地看向了邵鈞。

羅丹歪著花瓣道：「你好，我是丹尼爾的智慧型機器人，我叫丹尼爾。」

古雷臉上表情實在是一言難盡，邵鈞只能睜著眼睛說瞎話：「丹尼爾有更重要的事來不了，這是他仿製的智慧型機器人小丹尼爾，他記憶體裝有非常強大的生物學資料庫，有助於我們的研究。」

古雷臉上神情彷彿走馬燈一般，過了一會乾笑道：「好吧，我一直覺得他出身顯赫，而且知識極其淵博，他其實是不想透露自己的身分吧。」所以天網裡那個丹尼爾，根本就不是真名吧！

他們兩人進入了基地內，許多科學家都紛紛上前來，笑著和他們說話。他們將要在這裡住下好長一陣子，這一次奧涅金依然是花了大價錢聘請了許多高等科學家，而這些科學家也並不止是看在豐厚報酬上，更多是被生物機甲系統所吸引。能夠做出生物機甲系統，攻克多年難題的實驗室，應該也是有一定把握才敢組建空間鈕專案實驗室吧？是否能夠名留青史，就看這一次機遇了。

更重要的是，參與這個專案的科學家還可以帶家屬到基地居住，但只許進不許出，需要簽訂保密協定以及風險協定。如今藍星上蟲族肆虐，不少豪門已經悄悄將家中的女眷、有天分的孩子都送去某些能夠居住的小行星，但這只是極少數豪門才能做到的。當然，在行星上，同樣有可能會被蟲族攻擊，同時還不會有聯盟的軍隊來得及救援，但被蟲族攻擊的機率相對小很多。

聯盟各國基本上有名的科學家都接了聘書，接受了條件，來到了冰冠星上，群英薈萃，只為了研發出空間鈕，雖然都不知道還要待上多少年。

古雷的確是空間鈕專案當之無愧的負責人，在邵鈞支持下，他井井有條地主持起專案來，鈦藍能源他研究多年，空間鈕也已經進行過反覆推算，只差實證了。錢、場地、設備、研究員，樣樣到位，他等了多年，才有這麼一個珍貴機會，制定方案，分組，分工，制定流程，樣樣做得十分細緻周到，加上他基礎理論扎實，又對機甲研究十分透徹，一開始專案組內的科學家們還對這個名不見經傳的機甲大師有些疑慮，畢竟都是衝著研發出生物機甲系統的杜因來的，但很快他們也對古雷心服口服，畢竟古雷是真正有實力的。

「比你辛苦偽裝好多了。之前我每次都要先講半天給你聽，但你還是不懂，還是古雷來主持最合適。」羅丹的花瓣閃耀得如同走馬燈一般，顯然十分得意，邵鈞很是無奈笑道：「拜託，你們兩人都是專家，和我這個古人不能比吧。」

羅丹笑吟吟：「他一來，我們輕鬆多了，專案進度也會比從前進展更快。」

邵鈞道：「大概什麼時候才能出成果呢。」

羅丹道：「沒有三年五年不行的，理論似乎可行，但如果想轉化為實際，那是需要無數次的實驗，推演，反覆選出最優方案，這已經是最快了，如果選擇錯了方案，很可能一切都要推翻重來的——和蟲族的戰爭也不會是一年兩年的事，那是持久戰。」

邵鈞微微有些悵然，羅丹寬慰他：「我們是精神體，時間對我們不起作用，正可以用無限的時間，投入到無限的研究中。」

邵鈞抬眼看他：「你想艾斯丁嗎？」

羅丹將花瓣收成一朵花苞：「想，但是有你陪著一起等，就沒那麼難受了。」

他看了一眼邵鈞，十分促狹地動了動一片花瓣：「我說的是，你也很想早日結束專案，去和夏在一起吧。」

邵鈞嘆了口氣：「可能是因為我以前也是個軍人的緣故，我還是很希望能在前線斬殺蟲族，看他駕駛我做出來的機甲，和他一起操作雙人機甲……真是萬萬想不到我這樣的粗人，也有在後方做科學研究的一天。」

羅丹用銀色葉子拍了拍他的肩膀：「沒法子，你是各方都最信任的人，這專案太重要了。不過這就是你的魅力所在啊，就連艾斯丁都能這麼信任你，我從前認識他的時候，他真的，看上去對誰都很好，其實誰都不信……」他沉入了思緒中。

邵鈞抬頭：「我額頭上是不是寫著可靠兩個字？」

羅丹搖了搖花瓣：「並不是，是寫著聖母兩個字。」

……

邵鈞有些無語，拿起實驗目錄：「算了，我們也來做實驗吧。」

羅丹搖搖擺擺走過來：「我們出去冰原上玩雪橇吧。」

邵鈞嘲他：「說好的無限的時間投入到無限的研究中呢？」

羅丹笑著：「也不忙於一時，這樣可以鍛煉精神力，別忘了你和我的魂體需要不斷凝實，適當運動是對精神力有好處的。」

邵鈞一哂，起身果然找了個雪橇，兩人出了基地乘坐飛梭到了附近的雪原上，找了個無人的地方，從冰川坡上往下滑雪橇，這兒冰原延綿不絕十分壯美，還有凍

著的剔透冰湖，

邵鈞道：「有點像之前我們旅遊去過的森林和冰湖雪原，只是少了那些生機勃勃的雪狼、白熊、狐狸，艾斯丁當時真是花樣百出地帶著我們玩，真是個會享受人生的人。」

羅丹道：「是啊，他當時就已經想著要休眠了吧，所以才特意帶著我們倆一起去旅遊散心。」

邵鈞轉頭看了他一眼：「你也是怕我剛來基地，以後要待太久心情不好，才拖著我出來散心的吧。」

羅丹笑了下：「有牽掛的人，心情都是一樣的。專案總有結束那天，你總能回聯盟去見到夏，我卻有可能面臨的是無限期的別離。所以說無論什麼時候，珍惜每一段相處的時光總是對的，以後你回去，對夏也要好一些，少吵架，多留下一些美好回憶，畢竟將來也許只能靠回憶活著了。」

邵鈞拍了拍他軟軟的銀色花瓣：「原來純精神體這麼敏感嗎？我對這些似乎很強烈的感情彷彿隔著一層，可以理解，但是卻感受不到，和艾斯丁說的一樣，可能我真的和這具機械身體同化了。」

羅丹道：「我也不知道，趁現在有空，我找時間研究一下你的身體問題吧。」

空中機械白鳥振翅飛過，雪花片片落下，常人應該會對這片景色感到寒冷迫人。邵鈞將星輝花放在自己肩上，抬頭去看遠處的冰川：「順其自然吧。」

實驗室的日子悠長充實，每天都在做實驗，記錄資料，藍星那邊的事只從聯盟新聞上看到，花間風偶爾會和他聯繫。

最新消息是為了掩護空間鈕的專案資訊，花間風會偶爾扮演幾天「杜因研究員」，和奧涅金伯爵在一些公開場合出現，就這短短一段時間，「杜因研究員」就遇上了無數次挖角和遊說和好幾次綁架、刺殺，雖然他們遇上了這行的專家而無法得逞，花間風還是扎扎實實過了好一段跌宕起伏刺激萬分的時光，甚至還在最近一次刺殺中受了傷。

花間風和他聯繫的時候肩膀還都還包著石膏，向他吐嘈：「你幫我做替身的時候都沒遇到這麼多麻煩事！而且那時候我出錢請你，現在還是我自己出醫藥費！有我這麼倒楣的雇主嗎？竟然還有為自己替身做替身的一天！」

邵鈞笑道：「怎麼，奧涅金伯爵應該會負擔吧？這個專案利潤如此豐厚。」

花間風剛要說話，旁邊已是忽然插入一個聲音：「慢待花間族長了，醫藥費肯定是我會全盤負責，還會替風先生將全身都好好檢查，保證風先生健健康康，一點毛病都沒有。」阿納托利進來畫面裡了，蜂蜜色眼睛清澈溫暖十分親切：「一不小心就被告狀了，我可沒這麼小氣，風先生最近辛苦了。」

花間風勃然色變道：「奧涅金伯爵，雖然我是借的是你們的衛星通訊設備，可不等於你能隨意偷聽我們的通話。」

阿納托利滿臉懇切地賠罪：「對不住對不住，請你見諒。我是真的有急事要和杜因先生說，關於那位夏柯先生的事。」花間風翻了個白眼，卻也忍住了，畢竟他也知道對於杜因來說，柯夏太重要。

邵鈞問：「什麼事？」

阿納托利道：「夏柯少尉在戰場上受了重傷。」

邵鈞一怔，花間風已是吃驚道：「我昨天還和他聯繫過，怎麼受傷了？嚴重嗎？」

阿納托利道：「很嚴重，已經住院了，但是也轟動聯盟了。」

邵鈞問：「怎麼了？在戰場上？」

阿納托利道：「是。他本來是押運能源，因為是祕密任務，因此只有他一臺機甲護送押運飛船，沒想到忽然路上忽然遇到小群蟲族圍攻一個避難所，因當地援軍臨時被調去另外一處進攻，導致無人救援。他報告了指揮部後，因為能源離目的地已經很近，便讓能源飛船自行前往目的地，他先在避難所對戰保護避難所的同時等待救援，結果因為前線戰況緊張，數個基地一時都派不出援軍。結果他一臺機甲竟然牢牢守住了避難所三十六個小時，直到援軍到來，逼退了蟲族。事後清點他一個人斬殺了上千頭蟲族，一戰成名。但事後他當場暈倒，並且神經痛發作，被緊急送往醫院救治。」

一臺機甲，守住了整個避難所，三十六個小時斬殺上千蟲族，的確是與蟲族對戰以來最強記錄，更何況他還是一臺機甲，一力護住了整個避難所上萬個在此暫時避難的民眾。

「放心，我去看過他了，目前已經醒過來了，勞累過度的脫力和神經痛，醫生說好好療養一段時間後應該不會有後遺症。」阿納托利寬慰邵鈞。

花間風看著面無表情的杜因，也保證：「我遲點去看他，一定給他最好的醫療條件。」

阿納托利短促笑了下，語含諷刺：「算了吧，讓人知道這樣光彩熠熠的戰鬥英雄，居然和花間族的族長有來往，那可不得了。」

花間風反唇相譏：「難道奧涅金伯爵竟連一次祕密會見都安排不好？那我可真是要考慮以後合作要更小心謹慎了——更何況您別忘了，我現在可是杜因研究員，夏堂堂正正的表哥，怎麼查都是完美無缺。」

奧涅金伯爵目光閃動，看著仍然一言不發的邵鈞，保證道：「我們一有消息，會立刻通知你，你別擔心，我相信夏是一個有分寸的人。」那個眼睛裡滿含著野心和欲望的金髮男子，他才不是那種為了救人犧牲自己的人，絕對是早就計算好了自己身體的體力，在這樣艱難的時機，博取剛剛好的一個美譽，而這一切，只不過是他攀向頂峰的一個起點而已，他心裡暗暗吐嘈著。

花間風又安慰了邵鈞幾句，答應了一有消息即刻與他通信，並且會把夏的詳細電子病歷發給他，才掛斷了通訊，臉上那焦灼關切的神情瞬間也消失了。

阿納托利笑道：「今晚就安排去看他嗎？」

花間風道：「倒也不必這麼著急，我肩膀還疼著呢，明天吧。」柯夏可是帝國皇室出身！從小視民眾如螻蟻，他可是還要報血海深仇的人，會為了救素不相識的民眾搞得自己身體垮掉？開什麼玩笑，他比誰都更惜命，還是自己的肩膀比較要緊。

阿納托利了然看了花間風一眼，顯然花間風也對那個夏知之甚深啊，他不由笑道：「那個夏柯也是個狠得下心的，對自己都這麼狠，我沒記錯的話他可是患過默氏病的，無論如何這麼拚，多少總會對身體神經有影響，一不小心就要復發了，但默氏病史也將會讓民眾對他更為崇拜，他將會一舉獲得民間狂熱的推崇。」

花間風淡淡道：「平民出身，想要拔尖，總要付出點代價的。」

阿納托利搖著頭：「真是骨頭裡頭都帶著的陰狠偏執，我都有點畏懼，好在有杜因在，我才敢放心和他合作。真奇怪啊，為什麼我們這樣的人，百般算計，千般謀劃，偏偏就喜歡接近單純的人。」

花間風面無表情：「只有你而已，謝謝，我從來沒有後悔過成為現在的花間風，你可以覺得我沒有廉恥之心。我不喜歡單純的人，我只利用他們，包括杜因也是被我利用過的，我只喜歡強者，越強越好。」

他又看了眼阿納托利：「別自作多情，你不算強者，連接受自己都做不到的，算個屁的強者。」他捂著隱隱發疼的肩膀，沒有理會尊貴的伯爵，自己一個人走了出去。

第二軍團機甲隊副隊長夏柯少尉的事蹟轟動了整個聯盟。

苦於災難和戰亂中的人們需要英雄。

星網上連篇累牘都是記者對當時避難所民眾目擊者的採訪：「那具機甲從天而降，牢牢地護住了我們，我們都在避難所內的監視屏看到了外頭的場景。」

「蟲族一隻接著一隻，但沒有一隻能突破避難所的門，那具機甲真像天神一樣，頂天立地，我們看著都累了，他還在守著。」

「他不肯接受採訪，也不願意宣揚，經過軍隊安排，我們才得以派代表去採望他，沒想到他長得那麼英俊。」美麗的女孩面色緋紅地接受採訪。

戰鬥英雄的過去被深挖，黑戶出身，第一名考入山南中學獲取獎學金和學費全免，英雄的第一名的入學答案卷被人再次挖出來，那句有名的「槍口抬高一釐米」被當成英雄溫柔仁慈的佐證被媒體大肆宣揚，而之前曾經患過默氏病並且休學的故事被山南中學曾經的校友透露，民眾們更是為之同情唏噓。

山南學校校長愛琳女士仍然是那樣平靜接受了採訪：「我從來沒有懷疑過他有朝一日會大放光彩，母貝中的珍珠經受過了漫長的磨礪，出現在人前的時候，沒有任何人能遮掩他的光彩。」

有記者採訪到了曾經為夏柯少尉治療的主治醫生克爾博士，他道：「他好不容易治癒了默氏病，本來不應該再次強求駕駛機甲的，機甲對他神經負擔太重了，從民眾角度看他是當之無愧的拯救者，但從醫生的角度來說，我認為他對自己的身體很不負責任。」

有醫學專家十分讚賞地表示：「默氏病治癒者神經十分敏感脆弱，機甲對他神經造成的負擔會非常大，即便現在有生物神經系統機甲，但也不適合長期高強度的作戰，這位少尉是當之無愧的戰鬥英雄，他明明知道自己的身體不適合，甚至有可能復發，但他仍然選擇堅守在那裡直到援軍到來，只因為他離開的話，整個避難所就被攻陷，真是一個高尚的人，值得人們尊敬。」

更有些以銷量至上的媒體深挖到了夏柯拒絕元帥女兒表白最後被貶到小礦星

的往事，紛紛在媒體上做出了不指名的報導，影影綽綽地編發了夏柯少尉在聯盟軍校時，因為拒絕了軍隊某高層女兒的表白，雖然以優異成績畢業，最後卻被派遣到礦星駐紮的新聞。

當然這些新聞在爆發之前就已經被軍方網監部門監測到，迅速封鎖、警告、罰款、刪新聞等等手段多管齊下，迅速封殺掉了。

但這些笑話誰不知道，許多消息靈通的人早都知道了此事，更是對不畏強權的夏柯少尉充滿了同情和崇拜。總而言之這位冉冉升起的軍隊明星，他的過去實在充滿了傳奇色彩，淪為黑戶，考入軍校，患上默氏病漸凍休學，再次考入軍校且仍然進入機甲系，成為優秀畢業生後又因為拒絕了權貴之女的表白而被流放到荒無人煙的礦星。這樣跌宕起伏的一生，即便屢遭磨難，這位少尉仍然不改初心，一直有著一顆溫柔悲憫的心，當然，更難得的是他還很帥。

金髮碧眸，英氣逼人，這讓他成為了萬千少女夢中的英雄範本。

邵鈞在基地上，也只能通過轉播的聯盟新聞和星網瞭解到一鱗半爪，過了好些天他才接到了花間風發來的柯夏的詳細病歷和體檢報告，羅丹花朵湊在電子病歷螢幕上看了一會兒道：「放心吧，沒事。」

邵鈞聽他這麼說倒也放心了：「真的沒事？不會影響他以後繼續駕駛機甲吧？」

羅丹笑：「他健康得很，他一定不僅僅使用了我們最新的生物機甲系統，同時還穿上了我之前製造的那套機甲神經元套裝，雙保險，神經痛是因為他自己注射了誘發神經痛的藥物，化驗單可以看得出來。當然他可以騙過那些醫生，騙不過我而已。」

邵鈞鬆了口氣：「沒事就好。」他可不願看到柯夏以傷害自己的方式來謀取這樣的聲譽。

羅丹花瓣收起又打開：「我看他聰明得很，你只管放心做你的事吧，他很成熟，完全懂得自己想要什麼。」

邵鈞替他解釋：「他的敵人太強大，有時候不得不採取一些非常手段，雖然不太光明正大。」

羅丹搖了搖花朵：「不必解釋，艾斯丁也不是純潔天使，他以為我不知道。」

「我只不過是讓他以為我不知道而已，其實他什麼樣子，我都喜歡。」

機甲明星夏柯聲名鵲起，之後邵鈞時不時就會在聯盟新聞上看到柯夏的新聞，柯夏很快晉升為中尉，柯夏又帶著機甲隊定下了西方要塞的防守任務。

然而就在柯夏在民眾中的形象越來越好的時候，小道消息曝出，柯夏與軍官鬥毆被軍紀處分，不僅罰薪水關禁閉，還寫了檢討書。

無孔不入的媒體們很快挖到了事情始末，第二軍團中尉夏柯與第四軍團的一位軍官大打出手，為了一位女星——歌后夜鶯。

據說是第四軍團的一位軍官對來勞軍表演的歌后夜鶯有些輕佻言語冒犯，夏柯中尉聽到十分不滿，喝令對方道歉，對方不願意，還罵了不少髒話，然後夏柯中尉就撲上去，原本只是兩人互毆，頂多也就關關禁閉，關鍵是這場互毆最後升級成為了第二軍團機甲隊與第四軍團機甲隊的大混戰，以至於迅速成了聯盟全軍的笑話。

隨後雙方全都吃了處分，雖然兩邊軍團指揮官都各自處罰了自己的兵，但兩個軍團還是非常迅速地交惡，第四軍團的幾位骨幹軍官甚至揚言以後見一次夏柯打一次，當然夏柯也毫不膽怯地回了對方一個代表侮辱和蔑視的手勢。

消息一披露，輿論譁然，人們對於戰鬥英雄是十分寬容的，反而覺得這正合夏柯中尉的形象，至於第四軍團？舉世皆知這是個星盜招降的軍團！星盜會是什麼素質？夏柯中尉是血氣方剛，不畏強權，一定是星盜冒犯了小歌后，夏柯中尉肯定是個溫柔紳士，才替她打抱不平。

邵鈞心知肚明這又是柯夏與霜鴉聯手演的一場好戲，應該是要迷惑其他人，全世界都知道第四軍團與第二軍團不合，那誰也想不到奧涅金家族研發出來的生物機甲的根本，致命的新能源，居然就在死對頭第四軍團的手裡。

果然很快花間風在聯絡他時說了這件事：「柯夏熱度太高，風頭太盛，元帥那邊開始打壓，一些保守穩健的老將軍也開始心生反感，所以需要自汙來降降熱度，和霜鴉他們假裝有仇，是最合適的保護，對以後也有好處，所以我們和鈴蘭串通，演了這麼一場戲。」

邵鈞沒說什麼，只是問他：「奧涅金伯爵呢？今天不會又忽然出現吧？」

花間風撇了撇嘴：「我鎖上門了，他要是再闖進來打斷我們通訊，我一定要打爆他那個偽君子的狗頭，你大概什麼時候能回來呢？」

邵鈞搖了搖頭：「還需要時間，躍遷需要的能量實在太大，即使是新能源，耗能也過大了，專家們還研究如何能夠減輕耗能。」

花間風惆悵道：「看來還要偶爾扮演你很久。」一想到還要和奧涅金繼續這麼混下去，人生真是太難了。

日子一天一天的過去，雖然媒體不再和之前一樣的瘋狂報導機甲明星柯夏，但他的名字還是時不時見諸於媒體。

遙遠的帝國，一個侍從匍匐著替柯樺整理華麗的教會袍下擺，一名侍女進來跪稟：「殿下，主教請您登車，祈福的儀式就要開始了。」

柯樺將剛剛看過的電子報紙螢幕放下，那裡刊登著聯盟戰鬥明星柯夏的事蹟，他心裡平靜如水。他不知道他忙碌的父兄們是否會注意到聯盟這麼一個小小機甲明星的崛起，他們忙著抵禦蟲族、鎮壓流民起義以及和聯盟周旋談判，柯葉親王終於在蟲族進攻局面緊張的情況下，再次靠強硬的指揮風格和優秀的戰鬥天賦以及從前在軍中的威望，奪回了軍權；柯楓則不斷地在後頭扯後腿找麻煩，父皇則冷眼看著他們互鬥，但他知道，總有一天他的這位堂哥，將在復仇的號角聲中歸來。

但是他不會提醒他們，因為他也需要時間。

他起身，任由侍女們替他披上金邊的教會法袍外袍，金絲織就的華麗花邊與他金色的長髮熠熠生輝，藍色的眼眸純潔清澈，彷彿自帶聖光的神使，侍女們都低下了睫毛，不敢正視他。

他邁出皇宮大門在神職人員的簇擁下登車，瞬間被歡呼的浪潮聲席捲包圍，蟲災使帝國人民重新皈依了教會的懷抱。教會大祭司柯樺，猶如神使一樣善良仁慈的帝國三皇子，在一次次祈福祭祀中給予了飽受苦難的人們安撫和精神力量。

他總是飽含悲憫地看著民眾，無論是最卑賤的農奴，還是遭受病痛的垂危病人，他都予以賜福，聽取祈求，給予回應和安撫。當他白皙如雪的手指撫過信眾的額頭，用悲憫清澈的藍眼睛俯視著飽受苦難的人們，人們彷彿得到了神的安慰。

神愛世人，神寬恕一切罪過，現世雖苦，也是神賜予的磨煉，只要守心苦修，恒久忍耐，必能到達神之樂園。

蟲族肆虐的帝國大地上，給予飽受苦難的民眾救助和祈福的教會聲望，前所未有的高漲。

野心家、復仇者、投機商人以及政客，前線浴血奮戰的軍人，還有那些充滿著希望和期待的為自己或者為人類未來而奮鬥的人，都在這個戰亂時代找到了自己的位置。

他們直接或間接地撲入了爭權奪利的漩渦中，有的汲汲於權力的爭奪和財富的攫取，有的在與蟲族的戰鬥中奪取榮耀與成就，有的則只是被時代裹挾著，身不由己地走上了自己完全沒有想過的道路。

時光洪流滾滾而過，邵鈞在冰冠星日日都在重複實驗中度過，只靠聯盟新聞瞭解世界的變局。

在與蟲族全面爆發戰爭的第五年，經過漫長談判和互相角力的聯盟和帝國終於再次締結抗擊蟲族聯軍，聯軍總司令由聯盟元帥布魯斯擔任，副總司令兩位，一位帝國柯葉親王，一位奧卡塔老將軍，總司令部九個名額，除去總司令副司令，帝國聯盟各四人，為聯軍八個軍團的指揮長。聯盟和帝國的兵力重新整合，建立了八支軍團，大部分仍然是原來的軍團建制，但整體戰鬥由總司令部統一調度。

柯夏以優異的戰鬥表現及卓越的累累戰功，在奧卡塔將軍一力保舉以及奧涅金家族、花間家族幕後的推動下，順利擔任了聯軍第二軍團的軍團指揮長，在聯盟的軍銜也一步一腳印地提升到了少將，聯盟原第四軍團則整建為聯軍第三軍團，霜鴉繼續擔任軍團指揮長，聯盟原第一、第三軍團合併為聯軍第一軍團，由鋪墊已久同樣以智謀聞名的露絲少將擔任軍團指揮長。

在持久漫長的拉鋸戰中，在無數艱苦的戰鬥磨礪下，帝國與聯盟先後出現了無數耀眼的年青的將才，將星雲集，風雲際會。

聯軍成立的第三年，與蟲族爆發戰爭的第八年，AG 公司召開發布會，宣布研發出了機甲空間鈕，但這種空間鈕只能配套與安裝了生物系統的機甲使用，其他機甲雖然能使用，但卻沒有足夠的能源在召喚躍遷後，繼續戰鬥。

空間鈕的發明震驚了全世界。

如果說生物機甲系統的發明，讓更多的人能夠駕駛機甲，是增加了對戰蟲族的戰鬥力，那麼空間鈕的發明，則提高了與蟲族對戰的效率。隨時隨地入侵來去如風的蟲族靈活狡猾，機甲的笨重和長途運轉不靈使大部分駐軍在遇到突然出現的蟲族只能以配置了簡易生物裝甲的步兵、離子炮、離子防禦罩以及智慧戰鬥機器人來勉強守護。

如今空間鈕的發明，讓機甲駕駛者能夠隨時隨地召喚停駐在太空中的機甲，讓軍隊調度更加靈敏，也不再需要長途集中運送機甲，機甲的使用率大大提高。

各國在對生物機甲大卸八塊地研究以及批量出產的空間鈕後，發現了AG公司使用的是一種極為先進和有效率的新能源。但這種新能源究竟從何而來，卻仍然被奧涅金伯爵牢牢把持，對外只宣稱是合成能源，配方為科技專案機密，無可奉告。

無數的商業間諜與軍事間諜四處打聽，卻始終沒有打聽到這種能源的來由——就連花間家族都接到了好些地方的訂單，希望花間家族能夠找出這種能源的合成配方和研發過程。

花間家族最後都以無能為力推掉了訂單，花間風當成趣事告訴了邵鈞：「將來人們知道，這新能源的股份有花間家族的一份，花間家族從此堂堂正正站在陽光下，想起來就痛快。」

他臉上洋溢著躊躇滿志的笑容，自從戰事起後，花間家族不乏精神力出眾的子弟也加入了軍職，也都取得了不錯的戰功，更有一些書讀得不錯的子弟也進入了AG公司名下的實驗室，從事新能源、生物機甲的研發，當然也有讀商科的子弟進入了AG公司工作，但奧涅金伯爵此人心機深沉，自然也要防一防，大多數都只能在周邊。

但雖然防著花間風，阿納托利還是要從花間風身上撈回些本，少不得指使花間風做了些髒事，花間風因為族人的前途要仰仗奧涅金家族甚多，也不得不捏著鼻子替奧涅金幹了不少活。

但這來回幾次，交往多了，兩人倒也少了些針鋒相對的氛圍，竟然也能平靜地坐下來商討些事情了。

邵鈞安慰花間風：「會有那麼一天的，等戰後。」

花間風一笑，又看了眼邵鈞：「你呢？空間鈕研發成功，專案告一段落，你也要回來了吧？是繼續在阿納托利這邊，還是回柯夏那兒去？」

邵鈞笑了下：「柯夏要我回他身邊。」

花間風點頭：「非常符合他的控制欲，他現在聲名遠揚，作風十分強硬。也好，阿納托利太過精明，祕密太多的你確實不適合再繼續停留在他身邊了，你什麼時候回來？」

邵鈞露出了個笑容：「一週後。」

Chapter 157 報到

邵鈞先和專家們一塊兒搭乘飛船回到了洛夏公國的空港，然後被飛梭先接回了奧涅金伯爵的府邸。

洛夏公國變化很大，高樓基本已經沒有人再敢居住，畢竟誰都不希望經歷隨時隨地會飛來一隻蟲族將整幢樓壁穿破的惡夢，街道上人非常少，荒涼極了，只會偶爾跑過一隊士兵。據說人類的避難所基本都在地下，地面還要搭上厚厚的隔音鋼板，因為蟲族的聲波會穿透地板，掀開土層。

阿納托利出來迎接他，眼裡躍動著喜悅的光芒，上前擁抱他道：「真是很久沒見你了，本來要去迎接你，但又正好有重要的客人來訪。你看上去一點都沒變。」

邵鈞道：「不用接的，不用太客氣。」

阿納托利道：「無論多麼隆重都無法表示我對你的感激，你們居然真的將空間鈕研製出來了。」

邵鈞道：「都是古雷大師在牽頭，我只是打下手，調度組織，我希望 AG 公司接下來還能繼續和古雷大師合作，他的知識十分淵博。」

阿納托利道：「當然！空間鈕研發者排位第一就是他，只要他願意留在AG公司，我們絕對不會虧待他的。」

他又看了眼邵鈞，蜂蜜色的眼睛又開始流淌著誘惑：「當然，我更希望你能留下來，前線很艱苦，夏也並不缺你一個人，他現在身邊能用的人多著呢，為了補償我占著你，我還送了一些優秀的人才過去給他。」

邵鈞道：「專案完成了，我留著其實也沒什麼大事，古雷大師比我更合適。」

阿納托利聳了聳肩：「好吧，我已經按照他的要求替你弄了個軍職身分，為了讓你早日到位，花間風還找了個和你相似的人去替你做了體檢等等檢查，你拿了軍官證隨時就能赴第二軍團星谷要塞去報到了。雖然我覺得沒必要，夏柯剛剛率領了一支隊伍去支援第一軍團了，你就算現在趕過第二軍團駐地也見不到他，你也才長途星際旅行過來，最好還是先修整修整，休息一段時間，何必立刻就過去吃土，那邊要什麼沒什麼，軍紀森嚴，想喝杯酒都沒有。」

邵鈞若有所思：「星谷要塞那邊很艱苦嗎？」那是得好好準備一下。

阿納托利道：「當然，戰爭啊，什麼是戰爭，流離失所，妻離子散。現在我也增加了不少慈善事業，人民實在太慘了，我們家族賺了太多，現在是人人都盯著我們，難啊。我覺得我太需要一個替我主導慈善工作的人了。帝國三皇子你知道嗎？他也來和我拉贊助，捐了好大一筆錢去給帝國遭受蟲災的人，他就是專心在教會做慈善，如今民望極高。」

邵鈞聽出來他似乎有別的意思：「您的意思是？」

阿納托利笑了下道：「我的意思是，夏柯將來必然是要往上走，他在軍中，也很需要議會、政府的支援，如今我們這一塊薄弱，從政，民望也是非常重要的，不如你從政，走到前臺，趁如今累積民望，再有我們推你一把，攢下厚厚的政治資本，將來才能給夏柯更大的幫助。」

邵鈞微微有些意外：「多謝，但是我不適合在人前露面，推薦你讓花間風試試，我覺得他很合適。」

阿納托利一哂：「他？知道他根底的政客們都會提防他，不知道他根底的人只把他當成膚淺的大明星……」

「我謝謝你了，要做什麼我自己會做，不煩勞伯爵閣下了。」花間風聲音響起，原來他也剛剛回來，一邊脫了外邊的外套熟練遞給管家：「別聽他巧舌如簧，奧涅金家族有無數個更適合長袖善舞的人，他就是想騙你留下來罷了，畢竟你走了，可就沒人制約夏了。」

邵鈞笑了笑，阿納托利仍然風度翩翩笑著：「這真是誤會我了，我是真心實意的希望你留下來的。」

花間風道：「那是，伯爵閣下做任何事總是會替自己包裝上完美無缺的理由，說服自己或者騙過自己，因此才能這麼坦蕩地做個投機者呢。」

阿納托利顯然已經被他這麼懟習慣了，臉上仍然保持著笑容：「晚餐準備好了，一起用餐吧。」

邵鈞沒有在洛夏待太久，購置了一些所需物品，便乘坐飛船帶著他的調令到了星谷要塞。

星谷要塞如名修建在一座山谷中，山谷中因長滿一種開著星狀花的草得名，整座巨大要塞依山而建，暗金色的圓形外立面陽光下閃閃發光。

邵鈞先到軍務部報到，然後到後勤部領取身分識別通訊器、軍服等後勤用品，他弄了個機器人推車，將自己的行李和剛領到的東西都放在上頭，讓機器人送到了自己的宿舍，宿舍門口一感應就打開了。因為行李較多，他站在門口自己卸行李，卻忽然身後傳來一聲嗤笑：「這是哪裡來的大少爺？參軍還帶這麼多行李？搬家嗎？」

邵鈞轉頭看到兩個青年軍人站在那兒，身材都極高，標準的軍人身材，其中一個褐色捲髮，眼睛細長，薄唇正噙著冷笑，看著他那幾個巨型行李箱在冷笑：「軍務群剛才就笑說少將的護衛隊又來了個大少爺，一身高級名牌，名表名靴，行李例行安全檢查的時候發現帶了十幾套絲質的床單被單、各類絲質睡衣，上百套真絲內衣褲襪子，各種香薰香料，還有各式各樣的冷凍鮮肉雜糧食物，連各種烹飪蒸烤箱煎鍋都帶了，就是你吧？是來休假還是來鍍金呢？都被傳成笑話了，我說大少爺，你要鍍金，也別挑我們這種前線啊，我看又是奧涅金家族派過來鍍金的吧？你沒聽你的前輩介紹經驗嗎？上次奧涅金伯爵派過來的親侄子，做什麼都不行，少將連一點面子都沒給，犯錯直接軍紀處置，灰頭土臉的一個星期都沒待滿就要求回去了，你難道一點都沒聽說嗎？」

邵鈞站直了腰身，淡淡道：「行李安全檢查，只是檢查有無違禁物品，個人攜帶物品應該是個人隱私吧？軍務處有關軍務人員將個人隱私宣揚出去，是否違規了？」

褐色捲髮的男子語塞：「你！」

另外一個有著紫灰色眼睛的男子道：「赫塞只是好心提醒你，並沒有四處宣揚，畢竟大家都是護衛隊的，我們就代表著少將的形象，我是莫林少尉，這位是赫塞少尉，你是杜因少尉吧？」

邵鈞向他們微微點頭：「是，今天才報到，今後請多關照。」

莫林笑了下：「護衛隊隊長陪著少將去洛倫了，還要一週後才回來，目前護衛隊這邊的工作由我負責，既然你來了就先參與日常訓練吧，稍等我會安排訓練日程和值班表，你按日程表和訓練和值班就行。我看過你的履歷，洛夏軍事學院畢業，各方面成績都很普通，多年一直在後勤部門工作，據說參與過研發機甲的專案，沒有在前線參戰的經驗，蟲族對戰是非常艱巨的，所以我個人覺得你需要加大訓練量，鍛煉體能，以免到時候上戰場會有狀況。因此安排給你的訓練量可能會比其他人更大一些，好讓你趕緊適應，你看可以嗎？」他聲音彬彬有禮，將「我要給你穿小鞋」這件事講得十分客氣。

邵鈞笑了笑：「沒問題，一切都按您的指示。」

莫林又笑了下：「有一點還要提醒你，少將習慣將要培養的人放在護衛隊，調教一段時間後就會放到各個中隊去領隊作戰，因此護衛隊往往是各個中隊選上來最優秀的精英，無論是搏擊、精神力、機甲戰鬥，指揮，都是各方面十分優秀的佼佼者，不管你背景多雄厚，家裡多有錢，軍中只講實力至上，尤其如今我們面對的是凶殘至極的蟲族，新來的人最好還是低調點。」

邵鈞道：「是，多謝指教。」

赫塞冷笑了聲：「以為還是奧卡塔老將軍那邊的人呢。現在奧涅金家族已經引起公憤了，仗著贊助了不少，什麼人都安排進來……在如今這種全人類危急存亡之際，還壟斷著新能源堅決不開放技術，自私黑心！」

邵鈞道：「不知道赫塞少尉聽說過一個笑話嗎？」

赫塞一愣：「什麼笑話？」

邵鈞道：「有記者採訪一位老農，如果你有百萬家財，國家有難，你是否願意為了國家捐獻出去？老農毫不猶豫道：願意！記者繼續問：那捐獻這兩頭牛呢？老農道：不願意。記者追問：為什麼百萬家財都願意捐獻，兩頭牛卻不願意？老農說：因為我真的有兩頭牛。」

赫塞臉上青一陣白一陣，莫林笑了下：「杜因少尉很會說笑話，但是我個人認為，在人類大義面前，關鍵的科技還是應該公開造福人類，否則全人類滅亡了，再積攢太多的財富又有什麼用？你說是不是？」

邵鈞道：「慷他人之慨是很簡單的事情，如果公開出來的結果只不過是轉手換到其他權力者手裡壟斷，對人類來說未必見得是什麼好事。並不僅僅只有在軍中才是實力至上，弱肉強食，整個世界同樣是強者才有話語權，普通民眾的福利，往往也不過是仰仗強權當政者的良心和憐憫罷了。」

莫林深深看了他一眼，重複道：「杜因少尉很會說話。」

邵鈞道：「過獎了。」

赫塞冷笑了聲，什麼都沒說，轉身劃開一間宿舍，進去了。

莫林對邵鈞道：「杜因少尉看來很瞭解叢林規則，想來一直認為自己是高高在上的強者，也希望當你身處弱者地位時，也會服從自己作為弱者的命運。」

邵鈞道：「正因為我曾身為螻蟻，才更知道這個世界的真相罷了。」

莫林點了點頭，沒說什麼，轉頭走進去了。

很快訓練表和值班表就發到了邵鈞的軍用通訊器終端內，邵鈞查看了下，果然訓練量多重在體能訓練，而且量非常大，值班日程乾脆全安排為夜班，果然是被穿小鞋了啊。

邵鈞笑了笑，沒當一回事，將行李收拾好，打開自己的行李箱，把裡頭的星輝花取出來，羅丹睜開眼睛，好奇地看著他：「所以你到底是帶了多少東西，都引起公憤了？」他又上下打量了下他的衣服和靴子：「很名貴嗎？」

邵鈞道：「應該吧，這些年都是奧涅金伯爵府上的管家替我訂製的衣服鞋子。這次過來，我只是和他說夏因為患過默氏病，神經敏感，因此需要非常柔軟的床單和貼身衣物，管家拿了這個樣品來給我看，我看和以前夏用的差不多，就訂了這個真絲的，而且加上過來以後就不方便再採購了，我就請管家多準備了一些。」他扮演花間風期間也一直是歐德替他打理衣物，他從來沒有操心過這些細節。

羅丹點了點頭：「他精神力高，病後重建的神經又分外纖細敏感，的確是細膩光滑柔軟的真絲更適合作為貼身衣物，睡眠也更好，貴就貴一些吧，反正你替奧涅金家族賺得夠多了。」

邵鈞笑了下，羅丹卻摸了摸他的衣物：「以前我的衣食住行也都是艾斯丁讓人打理的，現在想來，看起來不起眼，可能真的很貴，我沒在意這些，只是專心研究，其實天天做實驗，何必用那麼貴的東西。」

邵鈞道：「對於一些人來說，能用錢解決的問題都不是問題吧。」

羅丹道：「可能，那你現在怎麼辦？」

邵鈞道：「等夏回來就好了，在軍中自然要守規矩的。」他看了看時間：「現在是晚餐時間了，雖然很浪費，還是得裝模作樣去吃一點，你要和我出去看看嗎？」

羅丹道：「不，我沒興趣，我上天網去看看，好不容易回來了。」

邵鈞知道他這是因為專案研究結束，閒下來了自然就會想起艾斯丁，也沒說什麼，便將天網聯接艙裝好後替他聯上，便起身換了軍裝出門，去了餐廳。

要塞的餐廳有著漂亮的透明玻璃穹頂，邵鈞出現在餐廳的時候，聽力頗為敏感的他很快捕捉到了不少竊竊私語的聲音：「是他吧？那個新來帶了幾百套真絲衣物的大少爺。」

「不錯，簡妮說他來報到的時候身上的衣服，都是高級手工訂製的，還有手上的表，那個也是 AG 公司特殊訂製，能打開離子盾保護自己的。」

「我看到少將手上戴的也是這個牌子的表，說是人送的。」

「那東西好幾百萬，對了聽說他連行李箱都是幾十萬一個的，而且很大，賣二手都不好賣的那種。」

「呿，AG公司這次大發戰爭財，光聯盟帝國的訂單，那都夠他們幾輩子花了，這還不是小意思？」

「話也不能那麼說，我看到星網一篇文章分析，無論是生物機甲、新能源還是空間鈕，那投入研製的經費都是很可怕的，況且之前都是聽說基本全是無望的研究，聯盟、帝國官方研究院都不會撥經費的那種課題，就連當年天網之父也沒將生物機甲研發出來。也只有AG公司捨得投入去研究了這麼多年。如果民間企業花了大價錢砸進去研發出來的專利，國家說拿走就拿走，那以後誰還會自掏腰包研發？更何況研發成果AG公司也算是半買半送，對軍方訂單已經很優惠了，我聽說市面上賣得更貴。」

「嘖，你看他多斯文，吃那麼少，一看就知道體力消耗很少，他真的能上戰場嗎？就連那一對瘦瘦弱弱的花間兄弟，吃起東西來也是和鯨魚似的。」

「噓，看過來了，別說了，等著瞧吧，說不定還沒等少將回來就哭著回去找媽媽告狀了呢哈哈哈。」

邵鈞十分無奈，隨便將盤裡的食物用完，起身將盤子放回回收槽，起身回了宿舍。

第二天，第三天，等著看他出醜的護衛隊隊員們很快失望了。負重跑，負重長途訓練，負重攀登，障礙物翻越等等，這位新來的「少爺兵」一絲不苟地全完成了他的訓練任務，臉不紅，只是背心和額頭出了些汗罷了，看著仍然說話如常，白天訓練完，晚上仍然能夠一絲不苟的在他負責值班的時間起身，交接班值班結束後，短暫休息後又再次開展訓練日程。

「竟然是個有點體力的，但是看起來精神力很低，我看還是強撐。」赫塞忿忿不平對莫林說話：「你不能再增加訓練量嗎？」

莫林搖了搖頭：「我可不想出訓練事故，那麼多雙眼睛看著呢，他已經完成了大部分人很難完成的訓練量了，再加下去萬一出問題了不好，等著吧他肯定會觸犯軍紀的，到時候再處罰好了。」

赫塞撇了撇嘴：「那天你都明說了提醒他了，他才沒那麼傻了，每次假惺惺去食堂，就吃那麼點兒，我打賭他肯定在宿舍自己煮飯了。」

莫林笑了下：「本來也沒禁止在宿舍用餐啊。但是要塞這麼枯燥，他天天回宿舍肯定忍不了多久就要偷跑出去的吧。」

赫塞道：「我看他無趣寡味得很，說話也少，來這幾天也不和任何人搭話，怕是不是那種熱衷於社交的。」

莫林點了點頭：「那只要他通過了訓練，便也算合格的護衛隊員了，實在沒必要單獨針對他，說不定我們還真的誤會人家了。」

赫塞道：「我對奧涅金家族沒好感。」

莫林笑了笑道：「我們現在其實缺人手得很，能有人來替我們值夜班工作不好嗎？既然能用就用吧，總比之前那個草包只會來指手畫腳的好。」

赫塞冷哼了聲：「我看他伶牙俐齒，會說話得很。」

莫林沒再說什麼。

邵鈞就這樣日日在枯燥繁重的訓練和值班中度過，但這只是其他人眼裡看著的，其實對於他來說只是比較耗費能源而已，但他如今已經悄悄替自己這具身體換了最新的能源，如今整體運轉效率和持久都比從前的金錫能源更好。

柯夏在一週後回到了基地，回來後立刻就召集各中隊隊長開會，之後又雷厲風行處理了不在的時候處理的一些需要他簽批的軍務，然後開始單獨會見屬下，商量軍務。

莫林趁這個空才找到機會和護衛隊隊長弗蘭斯說上話：「奧涅金伯爵那邊又安插進來一個護衛隊隊員，一週前來報到了，目前我也已經安排了日常訓練和值班給他，您看需不需要和少將彙報一下，看他要不要見個面。」

弗蘭斯忙得很，聽到也沒當回事：「你安置好就行，少將忙得很，哪有時間理護衛隊的小事。這次去洛倫，又被元帥不分青紅皂白申飭了一遍，你說噁不噁心，安排給我們的是最難防守進攻的駐地，今年徵兵給我們的也最少，更不要說軍費開支上明顯壓低，只說我們可以爭取AG公司的贊助，軍費要撥給其他軍團。然後一開會就說我們沒什麼戰績。呵呵，當大家都眼瞎，不知道他替自己女兒鋪路似的，帝國那邊有錢，撥了不少軍費，結果到我們這裡的就一點，經費真的是吃緊到今年做不成什麼事，只能指望駐地沒出現大蟲災了。」

莫林不由也一陣心塞，又與弗蘭斯交接了下近期的軍務，便也回了。

而邵鈞則完全不知道元帥已經回來，只是完全按日程每日訓練，值班又多是夜班，竟完全沒有見到柯夏的機會。

直到一週後，深夜忽然響起了警報，邵鈞正在值班，抬頭看到十多臺機甲從要塞中飛出，往西南方出去，其中前邊最醒目的，正是柯夏的天寶。

柯夏回來了？

邵鈞詫異。

天邊第一抹玫瑰色晨曦出現的時候，機甲們回來了。

柯夏從天寶駕駛艙中一躍而下，邊走邊解自己的頭盔，順手往剛剛迎上來的弗蘭斯手裡一扔，劈頭蓋臉地交代道：「馬上叫各中隊隊長過來開會，把之前我要的彙報資料全部帶過來……你們最近是在忙什麼？交代的事情一樣都沒做……」他忽然住了口頓住了身形，屏住呼吸的弗蘭斯正等著暴怒的少將指示，有些不解抬頭看他。

柯夏卻轉頭再次確認，目光準確停在了停機坪旁其中一個值班的護衛隊隊員，原本冷若冰霜的臉猶如融化了一般，嘴角忽然浮現出了愉悅的笑容：「杜因？你來了？什麼時候來的？」

邵鈞給他行了個軍禮：「十天前報到的，少將。」

弗蘭斯連忙解釋：「軍部新調來的護衛隊隊員杜因少尉，因為您太忙了，沒來得及和您彙報。」

柯夏沒在意，只看著穿上護衛隊深藍色軍服的邵鈞，眼裡都帶上了笑容：「跟我來，你住在哪裡？」說完繼續快步向前走去。

邵鈞跟上了他的腳步：「在護衛隊宿舍。」

柯夏點了點頭：「好。」之前困擾他的那些雜務彷彿都變成了小事，他心情十分好地進入了會議室，看到各中隊隊長已經大致就坐了，只有第三中隊仍然是副中隊長參會，便問：「第三中隊隊長里克中尉治療得如何了？醫生怎麼說？」

第三中隊副隊長連忙報告：「里克中尉目前已經情況穩定，但因為截肢手術和義體安裝手術都很複雜，還需要安排時間多次手術，術後也需要休養，醫生已經建議里克中尉退役休養，我們徵求了他本人的意願，已經代擬了向軍部的報告，建議里克中尉提前退役，只是下一任隊長的人選，還請少將定奪。」

柯夏隨口道：「弗蘭斯，即日起弗蘭斯去第三中隊擔任負責人，暫代指揮，全權負責第三中隊所有事宜，向軍部報告今天立刻簽發，等軍部任命下來即正式任職。」

眾人全都齊齊一怔，看向了柯夏旁邊侍立的弗蘭斯，這實在是有些出乎意料的人選，弗蘭斯才到少將身邊半年，少將身邊的護衛隊隊長一向至少都任滿一年，才會派出去任職，這也說明柯夏對弗蘭斯的能力十分認可吧？

弗蘭斯顯然也有些驚訝，滿臉茫然。柯夏繼續道：「弗蘭斯。」

弗蘭斯連忙立正：「是！」

柯夏道：「你把護衛隊的事務向杜因交接一下，他接替你的職務。」

弗蘭斯僵硬著一張臉走了出來，說實在話，護衛只為將軍服務，每天做的也就是一些傳令，協調，保全等瑣碎工作，一般有些追求有些才華的軍官，是不願意走這條路的。只有沒什麼基礎和天分的普通軍官、以及關係戶才會願意長久待在護衛隊，不僅可以混夠服役年限，還容易蹭到些戰功。而將軍天天見到護衛，久了多少也有些情面在，退役後多少也能混個不錯的職務。

但夏柯少將的護衛，卻是所有人都夢寐以求的。畢竟誰都想不到夏柯少將明明雷厲風行，卻居然是個好老師，他不管帶誰在身旁，都能時時刻刻春風化雨一般地悉心教導，從機甲到指揮，從格鬥到軍事理論，沒有一項他不精通，甚至連禮儀、泡茶的方法這些都會順口教給身旁的人，無論是誰。

這讓所有護衛們都受寵若驚，人人都有一種感覺，少將是真的待護衛們如同學生一般的教育，也因此從少將身邊出去任職的護衛隊隊員，無論去哪裡都很快就脫穎而出、出類拔萃，絕不是碌碌無為之輩，之後這事就越傳越神，再加上柯夏本人的機甲戰鬥和格鬥技巧都十分出眾，彷彿天神一般，便愈加被神話，全軍團都以能到少將身邊擔任護衛為榮。

而他才到了少將身邊甚至沒滿半年……雖說是提拔任用，對他來說，還是心裡滿不是個滋味。

莫林剛剛處理完周邊保全工作，他也聽說了有個當值新來的護衛隊員被少將帶走的事，不由也有些在意，看到他出來連忙上前笑道：「怎麼了？那個新來的護衛隊員，聽說被少將帶走了？莫非少將認識？」

弗蘭斯心裡正是五味雜陳，看著莫林心裡又一陣抑鬱，交代道：「少將剛剛宣布，讓我去第三中隊任職，今天就要到任，要我把護衛隊的事務儘快交接，你整理一下，弄個目前護衛隊的基本情況，包括人員編制，人員履歷，相關職責以及目前存在的一些情況弄一份書面資料給我。」

莫林一怔但隨即又高興地恭賀弗蘭斯道：「恭喜你了！資料都有現成的，我整理下就好，下一任護衛隊長是誰？」他倒是有自知之明，知道即便弗蘭斯升任上尉，他履歷能力都還不足以獨當一面，應該是另外有隊長，但能留在少將身邊多學點總是好事，無論少將安排誰過來，他總會配合。

弗蘭斯臉色怪異：「我才來不到半年——算了，少將總是對的，下一任護衛隊長是杜因。」

莫林臉上瞬間也凍結了：「杜因？」

弗蘭斯點了點頭，心情並不太好：「應該是之前少將就認識的，他初來乍到，什麼都不太熟悉，你多協助他。」

莫林好不容易才調整回來情緒：「是。」

弗蘭斯看了下他道：「下午開個會，請全體護衛隊除了值班的都來開會交接吧。現在少將還留著杜因商量事情，本來他和蟲族對戰了一夜，又開了個軍務會議，應該很累，平時這個時間他會抓緊時間休息，但還是將杜因留在了房間裡。」

莫林微微有些低落：「好的。」

弗蘭斯拍了拍他的肩膀，提點他：「少將很看重他，我從來沒見過少將笑得那麼溫和，你要尊重他，協助他，我們護衛隊一切都是為了少將服務。」

柯夏房間裡，邵鈞正在替他更換床單、被單，將為柯夏準備的衣物都收拾進了衣櫥內，柯夏也已經換上了他帶來的真絲睡袍，躺在一旁沙發等他收拾床鋪，一邊說話：

「元帥壓著我晉升中將的晉升令，說我升得太快，太過年輕，而且勝率高戰損小是因為得了AG公司生物機甲等等高科技武器的贊助，其他軍團如果也拿到這些高科技武器，戰績不會遜色於我——真夠噁心的，誰不知道聯盟花了大價錢訂製的生物機甲全被送去露絲中將第一軍團那邊，我們的第二和霜鴉那邊的第三軍團全是自力更生。結果第一軍團的戰績還是不怎麼樣，他竟然還能死死壓著我和霜鴉的中將晉升。」

「第二軍團奧卡塔老將軍統領多年，雖然他力保我，但是我軍銜上不去，很難指揮，好些個中將都是表面是是是，其實任務安排下去還是各種自私，我一個少將本來就是破格擔任軍團長，本來早該升職了。但元帥那邊實在噁心，又想讓我在前邊打蟲族，又壓著我的軍銜吊著我。」

「其實我也懷疑這裡頭也有奧卡塔老將軍的一些私意，他也有些忌憚我，既想讓我替他們打蟲族，又怕我真的搶了他們的權柄。把我扶上去和元帥鬥，推我在前邊打蟲族，他們躲在後頭拿好處，還因此賺了奧涅金家族的豐厚援助，算盤打得精得很。」

「但是我沒辦法，機會只有這一次，當然存在著巨大的風險，我只能上，不能退，一步都不行。」

「霜鴉是沒辦法，他星盜出身，帝國那邊也怕他崛起，所以基本都是被打壓的，你沒看到聯軍司令部開會的時候，柯葉盯著他的樣子，簡直每分鐘都想吃了他。你如果在就好了，下次開會帶你去，護衛隊那邊你別擔心，有我替你頂著，你就專心跟著我就行，我要你做什麼你就做什麼……」

柯夏漫無邊際地說著話，從洛倫聯軍司令部那邊開會回來，他就憋著一肚子氣，這八年來他太辛苦了，和人打交道比砍殺蟲族還要辛苦，無數的派系，無數的利益，他需要從中條分縷析，巧妙借勢，連消帶打，才混到今日這個地步。

他真的太累了，夜夜失眠，深夜總會想起白日的所有事情，要怎麼處理擺平各方利益，要怎麼對應來自聯盟最上方的打擊，要怎麼提防帝國的敵人，每一步都是殫精竭慮，他甚至沒有人可以抱怨。奧涅金、花間風，甚至霜鴉，都不過是形勢、利益推動下不得不形成的聯盟，並不牢靠，他一旦顯露出脆弱、放棄的想法，很容易就會影響到聯盟的牢固性，影響到他們的信心。

當然並不會就此拆分背叛，畢竟他們是利益聯繫得太過緊密的共同體。但是他們會自然而然地替自己以及自己身後的家族、親友們尋找後路，這對於一個利益聯盟來說，是非常可怕的，當所有人都為自己尋找後路的時候，更何況他們還分別掌握著那些至關重要的技術、能源、人才——他唯一擁有的不過是父母親留下來的機器人，也在對方手裡。

因此他只能不斷鍛打自己成為最鋒利的尖刀，一往無前，鋒銳無敵，讓他們信任自己，神話自己，支持自己。

連他自己都不能把自己當成一個血肉之軀，一個會脆弱、會疲倦的普通人。

終於，他的機器人回來了，他也終於有個人可以說說話，而且很放心他絕對不會傳出去，也不會因為自己的脆弱而離開，畢竟自己所有最難堪的時候、最無助的時候，他都見過，他一直在，沒有離開。

邵鈞起身到外邊端了一大碗湯麵進來給他：「先吃了再睡吧？」湯是雞湯，清湯熱騰騰的，粉紅雞肉薄片浮在雞湯上，他通宵與蟲族對戰消耗巨大，又剛開完會，自然早就餓了，毫不客氣先喝了幾口熱湯，才拿起叉子開始吃麵。

食物將那些憋屈鬱悶驅淡了，雞湯裡有菌菇的香味，看似清水，味道卻十分醇厚，加上煮得剛好的麵條，讓他瞬間掃進肚子裡不少，他好奇道：「你哪裡弄來的雞湯？這麼快？」

邵鈞道：「提前熬好冷凍了。我剛才把它放進外面的智能餐爐裡頭加熱，等滾了放麵進去就好。」他是有備而來的，好在柯夏是少將，果然豪華套房內還是有著標準廚房的。

柯夏滿足道：「很好，比食堂的菜好吃多了。」他飛速吃完，擦了擦嘴，也沒等消化，畢竟疲憊的身體早就叫囂著需要休息，他直接躺回已經鋪好新床單的床鋪，柔軟光滑的真絲觸感讓他全身肌膚感覺到了一種被擁抱的舒適感，這種感覺甚至讓他舒服到全身都微微打了個戰慄，他看著替他蓋好被子的邵鈞，心滿意足道：「你回來了真好。」

邵鈞笑了下：「先休息吧，有什麼事醒了再說。」

柯夏小小打了個呵欠：「剛才安排了一堆工作去給他們幹了，短期內應該不會有事來煩我，有人來你就先擋一擋。我休息一下，順便好好想一想，該怎麼立個戰功，要舉世矚目，元帥再也壓不住的那種。」

邵鈞道：「看起來蟲族似乎得到了控制。」所以戰功才那麼難弄。

柯夏道：「之前打了那麼久，然後聯軍又打了三年，星球地面的蟲族老巢基本都被聯軍幾次聯合行動清光了，空間鈕真是個大發明。有時候我還真的能理解那些養寇自重的想法，但是我也還不至於沒底線到那種程度，早一日清走蟲族，早一日能夠恢復藍星的平靜繁榮。」

他睡眼朦朧，雖然大腦還在煩惱如何立個大功，讓元帥在沒有理由壓住他晉升中將，但身體和潛意識卻放鬆了下來，他的機器人回來了，這真是近期最值得慶賀的一件大好事。

過去那麼多難事，都一樣樣解決了，總能再繼續走下去的，他迷迷糊糊地想著，放鬆地沉入了夢鄉。

Chapter 160 推理

護衛隊員的會議很快召開。

弗蘭斯公事公辦地將衛隊目前的主要情況介紹了下，又介紹了下目前衛隊的骨幹成員：「莫林副隊長，統籌安排衛隊成員值班、日常訓練、人員調度等相關工作，協助隊長做好少將的排程、協調工作等等。」

莫林起立行了個軍禮，沉默中卻帶著一絲倨傲。

杜因回禮，弗蘭斯繼續介紹：「蘿絲麗，主要負責少將的財務開支、後勤保障以及對外接待協調安排工作。」

一個栗色長髮看著很溫柔沉穩的中年女子起身行禮。

「莉莉絲，主要負責電腦、智慧型機器人等等方面的電子設備技術工作，少將還有護衛隊這邊有什麼設備出問題了都可以找她。」

金髮有著甜美笑容的莉莉絲站了起來，行了個軍禮，她顯得特別親切的笑容顯示著她也已經認出了這位夏柯學長身邊曾經的不起眼的表哥，卻什麼都沒說。

「赫塞，擅長格鬥，主要負責少將日常安全保衛以及格鬥訓練的保障工作。」

赫塞微微抬高下巴，冷冷瞥了邵鈞一眼，顯然更不待見了，但弗蘭斯沉下臉道：「赫塞？」

赫塞這才懶洋洋站起來敬禮：「是，長官。」

弗蘭斯有些不滿，但仍然接著介紹：「花間琴，花間酒，如你所見，他們是雙胞胎兄妹，負責少將的日常書信、文稿寫作以及一些情報工作，年紀還比較小。」

一男一女站起來行禮，都還是少年的外形，黑髮黑眼，但長得都白皙清秀，有著一模一樣的外貌，花間琴長髮披肩，笑容甜美，花間酒短髮，神情冷漠，不苟言笑。邵鈞心裡明白這必定就是花間風派來協助柯夏的子弟了，一模一樣的外貌，扮演著截然不同的形象和性格，讓人們都以為很好區分的時候，往往卻是更好的偽裝，只需要換一下裝扮和言語行為模式，很簡單就能模仿扮演對方，這才容易混淆視聽，探聽消息，想來是從小就已經刻意培養，果然是間者世家。

「傑姆，負責少將的機甲維保、整備工作，雙博士學位。」

一頭褐色捲髮的傑姆站起來，以一種狂熱崇拜的目光看著杜因：「你是主導生物機甲研究以及空間機甲研究的杜因先生吧？我有很多問題，稍後能和你請教嗎？」

邵鈞一怔，解釋道：「我只是協助專案開展，主要負責行政組織協調工作，專案主要成果都是各位專家研究出來的。」

傑姆仍然十分激動：「沒想到您會來少將身邊，您現在是業界內的傳說！一篇論文沒有發表過，沒有任何頭銜，但是卻一手主導了生物機甲系統、空間鈕的研發，事後仍然所有專案和專利都沒有冠名！所有機甲專家都希望能夠認識你！」

護衛隊隊員人人側目，赫塞笑了聲：「不冠名是因為確實就是行政後勤人員，所以才不冠名吧？就像奧涅金伯爵，出了錢，也是專案組組長，他敢在專利發明以及相關論文上署名嗎？會被嘲笑死的。」

傑姆道：「我老師在那個專案小組！他說了杜因先生非常專業，人還謙虛又低調！所有專家都非常尊重他！」

赫塞冷笑了聲，弗蘭斯已經沉聲喝道：「赫塞！」

赫塞不說話了，眼睛裡卻全都是各種鄙視，臭林道：「赫塞年紀還比較小，請杜因少尉包涵。」

邵鈞只是點了點頭，弗蘭斯又說了些注意事項，會議開到一半又有衛兵來稟報：「少將找杜因少尉。」他好奇地打量著這個傳說中的少爺兵，最後卻戲劇化地一躍成為他們的頂頭上司。

弗蘭斯只能道：「會也開得差不多了，杜因少尉你先過去吧。」

邵鈞起身敬禮後出去。

柯夏倒沒有什麼大事，只是起床後又處理了幾個軍務沒見到人，就乾脆把邵鈞叫了過來，完全沒事，只是讓邵鈞跟著他，然後帶著他巡了一遍星谷要塞，從他的角度來說，只是帶著自己的機器人管家走一遍，讓他熟悉地形，方便接下來的工作。但這落在他人眼裡，卻是少將在繁忙軍務中，仍然抽出時間來親自帶著新來的護衛隊長四處走一遍，這是明晃晃地在為護衛隊長撐腰，下一步誰要不給這位護衛隊長面子，那就是打臉少將，一時間人人心裡警醒，萬萬不能得罪這位護衛隊長。

柯夏可不知道自己的無心之舉讓下屬們怎麼想，他邊走邊解說給邵鈞聽：「這裡主要管的是整個斯托拉谷地和附近的幾個小國，因為人少，蟲族都不怎麼來。」

「第二軍團的駐地，是布魯斯那老鬼精心挑選過的，整個地方地廣人稀城市少，防守困難，蟲族也來得不算多，這樣也不會有特別亮眼的戰績出現，但是！你以為這樣就完了？他才不會讓我們這麼輕鬆舒爽！你看地圖，星谷要塞的駐紮點十分關鍵，無論是去聯盟的其他軍團的駐地，還是在海對面的帝國，都是人口百萬以上的大城市和港口，人多又密集，是蟲族最愛的主戰場。」

「所以這就導致了一個局面，任何一個軍團的駐地受到蟲族襲擊，接到聯軍司令部的要求，我都必須要率軍去支援，自己寸功不立，都是在替別人打蟲族建功立業。基本上最近這幾年，我被任命為聯軍第二軍團指揮長以後，大部分時間都是在支援別的軍團，中將的晉升就一壓再壓，這意味著，一旦和蟲族的戰爭結束，聯軍解散後，我的軍銜仍然還是聯盟的少將，頂多是中將，無論如何都到不了上將了，這就是他打的主意。」

「所以這才是為什麼反而是我和霜鴉這樣的新人能擔任聯軍的軍團長，因為所有的聯盟將軍們，全都知道元帥在打什麼主意，他是一定要用整個聯盟的功績，去把他的女兒扶起來。和帝國聯軍，無論曾經取得多少榮耀，等聯軍解散後，都有可能一場空。」

「除非你真的能立下舉世矚目誰都壓不下的驚世之功。」

柯夏站到了瞭望塔的最高處，穿過瞭望窗往遠處望去，風吹過他的金髮，他眼睛裡深藏著憂慮。

邵鈞看著下方山谷中一片一片綠色青草，它們開著淡黃色星狀的花，從高處看去，只看到一層霧籠罩在上頭，風吹來草叢一波一波的起伏著，猶如波浪一般令人心曠神怡。

他說：「既然藍星地面上已經沒什麼大的蟲族部隊了，那第一軍團應該同樣也面臨無功可立這樣的局面才對。」

柯夏一怔，邵鈞道：「布魯斯元帥壓著你不讓你晉升，是因為你也晉升中將以後，就是露絲中將最大的對手吧？布魯斯是個徹頭徹尾的偽君子，一向做事不會這麼露痕跡，這樣明擺著就要壓著不讓你晉升，應該也是急了吧？」

柯夏忽然一笑，眉間的焦慮散去了不少：「不錯！目前聯軍所有的軍團，其實都面臨著同樣的局面，等蟲族全部被趕跑以後，帝國和聯盟因為這次聯軍，應該也會和平上很長一段時間。世界和平，那麼所有的軍人同樣都要面臨著無仗可打，無功可立，只能和太平年代時期一樣慢慢熬資歷的局面，對於同樣年輕，卻偏偏不幸身為女性的露絲中將，她的路會比我更難熬，畢竟作為女性想要走到最頂端，不得不承認還是很難，以她目前的功績，想要接替元帥的局面，簡直是不可能的事情。所以她比我還要著急——難怪最近接到來自第一軍團的戰情都少了，他們應該在放慢剿滅蟲族的步伐，在這戰爭最後的時刻企圖謀取更多利益。」

邵鈞道：「你今天說，理解那些養寇自重的人的想法，但是你有底線，不會做。可是我們都知道，布魯斯元帥是沒有底線的，代入他的想法，沒有敵人，他可能也會製造出敵人，製造出一個不世之功，好將他的女兒扶上位。」邵鈞謹慎地用柯夏說過的話來啟發他，好讓他認為這一切都是他自己推導出來的。

柯夏的大腦飛速旋轉著，眼睛發亮：「不錯，如果是我的話，不僅會製造強敵，很可能還要順便坑對手一把，同時最好還要栽贓嫁禍，栽贓嫁禍的對象當然是本來就有黑歷史的人最好……」

他抬起了頭：「聯軍第三軍團！最合適的栽贓對象，他們星盜出身，無論做出什麼事來都不奇怪，更何況霜鴉手裡還掌握著天網之父羅丹研究蟲卵的筆記，這對於布魯斯來說，真是讓他寢食難安的證據，即便證明不了是他，仍然讓他坐立不安吧。」

邵鈞道：「所以布魯斯元帥一定會有行動，我們現在需要的是準確的情報和提防。」

柯夏轉過身去，快步走出房間揚聲叫：「花間琴！」他眉間陰翳盡去，他早就應該想到了！實在是自己太忙了，身邊一個說話的人都沒有，果然還是機器人和自己多說說話，才能理清思路。

真是再明顯不過的事了，布魯斯元帥這樣毫不遮掩明晃晃地打壓，是因為他急了。

急了，就容易錯。

自己只需要沉下心來，好好應對，成敗就在此一舉。

護衛隊們都以為杜因之前默默無聞，如今正式上任，必定要立一立規矩，好好給他們點顏色看看。

誰知道半個月過去後，所有的護衛隊員包括第二軍團的其他中隊隊長都迷惑了，這位杜因隊長，仍然和之前一樣沉默寡言，基本不和護衛隊員們私下交流，日常來往僅限於公事來往，言簡意賅。大部分時間他都是跟著少將，但也不能說他不做事，所有報到他這裡的電子公文，他仍然會一絲不苟地批回來，在錯的地方上打圈，核對無誤地簽字，看日期全是在深夜，也就是少將休息後。

總之看上去就是，他並不打算和護衛隊隊員們敘什麼戰友情，一律全是公事公辦，他本來是隊長就已免了值班帶班，日常訓練也被少將親自下令免了，這更讓人迷惑了，畢竟就是少將，也會在沒有戰鬥任務的日子裡一大早起來晨練，日日不輟。

他往往靜默地站在少將身後，讓人幾乎忘了他的存在，替他端茶倒水，折衣收拾房間，而這些本來都應該是最低級的護衛隊員做的事，自從這位隊長來後就全部由他接手，有時候護衛隊們但又有隊員親眼看到他替少將按摩肩膀，按揉小腿，甚至單膝下跪替少將脫靴子，這卻並不讓人覺得卑微或者過於討好，因為他的神情是平靜自然，包括少將的態度，也是自然到彷彿理應如此。

「鬧了半天原來少將需要的是個時時刻刻服侍他的貼身僕人呀——那些買的東西，原來全都是買給少將的，難怪深得少將歡心。」赫塞冷笑著：「說來也是，少將自己就是格鬥的高手，本來也不需要我們這些護衛隊提供什麼保護。」

護衛隊幾個沒在當值的人正在要塞裡護衛隊專屬小餐廳內坐著用餐，赫塞一邊將一團蔬菜狠狠塞入嘴裡，一邊諷刺著。

莫林道：「不要這麼說，是我們以前做得不夠好。」

赫塞誇張地哈了一聲：「你見過他那卑躬屈膝的樣子嗎？簡直就像第五第六軍團那些帝國貴族的隨軍奴僕伺候的樣子，我們聯盟不興那套！」

這時幾個護衛隊員都詭異地沉默了一下，全都不約而同想起了自己的少將出身黑戶，是帝國那邊流亡的貴族後代的流言來，亮麗如燃燒到極致的金髮，冰藍色的眼眸正如最純正的貴族血脈——說不準本來他們的少將，本來就是習慣這一套無微不至的服侍吧？這是無意中說中了吧？

莫林輕輕咳嗽了一聲，花間琴笑了聲：「你們是不是忘了，我們的少將大人曾經患過重病，默氏病可是需要二十四小時有人照顧的，雖說已經痊癒了，但是你們又不是沒見過上次他勞累過度神經痛的樣子。」

這時候莉莉絲也附和：「少將曾經是重病患者，的確需要人貼身照顧，所以有個熟悉他的人貼身照顧他，這樣不是很好啊。他一定不會讓我們做這些事，但是杜因少尉是他自己找來的，那就肯定是他希望見到的人，我們還是多理解支援少將吧。再說我看杜因少尉既不擺架子，也沒有耽誤軍務，每一件軍務都有認真批覆，上次我寫錯了一個單詞，他還特意圈出來了，可見看得很認真。」

蘿絲麗也附和道：「不錯，杜因隊長真的非常負責，每一項開支他一眼就能看出來有沒有錯，真的是位十分細心的人。而且自從他來了以後，每一次請示少將用餐菜單，都不再是件痛苦的事，要知道每次請示少將，他都非常含糊，結果真的食堂做出來了送到他那裡後，又很是嫌棄。少將可是很挑剔的啊，現在就不會了，每一樣杜因隊長都能非常準確說出來，後勤部大大鬆了一口氣啊！」

赫塞撇了撇嘴，難得地居然沒有繼續諷刺下去，畢竟，杜因隊長如今擅長的，竟然是他們到少將身邊從來沒有做到的事，護衛的確是應該包攬將軍的一切繁雜內務，安全保衛，出訪出行，戰鬥安排，但聯盟自由民主平等的觀念深入人心，因此下屬對於上司服從，但絕不會是無原則的服侍，尤其是那種無微不至的照顧和服侍，任何一個人做來都難免逃不過媚上的嫌疑，被人鄙視。

這絕對不是說他們覺得少將配不上這樣無微不至的照顧，相反，太應該了！

少將戰鬥起來消耗巨大，護衛的原則就是讓少將絕不煩心在非戰鬥的事項上，但對於他們這些軍校畢業的天子驕子來說，沒人能夠真正彎下腰去做這些瑣碎的貼身內務，奇怪的是杜因做這些事卻並不顯得卑微和諂媚，一個自然而然地做，一個也理所應當地接受，自然得彷彿如同——他腦海裡忽然跳出來一個詞，伴侶！沒錯，正像他以前見過的那些合法伴侶一般，共同生活，互相照顧，一個病了，另外一個就會無微不至地照顧……也不對，這好像是單方面的照顧，他簡直想不出少將那樣一個矜貴的人去照顧人的畫面！

關鍵是兩人之間那種順理成章天經地義的感覺，讓人完全不會反感。

他迅速將自己腦海裡冒出來的這麼一個詞刪去，之前對杜因那後來居上的不滿竟然神奇地消散了些。要知道護衛隊的這些人，都算得上是人群裡的佼佼者，能夠心甘情願為少將做內務，還不是希望能追隨少將，學習到更多的東西，說到底他們一個個都傲著呢，誰真能做到這樣呢？

如果少將習慣的護衛隊長是這樣的，那也是少將喜歡就好了。

不過他還是斜著眼看花間琴：「我說你們兄妹倆，以前弗蘭斯隊長剛來的時候，你們兩個給他添了多少麻煩，怎麼現在這個隊長來，你們就這麼老實？」他有些憤憤不平：「我還記得你給莫林吃奇怪的藥，說是能提高精神力，結果他身上臭了好多天！」

就連他也吃過虧，花間酒說要和他討教格鬥，然後中途會偶爾去廁所，換成花間琴，兩人輪流和他車輪戰，把他累得懷疑人生，還以為自己訓練這麼多年，居然打不過一個小孩子。最後還是少將路過看到了，喝止了他們，還罰了他們跑了一個月的步，才老老實實認了錯。就這兩年他們長大了些，才沒總是惡作劇。太可惡了，兩兄妹看起來斯斯文文，結果一個比一個陰！

花間酒哼了聲，花間琴笑容可掬道：「我們同樣髮色同樣瞳色呢！很有親切感啊，我喜歡杜因隊長！」

這也可以？赫塞大大翻了個白眼。

總之，杜因隊長這詭異的定位，反而讓被空降造成的不安和騷動平靜了下去，護衛隊穩定規律地運行，就連第二軍團一些稍微知道些內幕，還以為這個新來的護衛隊長會被護衛隊內部這幾個麻煩傢伙整一整的人，都忍不住嘖嘖稱奇，之後也一律認為是這隊長果然有少將支持，才能這麼順利接管了護衛隊。

又是一個平靜的傍晚，紅霞映得星谷通紅，柯夏房間的露天陽臺上，邵鈞正在用薄薄的小刀切削著一片一片的晶瑩剔透的生魚片，這種魚是附近海裡出產的，新鮮的時候生食，口感極為脆嫩清甜，但因為這種魚極為警醒，且對海水潔淨度和海域的安靜要求極高，因此不好捕捉。今天要塞食堂難得採購到了一批新鮮活魚，邵鈞便拎了一桶來切成薄片，一片一片敷在冰塊上，配上乾香草、檸檬汁和海鹽做成的汁，放在餐桌上供柯夏食用晚餐。

柯夏半靠在房間陽臺上，手裡晶瑩的瓶子裡盛著冰水，為了保持精神力的敏銳和隨時備戰，他基本不喝酒。他喝了幾口冰水後，懶洋洋道：「霜鴉接到我的信，很重視，說正在暗自排查，果然找出了有人正在暗自與外頭聯繫，如今正派了人監視。」

邵鈞道：「所以布魯斯元帥到底想做什麼。」

柯夏道：「我也在想，我還想起了一件事，就是當年的葛里大師，你還記得嗎？後來說生病了要休養，再也沒有出現過，這很可疑。」

邵鈞道：「是不是也在祕密研製什麼武器。」

柯夏笑了聲：「如果古雷在，一定會冷笑一聲，說葛里就是個欺世盜名、嘩眾取寵的垃圾，能做出什麼東西來，再說葛里的個性，也不像是能默默無聞多年不宣傳的人，他如果有什麼思路或者階段性成果，一定是會大肆宣揚以吸引投資的，元帥也沒錢，為什麼他居然銷聲匿跡了？難道真的病了？我不太相信，我已經讓花間風想辦法派人查了，但是一時半會也還沒查出個頭緒來。」

邵鈞默默切著魚片，忽然聽到尖銳的警報聲，幾乎與此同時，整個要塞的離子防禦罩已經迅速啟動，將整個要塞完全籠罩住。

柯夏臉色一變：「一級警報，自動啟動要塞最高級別防禦，這是要塞遇襲？」

他低頭看腕上通訊器緊急響著，哨兵警衛處已經緊急彙報：「報告指揮長，發現有一群蟲群正在往要塞襲來，初步探測約有上萬隻，大概十分鐘後抵達要塞！」

他迅速起身往要塞指揮中樞走去，邵鈞拿上了他的軍帽和軍服外套，一路替他整裝。

天空密密麻麻飛來遮天蔽日的蟲群，瘋狂地直接撞擊離子罩，離子罩上被撞擊的地方電光閃爍，蟲子的翅膀和觸鬚都被燙焦，但它們仍然彷彿無知無覺，毫不顧忌不畏生死一般地衝撞離子罩。

數千頭猙獰巨大的蟲子振翅高速衝撞，這讓所有要塞內正通過即時監控近距離關注著敵情的人都感覺到了強大的壓迫感，彷彿那些拚命撞向離子罩的蟲子，隨時將衝破離子罩，惡夢一般地撞入要塞，摧毀一切。

柯夏站在中控指揮室裡，面沉似水：「這些是蟲族裡頭體積最大力量最強速度最快的頭蟲主力，它們會反覆高速撞擊離子罩，不斷消耗掉離子罩的能量，然後突破防禦罩——但是這股瘋勁，真有點稀罕。」邵鈞站在後頭一時沒有反應過來，直到柯夏轉頭看了他一眼，他才回神，他是說給自己聽？

柯夏卻已經熟練地部署下去：「離子炮準備，先放一萬隻空浮游機炮和干擾無人機出去，機甲隊集合好沒？集合好立刻讓他們出擊，另外，地面步兵裝甲隊一二三隊即刻出戰，四五隊待命。」

邵鈞沉默地站在他身後，看他有條不紊地一邊注視著場面一邊指揮戰局，等到上百臺機甲隊出戰後，他更是彷彿對每一臺機甲包括駕駛員都熟記於心。

「奧丁，帶領你的小隊到座標 34.67.89 處，F型戰隊防守。芳菲，帶領小隊到座標 29.80.12 處，用S型進攻，你們兩側夾擊。所有機甲小隊聽令，儘量將蟲群驅趕到 77.170.95 西南方位，等待離子炮攻擊。」

「布賽斯，打起精神來！你疏忽了！格魯，你先撤離，往高空俯瞰觀望待命！」

「庫庫斯，用Y式戰法！你用錯了——立刻去支援你身後一星里後的古斯！」

他對著巨大的指揮螢幕上數十個畫面，常人看到這樣的畫面只會眼花繚亂，他卻準確地利用這些畫面操控著他的隊伍，如臂使指地指揮每一個小隊乃至每一臺機甲如何戰鬥，熟練地指揮著每個小隊每個兵種，將蟲群漸漸驅趕聚集到了之前確定好的位置，瞇著眼睛抿起嘴唇，終於喝道：「離子炮！發射！」

雪亮的離子炮光柱穿破蒼穹，將射程內的所有蟲族蕩清，一時之間圍攻要塞的蟲族頓時少了許多，指揮室裡的文職軍人都忍不住歡呼起來，人人精神一振，柯夏卻沉聲指揮：「繼續！下一處地方是東北方向，56.88.97，請各小隊繼續準備。」

隊伍們果然冷靜熟練地切換隊形，迅速改換，將剩下的蟲族繼續驅趕，第二次離子炮再次發射，場面上的蟲群又再次被清掉了許多。

指揮中心裡原本緊繃著神經的人都感覺到了一些放鬆，一旁一直在快速處理資料的莉莉絲都鬆了口氣：「看來蘿絲麗中尉可以通知食堂準備安排點宵夜給各小隊了，畢竟大家都沒來得及用晚餐呢。」

然而這時警報又再次響起，通訊器上負責遠端監測的哨兵聲音發著抖：「報告少將！又來了一群蟲群！數量監測也是三千隻左右！預計十星分後抵達！」

指揮中心原本已經竊竊私語的人聲陡然靜了下去，又來一波蟲族！這可是前所未有的！

只有柯夏仍然平靜無波，冷靜道：「各小隊報告目前戰損情況。」

「第一中隊報告：五十四人受傷撤離治療，目前戰場上有兩百二十六人可以參戰，後勤人員堅守崗位！」

「第二中隊報告：三人犧牲，二十五人受傷已撤離治療，目前三百人可以參戰！」

……

「機甲隊全員存活，能源平均剩餘百分之六十五，尚可戰鬥十八小時！」

柯夏繼續道：「要塞能源部報告剩餘能源。」

「報告：要塞防禦能源還足夠發射六次離子炮以及十個小時離子罩。」

所有人的心都提了起來，有參謀提議：「少將，是否報告聯軍司令部請求救援？」

柯夏道：「附近能支援的會是哪個軍團？」

一位參謀迅速道：「第三軍團昨天已派了一千人和機甲隊支援帝國柯葉親王那邊，因此聯軍司令極有可能派第一軍團前來支援。」

柯夏面容冷峻：「暫不求援，全員繼續迎戰！」語氣堅決，無人敢違逆，所有人迅速聽指揮移動戰位。

第二波蟲群黑壓壓地再次襲來，訓練有素的各個小隊仍然按照之前的戰術，嫻熟地驅趕蟲群，等待離子炮驅趕，但要塞的離子罩能量進度條仍然不斷下降著，第二批蟲群仍然瘋了一般撞在離子罩上，不顧自己的翅膀身軀被燒焦。

指揮中心有人倒吸了一口氣：「我第一次見到這樣瘋狂撞擊的蟲群。之前人類聚集地的保護罩，蟲子們撞個一兩次，也就會放棄另外找薄弱的地方，哪有這樣不死不休的？倒像是有了靈智和我們有仇一樣！」

「我也是第一次看到。」

柯夏忽然道：「我見過一次這樣發瘋的蟲族。」

莫林好奇問道：「少將什麼時候見過？」

柯夏凝視著那爭先恐後瘋狂撞擊的蟲群道：「很久以前，我捉了牠們的雌蟲，劈掉翅膀和爪足拖在機甲後邊，放牠們風箏的時候。」

眾人倒吸一口冷氣，場面陡然冷了下來，人人腦海裡都升起了一個念頭：果然不愧是少將，真是有夠——變態強的能力。

柯夏沒有繼續說話，沉著指揮，大約過了半個多星時，眼見著蟲群漸漸在他嫻熟指揮下又再次被清掃了許多，這時候哨兵再次發著抖驚呼：「報告少將……又來了一群蟲群！數量——數量仍然是三千頭左右！」

整個指揮中心彷彿結上了冰一般，沒有人敢去看少將，上萬隻蟲族！這是和蟲族戰爭以來，從來沒有過一次性這麼大規模來犯的蟲族數量！

已經有人抖著聲音道：「少將，是否即刻聯絡聯軍司令部，請求救援？」

柯夏藍眸裡彷彿結了冰，嘴角卻噙著冷笑：「我敢保證聯軍司令部早就知道了，正等著我們的求援，一旦我這個信號發出去，第一軍團將會整整齊齊地從天而降，踩在我的臉上收割萬蟲的戰功。」

「可惜，我的字典裡，從來沒有敗這一個字。」

「這一筆送上門的功勞，我拿定了！」

他冷冷道：「天寶準備出戰，護衛隊員調三臺機甲一同出戰。」他轉過頭看向自己身後的護衛隊，莫林連忙道：「遵令！」

柯夏卻一怔：「杜因呢？」

莫林道：「他說太晚了怕您餓了，下去給您煮碗麵。」赫塞嘲諷地笑了聲。

形勢緊急，柯夏未置一詞，面無表情大步走入了天寶停機坪，迅速換上了機甲駕駛服，駕駛天寶帶領著莫林、赫塞兩臺機甲衝出了要塞。

漆黑的夜空中星光已經被烏雲遮掩，巨大的鋼鐵巨人手揮閃耀著藍色光弧的巨刃，淩空一劍，劈向蟲群，「轟！」

夜空迅速被白光照耀得猶如白晝，無數蟲子被那千鈞一劍劈成了齏粉，蟲子們四處逃散，漆黑的巨人卻猝然轉頭，飛射而去，再次靈活地追上了一團主力蟲群，再次揮劍斬下！

「轟！」

巨大的刀光劃破深黑色的蒼穹，在要塞走廊上的邵鈞抬頭又看了眼天空，轉頭對肩膀上的丹尼爾道：「天寶出戰了，應該是又來了第三波，這實在太反常了——你看得出什麼原因嗎？離子罩能量不多了，一旦要塞被攻破，第二軍團將會成為第一個駐守的要塞被蟲族攻破的聯軍軍團，哪怕這蟲族數量前所未有的驚人，敗，就是敗了。」

羅丹抬起星輝花苞，凝視觀察了一會那些仍然悍不畏死撞擊離子罩的蟲族，喃喃道：「你知道很久以前，有一種如今已經滅絕的昆蟲，叫蝗蟲嗎？這種昆蟲很奇特，它們在個體數量比較少的時候，會互相避讓，但如果後腿某個部位被頻繁觸碰後，它們就會一反常態改變生活習慣喜歡聚集群居起來。生物學家們聚集了大量的蝗蟲進行測試，發現當某個地方的蝗蟲數量超過某一個臨界值，蝗蟲就不會再互相躲避，而是會聚集成群，成群結隊覓食，形成彷彿雲霧一般的蝗蟲群四處掠食莊稼，人們稱之為蝗災。」

邵鈞抬頭看了眼天上那些道：「你的意思是？」

羅丹道：「當年我主導研究這種蟲族時，孵化了幾隻幼蟲進行研究，當時我們就發現，當幼蟲只有幾隻的時候，牠們根本不會聚集生活，只是互相避讓，各自覓食，這讓我覺得很奇怪，而當幼蟲中出現了一隻雌蟲的時候，幾隻雄蟲，甚至會互相廝殺，爭奪與雌蟲的交配權，直到只剩下最後一隻雄蟲。」

「這讓我們感覺到很驚奇，因為雄蟲這樣的彼此排斥，並不像是人類軍流傳下來的資料中的描述，這是一種群居性的蟲族，會集結，保護雌蟲和卵，分工捕食狩獵，群居集結漫遊。」

「所以當時我有一種猜測，就是這種蟲族，很可能類似蝗蟲，有著當數量超過一定臨界值，才會產生群居的生活習性，否則雄蟲會互相攻擊自相殘殺，以求得剩下的雌蟲的交配權。但是這個推測只是推測，因為當時我們發現了這種蟲子實在非常凶殘，當時的條件不允許我們做這樣的數量測試，一旦蟲群超過一定數量，真的變成資料記載裡那種可怕的群體，那人類就無可挽回了。」

「所以我們當時只做了這種假想，並沒有做實驗去證實，但是我們的這種推測，是記載在了研究資料裡，打算供後人借鑒的。」

邵鈞道：「所以你懷疑，現在這樣一群一群的蟲子，是有科學家看了你們當年的研究筆記，人為培育出來的？」

羅丹道：「很有可能，理論上如果只是實驗室孵化，不應該會形成這樣規模的蟲群，我們當年孵化了十來隻，都沒有群居的生活習性，這應該是有人在同一處狹小固定的場地裡，有意識地培養出了這麼一群蟲族。」

「按你剛才說的，牠們分批來襲擊，每一波都是三千數量左右，所以我推測這很可能是不同的蟲群，剛剛培育出的蟲群，很可能這個臨界值，就是在三千左右，從陰謀的角度來說，如果想要驅使這些雄蟲這麼瘋狂地來攻擊一個地方……」

邵鈞已經迅速想到了剛才柯夏說的話，脫口而出：「雌蟲！」

羅丹道：「不錯，雌蟲發出的求偶或者求援的聲波，會吸引無數雄蟲前赴後繼，捨生忘死地前來，這是刻在基因內的本能。」

「只要這隻雌蟲一直還在發出聲波，附近的雄蟲就一定會繼續湧來，瘋狂攻擊，哪個要塞都撐不住這樣的攻擊。」

「不一定是活的雌蟲，蟲族的聲波有特定頻率，但很難採樣和進一步進行模仿研究，我們當年嘗試過模仿，但是雌蟲卵太少，我們沒有足夠的實驗樣品，也只是在研究資料裡提出了可以考慮模仿雌蟲的聲波，從而達到誘殺雄蟲群的戰術，當然這同樣也需要極強的戰鬥力，當時我們仍然沒有把握。」

然而很明顯，布魯斯元帥他終於研究出來了，培養孵化出一定數量的蟲族，並且獲取了足夠的雌蟲實驗樣品，於是研究出了模仿雌蟲聲波的技術，並且沒有將這種技術用在對付蟲族，而是將這種技術毫不猶豫用來攻擊同為聯盟軍隊的同袍。

一旦第二軍團戰敗，中將晉升自然沒有下文，而前來救援的第一軍團，則將榮譽納入囊中，下一步利用這種技術，將剩餘的蟲族剿清，露絲中將，順理成章在戰後升為上將。

邵鈞抬起頭注視天空，無機質的黑色眼眸內不斷閃動著天空戰場的倒影，天空密密麻麻地蟲子振翅飛過，遠處天邊鋼鐵巨人還在捨生忘死與蟲族奮戰，雪亮的刀光席捲著颶風。

他淡淡道：「人那傾軋異己的心，比蟲子可怕多了。」

「我們會找到那隻『雌蟲』的。」

「還有三個小時，離子罩能源就會耗盡，我們還有三個小時。」

柯夏手中持劍，再次劈下了蟲群，漠然看著那些蟲子化成齏粉，腦子裡卻在有些胡思亂想：不知道他的機器人，煮了麵後等不到他會怎麼樣。

他微微有些出神，一劍又揮散一群蟲群，這一次他上場的強度應該都還沒比得上上一次他成為聯盟機甲明星的那一次拯救表演的強度，但那時候他心裡清楚救援遲早會來。當然現在，只要他讓人聯繫聯軍司令部，還是會有不懷好意的救援在等著他，但他偏不讓他們如意。

陰沉沉的天穹下，第二軍團被無窮無盡的蟲群圍攻著，爭先恐後密密麻麻的蟲群後的暗處，又不知多少別有用心的眼睛在窺伺，猶如禿鷲們在高處盤旋，等待分食仍然在奮戰的英雄們屍體。

他始終還是不願意彎下腰，跪下去祈求活命，從不屈服的血在他血管中沸騰，他咬緊了牙根，心裡知道即便自己不救援，第一軍團仍然會在要塞被攻陷後，從天而降來踏在他們臉上攫取榮耀。

但自己絕不會乞求和低頭——只是走了這麼久，還以為自己已經是強者了。

很不甘心，但絕不低頭。

柯夏一遍又一遍的揮劍，將所有的壓抑著的憤怒劈向蟲族，這時他通訊頻道裡的加密的護衛頻道響起了一個鎮定沉著的聲音：「我是杜因，所有在要塞的護衛隊員注意，我現在需要在要塞裡找一個地方，這個地方在高處，能夠毫無阻礙地向太空發出音波，而這個地方又比較隱蔽，一般的巡檢不會發現，容易進去加裝某個設備。請所有在要塞的護衛即刻帶領值班人員，帶上超音波探測器，搜尋這樣的地方，尋找一樣正在不間斷發送超音波的電子設備。」

赫塞惡狠狠劈開一隻蟲子，喘著粗氣道：『杜因隊長！這個戰鬥的時候你就別來添亂了好嗎？」

柯夏卻截口道：「按杜因說的辦，今天的蟲族不正常！」他已經敏感地想到了雌蟲：「一定有異，仔細搜遍要塞每一處高塔！」

「遵命！花間琴正帶領小隊搜索C區高塔，目前沒有發現。」

「遵命！花間酒正在搜索D區高塔，目前沒有發現。」

這時候其他的護衛隊員也已經迅速反應過來：「莉莉絲正在搜索A區。」

「隊長！您的意思是懷疑有超音波器，能夠類比雌蟲的聲音，才導致了雄蟲的進攻？」傑姆非常激動道：「我想起來了，前些日子食堂屋頂上的太陽能接收器維修過！會不會是那裡！」

邵鈞道：「在那附近的護衛隊員有誰？立刻過去看看，我現在也在趕過去。」

傑姆道：「我已經趕過去了。」

柯夏忽然嘴角翹了起來，機器人的聲音還是那樣的平板冷靜，但這一刻他忽然不再感覺到之前那種灰心和憤怒的感覺，他甚至還有閒心去和杜因開玩笑：「杜因，所以我的麵呢？」

邵鈞：「……」

護衛隊員們在加密的護衛頻道裡哈哈哈哈哈地笑了起來，彷彿人人都忘記了之前的沉重和壓抑，之後頻道裡又陸陸續續地有小隊長報告：「A區目前沒有發現，C區目前沒有發現。」

傑姆精神振奮：「果然是這裡！我發現了！大家快來！超聲波探測器瘋狂在跳動！」他眼睛緊緊盯著那巨大銀光閃閃的太陽能接收器興奮大喊著，忽然那傘狀的太陽能接收器後的陰影部分，閃出來了一個人，手裡持著一把鐳射槍，瞬間對準了傑姆胸部就開了槍！

傑姆張大了嘴巴，甚至還沒有來得及呼救，一隻有力手臂就已經攬住了他的身前，那隻手臂上戴著的手錶忽然一閃，撐出了一個離子盾，鐳射槍爆發出來的光在離子盾上消融了。

對面一看情況不妙，已經轉頭就要逃，邵鈞卻已衝了上去，俐落地一腳將他踢翻在地，上前背過他的手死死將對方壓在地板上，旁邊的護衛隊員也迅速趕到，衝了上來。

但邵鈞已經迅速感覺到手下的軀體忽然痙攣了下，徹底放鬆了。

他鬆開了手，對拿著手銬上來的護衛隊道：「沒用了，自殺了。」

他起身看著還在張著嘴的傑姆：「快檢查設備。」

莉莉絲已經拿著儀器上來俐落檢查：「確實被加裝了個設備，這兒有開關，可以關掉嗎？」

傑姆上前檢視了下：「沒問題，這個原理很簡單，就是個播放機，關掉。」

邵鈞看了下檢測超聲波的儀器：「繼續檢查，看看還有沒有別的地方有。」

羅丹在他耳邊低聲悄悄道：「一般只會有一隻雌蟲，兩隻以上反而會削弱效果。」

邵鈞道：「還是不能掉以輕心。」

隨著超聲波播放機關掉，之前還在瘋狂衝撞離子盾的雄蟲開始放緩了速度，柯夏打開了軍團公用頻道：「全軍團列位戰友，我們剛剛在要塞成功排除了一個模仿雌蟲聲波的超音波播放機，逮捕了破壞分子一名，粉碎了不懷好意者的陰謀！諸君，設備已經破壞，勝利就在眼前，讓我們踏著蟲骸，迎接黎明的勝利！」

頻道裡先是一陣靜默，疲憊的第二軍團戰士們原本已經撐不下去，聽到這一段資訊量過於巨大的通報，先是愕然，這一批一批如此反常的蟲子攻擊，竟然是被人引來的？加裝類比聲波的設備，這只能是來自人類的暗算！

士兵們為了全人類在與蟲族的戰場上浴血奮戰，卻遭受了來自人類的卑劣暗算？

是誰？

高漲燃燒的怒火，而陰謀已經被破壞更是為他們注入了強心針，所有人都嗷嗷叫著衝向蟲族，勝利！一定要勝利！唯有活著回去，才能報復，唯有一場大勝，才能狠狠還擊！

當黎明的曙光在天邊浮現，蟲族們的殘骸七橫八豎堆成了一座一座的小山，初升的陽光給小山鍍上了一層金邊。

星谷要塞裡洋溢著勝利歡快的氣氛，廣播裡播放著豪情萬丈的戰歌，到處都是三五成群的戰士們，有的在放聲高歌，手裡拿著飲料，有的則結隊大笑聊天，放鬆發洩著鏖戰勝利過後的喜悅和激憤。

要塞頂層巨大的透明穹頂餐廳內，年輕的少將帶著剛剛立功的護衛隊們正在用早餐。

早餐是麵，用的是前夜少將沒有吃完的魚片煮成的乳白色湯，撒上了洋蔥碎末，散發出誘人香味。餐廳還呈上了剛烤出來的香噴噴臘腸披薩，碩大鬆軟的蛋糕，水靈靈的酪梨，新鮮芬芳的牛奶，分外豐盛的早餐顯示著餐廳後勤隊空前的積極性和熱情。

護衛隊們親暱地嘲笑隊長：「隊長！這是您幫少將煮的麵？」同生共死以及化險為夷讓這些護衛隊員瞬間都接受了這位沉默寡言但是關鍵時刻居然有兩下子的護衛隊長。

即便是赫塞，也沒有表現出不滿來，畢竟這一次的危機，實在是太過陰險了，要不是杜因能想到排查設備，他們恐怕會被無窮無盡的蟲族坑死，他狠狠咬了一口麵包，忽然有些痛快道：「可憐第一軍團，昨晚怕是等著我們求援等了一夜吧！」

護衛隊員哈哈大笑起來，花間琴道：「清點蟲族屍體數目出來後，我們就立刻寫請功報告，這一萬頭的蟲族功勞，可是前所未有的戰績，看聯軍司令部還好意思說我們少將沒有更亮眼的戰績嗎？」

莉莉絲活潑道：「還得感謝第一軍團給我們送來這樣的戰績？」

傑姆兩眼放光看著杜因：「隊長，您怎麼想到排查設備的？」

杜因抬眼，卻看到柯夏沉默審視的眼眸也看了過來。

他道：「當初蟲災爆發，聯盟軍方曾經緊急徵集了一批專家集中對蟲族進行研究，當時我也在那批徵集的專家內。當時在集中研究的基地裡，有一個專家組提出要研究蟲族的超聲波的研究課題，卻沒有通過評審會的審查，當時那個小組組長非常不滿意，在論壇上發過文，卻被迅速刪除。」

他看向柯夏蔚藍清澈的眼眸：「專家們當時猜測，很可能是聯盟軍方在這方面本來就已經有了專案小組，並且已經研究出一定的成果，因此才沒有通過這個課題的研究，以免造成重複專案資金浪費。但軍方明明可以提出這個正大光明的理由，為什麼卻只是遮掩和刪文？現在想來可能正因為這項課題研究，目的不可告人。」

「昨晚雄蟲一波一波的出現，少將說雄蟲實在太過瘋狂和反常，有些像他以前捉了雌蟲來吸引雄蟲的樣子，我就想起了這一項研究來，有沒有可能是有人在要塞內部加裝了這種類比雌蟲超聲波的設備？所以才想到查一查，反正我們也做不了什麼，只能煮煮麵。」

護衛隊員們又發出了歡快的笑聲，柯夏轉過了眼眸，專心吃他的隊長親手煮的麵。

邵鈞心裡暗自揣摩，卻不知這樣的解釋，是否真能讓柯夏接受。

一個智慧型機器人真的能做到這一步嗎？他不知道，大概柯夏其實也不太知道。

但是，他忽然意識到，他之前和柯夏分離太久，柯夏又一直總是面臨危機，他不知不覺參與了柯夏的生活已經太深了，以至於他忘了，他和柯夏之間仍然有著一條不可逾越無法彼此信任的鴻溝，他不是真正的機器人，他要如何瞞過朝夕相處的主人？

還是如實和柯夏說明，他是一縷寄居在智慧型機器人裡的幽魂？

這個念頭不過才浮起，就已經被打消。柯夏現在和他是利益共同體，可以確保他不會如何，將來呢？人生還很漫長，他會結婚生子，身邊會有更親密的人，誰能擔保他不會洩露這個祕密給他認為可以信任的人？他不能考驗人性。

用過早餐的柯夏回房休息，休息後起身也再也沒有就此事詢問過杜因，彷彿真的對邵鈞能夠做出這樣的舉止毫不懷疑。

所以，這是平安過關了嗎？抱著僥倖心理的機器人邵鈞，算是稍微安穩地放下了心，但那個到底什麼時機離開比較好的問題，再一次浮了起來。

第二軍團面臨上萬隻蟲族車輪圍攻，仍然守住了要塞，並且誅殺蟲族一萬一千三十五隻。

戰報以及請功的報告很快遞了上去，報告裡除了附上了戰場報告、戰績以及全程戰鬥實況外，同時還將在星谷要塞中發現擬雌蟲聲波陰謀的事上報。

沒多久聯軍司令部來電，請第二軍團指揮長夏柯到聯軍司令部親自報告此事，並且將證物以及相關嫌疑人的屍體帶上聯軍司令部配合調查，如無意外，可記為人類聯軍大功一次，得此大功，按聯軍之前商議的規程，他在原聯盟的軍銜則能夠繼續上提一級。

柯夏拿了報告笑道：「這看來是慌了，即日赴洛倫向聯軍司令部報告，我明天就去。」他轉頭看了眼護衛隊，沉吟了下點道：「莫林、花間酒各帶一個小隊陪我去，其他人就留守要塞。」

等人都散去，柯夏才和邵鈞解釋：「聯軍司令部那邊安檢過於嚴格，你身體有異，我怕你出事，你在要塞等我，我很快回來。」他看邵鈞應了是，心情大好道：

「等我帶個軍功章回來給你收著，聯軍的軍功章是聯盟的藍色獅子和帝國金鳶花的合體，很漂亮的。」

邵鈞點了點頭。

柯夏笑著：「當年我雪鷹軍校的優秀畢業生獎章還在你那兒吧？」

邵鈞繼續點頭，柯夏拍了拍他的肩膀：「都好好收著。」他躺回床上，四肢放鬆：「傑姆他們在研究那個擬雌蟲的設備了，嘗試著仿製設備，我現在懷疑第一軍團那邊節奏如此均衡的蟲族攻擊，就是用這個吸引蟲族，難怪露絲這樣的指揮長，居然也能立了不少功。可惜這次被我們發現了，不過，這實在是一個打仗的利器，這樣下去，蕩清蟲族指日可待。這次元帥還真的是虧了老本，一定會恨死我。可惜他還得捏著鼻子記下我的大功——除此以外，元帥養蟲的地方，應該會收斂許多。我們得找機會找出來，到時候直接摧毀，以絕後患。」

他閉上眼睛：「很快，就能結束戰爭了吧。」

邵鈞上前拿了被子替他蓋上：「應該很快。」他心裡想著該讓羅丹也看看那設備，這樣應該很快就能大量生產出來。

第二天一大早柯夏果然就帶著護衛隊往洛倫去了，邵鈞留在了星谷要塞內，反而感覺到了一些輕鬆。

畢竟柯夏真的改變了很多，八年的時光橫亙在他們中間，每天都站在一個成熟、銳利有著敏銳洞察力的指揮官旁邊，偽裝成一個模仿人類的機器人，太難把握分寸，他只能簡單地少說話，多做事，大多只做柯夏交代他做的事——這更是癥結所在，柯夏最近很少對他有什麼直接指令，倒是偶爾會和他下下棋，打手動機甲遊戲。

沒有命令，更讓他為難，現在他去洛倫後，邵鈞才感覺到壓力陡然一鬆，他帶了羅丹去找傑姆，看看那雌蟲聲波播放機的仿製進度。

傑姆正在冥思苦想，看到邵鈞過來興奮道：「杜因隊長！您是來指導我的嗎？我這裡有個難題，明明完全複刻了相同頻率的聲波，為什麼我播放出來就是失真呢？可惜原件要給少將帶去聯軍司令部，不知道到底是哪裡出了問題。」

邵鈞這冒牌專家，可不知道這如何解決，但羅丹已經奶聲奶氣道：「考慮到真空環境和大氣環境介質的區別和強度了嗎？」

傑姆睜大眼睛，彷彿醍醐灌頂一般，搓著手道：「對！我竟忘了！參數應該再調整一下！」他跳了起來，直接衝了過去，羅丹已經輕巧從邵鈞肩膀上躍下，熟練地跳到了他們推算演算的懸浮螢幕前，專注地盯著那些跳動的資料，邵鈞看他一副已然徹底沉迷的樣子，微微有些無奈，只好交代傑姆：「我那兒有些事務要處理，我把我的智慧型機器人研究助手留給你，你有什麼問題可以讓他協助。」

傑姆再次睜大了眼睛：「啊啊啊！這就是傳說中的小丹尼爾老師了？太好了

太好了。」滿臉喜不自禁，幾乎是將丹尼爾捧起來一般放到了座位上，還弄了張軟墊給他，就差沒噓寒問暖端茶倒水了：「小丹尼爾老師，我這個參數的數值這樣調整，您看看可以嗎？」

邵鈞便走了出來，手腕上的通訊器卻閃動起來，顯示花間風高加密頻道來電，他轉回自己房內打開來電：「杜因？柯夏在嗎？我聯繫不上他了。」

邵鈞一怔：「他去聯軍司令部了，可能在涉密區域？」

花間風臉色陰沉：「完了，聽著杜因，想辦法和柯夏聯繫，最好讓他想辦法延遲去聯軍司令部的行程，奧涅金伯爵去洛倫與軍方對接明年的合作事宜，結果於三天前失去了聯繫。」

「同時失聯的還有奧卡塔老將軍，奧涅金家族的人採用了各種方法聯繫不上他及身邊人以後，感覺情況不妙。你要知道奧涅金家族實力強大，但都沒辦法打聽到他的下落，更何況他還帶著非常強大的保鏢護衛團。於是奧涅金家族的親信聯繫了我，讓我安排打聽。」

「我花了好些心思，才打聽到阿納托利已經被軍方祕密拘捕，罪名是囤積壟斷戰爭能源，投機謀取非法利益，甚至打算給他扣上個反人類罪，當然這些罪名都是硬扣。我得到的訊息是軍方這一次打算一定要從奧涅金伯爵身上訊問出新能源的下落！」

「風暴星一直在我們名下，所以這些年他們估計早就查過了所有奧涅金家族名下的所有產業，卻始終沒有查到新能源的來源，他們大概萬萬想不到奧涅金家族這樣的龐然大物，能源竟然沒有掌握在他們名下吧，但即便是這樣，你要知道，奧涅金伯爵是普通人，他受不了更多刑訊手段的。雖然我實在不明白為什麼軍方會這麼突然衝動行事，這個時機太奇怪了，但我們必須做好最壞的打算，我已經通知霜鴉做好警戒了，你這邊一定要和柯夏也做好相關準備。」花間風面色嚴峻。

邵鈞看著他的臉，緩緩道：「我想我知道為什麼會是這個時機。」

如果三天前，他們沒有破壞那個陰謀的話，第二軍團一敗塗地，星谷要塞以及所有第二軍團的勢力都將會被第一軍團接管，所有將領想必會被第一軍團完全控制，而一旦第二軍團要塞失守的消息傳出，奧涅金和洛夏公國都同樣會做好準備，絕對不會離開公國半步，並且向軍方施加壓力，那麼聯盟元帥絕對不可能控制住奧涅金並且有機會詢問到能源星的下落。

所以這是一個環環相扣同時發動的陰謀，同時對奧涅金伯爵以及他背後支持他的軍方勢力第二軍團下手，在猝不及防的情況下，奧涅金伯爵背後的第二軍團以及洛夏公國都完全來不及反應，奧涅金伯爵被控制祕密拘捕審訊，第二軍團一敗塗地，新能源被聯盟元帥控制。

這才是掌握聯盟軍權數十年的聯盟元帥施展出的毒辣陰謀，他要的從來就不是柯夏失敗，或者說他並不僅僅只是讓這個狠狠讓他沒面子的軍校黑戶失敗，他要的是新能源，以及柯夏的萬劫不復。他隱忍了這麼許多年，馴養蟲族，研究聲波，耐心地等到了蟲族大戰的尾聲，然後才一舉發動。

只可惜，他漏算了奧涅金家族背後還有一個被所有世家鄙夷忌憚的花間家族，他們雖然不為人喜，卻偏偏善於隱藏，牢牢地將新能源的祕密藏得完美無缺。而新能源牢牢掌握在的地盤也不是第二軍團，而是在這些年彷彿與第二軍團勢不兩立的第三軍團霜鴉手裡。他更萬萬沒想到那樣猛烈的攻勢和毒辣的陰謀下，第二軍團仍然守住了星谷要塞。

聯盟元帥的算計落空了，但他並沒有放棄，他迅速將柯夏騙去了聯軍司令部——邵鈞的心沉了下去，柯夏已經出發並且已經失聯，他迅速撥了和柯夏的通訊，果然顯示無法連接。

他抬起眼對花間風道：「情況還沒有到最糟糕的地步，我們還有勝算，花間酒陪同柯夏出行，你看看有沒有辦法聯繫上他。」

他飛速心裡默算著，交代花間風：「當下我們需要交換我們最近的一些資訊和近況，我先說我們這邊的，三天前，星谷要塞忽然遇到了蟲群襲擊……」

前所未有的陰霾籠罩著他們的心頭，花間風道：「理論上——奧涅金伯爵應該熬不過刑訊，但是目前霜鴉說他那邊一切正常，翡翠星和風暴星都沒有可疑人物，元帥甚至最近還有拉攏之意，而且我稍微查了下最近聯盟軍的調動情況，也主要是分布在第二軍團周圍，看來是要著重防禦第二軍團，你一定要小心部署了。我猜，可能阿納托利現在還沒有說出實話，但第二軍團作為奧涅金家族的後盾，無論元帥知不知道，都一定會對柯夏下手，他如今被誘過去，多半也是祕密拘捕聆訊，奧卡塔將軍應該多半也是祕密關押，我們時間不多，一定要搶在他們下一招開始前做好所有應對，所有最糟的情況……」他說得太急，甚至有些緊促。

「我現在會著重打聽他們拘捕關押的地點，第二軍團這邊以及第三軍團那邊的應對，就只能交給你和霜鴉了。」

通訊結束的時候，花間風凝視著他：「杜因……這次，要靠你了。」

邵鈞道：「放心，一定會沒事的。」

其實他並沒有把握，但是這個定時炸彈彷佛已經存在多年，如今忽然爆開，他心裡卻彷佛早已有了心理準備，並沒有感覺到很糟糕。當然，也有可能是他的機械身軀讓他已經失去了恐懼和慌亂的人類本能。

Chapter 165 審訊

阿納托利端坐在一張金屬椅子上，手腕和腳踝都被祕銀鐐銬固定在了金屬椅上，身上只穿著單薄的襯衣和長褲，他臉色有些蒼白，眼睛裡都是血絲，整個人坐在雪亮的光柱中，一個聲音問他：「奧涅金，阿納托利，你認罪了嗎？」

他微微抬起頭，嘴邊帶了些無所謂的笑容：「我無罪，且問心無愧。」

那聲音停下了，然後一種嘈雜尖利令人難以忍受的聲音再次響起。

阿納托利閉上眼睛，忍住微微顫抖的身體和那種精神暴戾崩潰的感覺，嘴角仍然含著笑。

又過了不知多久，有人走了進來，阿納托利睜開眼睛看了他一眼，含笑道：「聯盟元帥親自來審訊我？那可真是不勝榮幸。」

布魯斯沉聲道：「這三天的簡單招待只是讓你體驗一下審訊的初級手段而已，不讓你睡覺只是最初級的手段，接下來可就沒這麼容易了。我只是想來問問伯爵閣下，是想做身敗名裂身負反人類罪行萬人唾棄的重犯，從此被囚禁在無盡的星際監獄中度過餘生，還是想回去和女兒共享天倫，繼續過著和現在一樣優渥生活呢？」

「奧涅金家族藉著新能源，已經攫取了太多的暴利，引起了人民的公憤。你們只需要將新能源交由國家開發，之後子子孫孫仍然可以坐收股份，又平了天下人的嘴，有什麼不好？貪心地想要擁有全部，也就是會失去所有，何必呢？」

「我對你還是很看重的，我們還是有機會能成為一家人的……」

阿納托利仍然閉著眼睛，卻吃吃笑了起來：「你們在第二軍團上吃了虧吧？」

布魯斯猝然住了嘴，阿納托利睜開眼睛，滿是血絲的眼睛裡，琥珀色的眼珠仍然彷彿透亮發光：「敢忽然拘捕我祕密審訊，必然是在對付第二軍團上有了十足把握，覺得可以拿下第二軍團的軍權，然後簡單粗暴地刑訊我這麼一個普通商人，穩穩到手新能源。」

「然而才三天，你就又來說服我了，甚至還想將女兒嫁給我，必然是因為第二軍團，你沒拿下，是也不是？呵呵，夏柯那小子可狠了。」

布魯斯冷冷道：「夏柯少將已經被祕密拘留，目前正在接受軍事法庭聆訊，他涉嫌製造能夠模仿雌蟲聲波的設備，用此設備誘殺雄蟲，偽造功績。」

阿納托利哈哈大笑：「那什麼雌蟲聲波的設備，怕就是元帥的手筆吧？我們從來沒有做過這方面研究，我們的研究方向都只是生物機甲，真是好一個顛倒黑白的聯盟元帥！」

布魯斯並沒有生氣：「夏柯已經被逮捕，等軍事法庭拿到足夠的證據，他被宣判也是遲早的事情，包括奧卡塔將軍，也已經被軍紀處扣留，罪名是受賄，倒賣軍職，目前正在接受調查。你要明白你現在的處境，早點選擇一條更好的路。新能源是屬於全人類的，是成為名留青史的新能源發現者和運用者，還是成為壟斷新能源以至於人類陷於蟲災的黑心商人遺臭萬年呢？」

阿納托利沉吟了一會兒，似有動搖，布魯斯元帥微微有些急切向前走了一步，

阿納托利卻忽然又笑了：「以我平時的性格，怎麼也要騙你考慮一下，好換得多一點喘息的時間，但是我看到你，實在是噁心得說不出再考慮一下的話來，再想到令千金，更是噁心得要吐了，說什麼也沒辦法撒出這個慌。」

布魯斯不怒反笑：「想不到素來識趣的奧涅金伯爵，在成為囚犯後，還能如此有閒心，既然如此，那就如你的願，讓你為你的一時口舌之快，付出些代價吧，希望你在精神力自白劑注射後，能堅持得更久一些。」

阿納托利卻笑了：「元帥閣下，你是不會給我用精神力自白劑的，畢竟我雖然有高精神力，卻實實在在是個普通人，一旦我一不小心精神力崩潰瘋掉了，那你就再也沒辦法從我嘴裡再知道新能源的地方了，我也相信這些年，你也查了很久吧？是不是一無所獲？我可以向你保證，新能源不在奧涅金家族的名下產業內，你可繼續查下去，如果我死了或者瘋了，那麼新能源則很可能就此沉寂下去。」

布魯斯淡淡道：「我不相信你的女兒不知道新能源的下落，就算我相信，其他

人也不相信，等你瘋了死了，她將無人保護，落入所有不懷好意的世界中，一想起可憐的伊蓮娜，我實在是有些憐惜啊！」

阿納托利又笑了下：「以布魯斯元帥您那卑劣的胸懷來想這世界，想來的確是無法理解這個世界上有些人是可以將最重要的東西甚至生死相托的，哪怕可能他有許多缺點，但你卻可以信任他。相信我，你連我女兒的面都見不到，他們會保護好她的。」

布魯斯也笑：「假如有人告訴她，只要嫁給我，成為元帥夫人，你就有可能脫罪平安回到她身邊呢？」

阿納托利瞳孔微微緊縮，卻大笑：「奧涅金家族的女兒永不屈服，就你這樣卑劣無恥的老男人也配肖想她？呸！」

布魯斯凝視著他，帶了一絲得意：「笑也掩飾不了你的恐懼，你在不安，你在憤怒。」他戳中了對方的軟肋。

阿納托利道：「我早知道元帥無恥，卻萬沒想到能卑劣如此，一個一百多歲有地位的男人，竟然想要威逼利誘強娶一個可以做你孫女的弱女子，真是世道可悲，小人當道。」他胸口微微起伏，顯見得極為激動，三天不能睡眠不能進食已經讓他精神繃得極緊，這一刻他如果能行動，一定會撲上去將這個人撕成碎片。

布魯斯聳肩道：「奧涅金小姐幼年失母，一直由你親自教養，父女感情是有目共睹的好。她一定不忍心自己的父親受苦，假如她能親眼看到她父親受刑痛苦的場景，大概會能做決定更快一些，所以接下來就要抱歉了，可能會讓你更痛苦一點，這樣製作出來的影片會更精彩和逼真呢。」

阿納托利的眼睛幾乎滴出血來，只是狠狠盯著布魯斯。

布魯斯笑了下：「那就讓我們拭目以待吧，希望接下來的刑罰，你能多忍受幾樣，這樣伊蓮娜可能也會更快一點做出決定。你們家族內部許多人也是很不懷好意的，他們無法接受一個女繼承人。其實你應該感謝我才對，只有我才能保證伊蓮娜嫁給我以後能夠順利接掌奧涅金家族，你放心，我會好好待伊蓮娜的。」他的目標並不僅僅是新能源，還有這個壟斷了能源和軍火多年的黑暗帝王家族，從前奧涅金伯爵肯定不會同意讓女兒嫁給他，但是現在？可不一定了。小姑娘會自動將自己獻上，來換取她的父親的安全。

他轉身乾脆俐落地離開，將阿納托利留在了那雪亮到刺眼的房間中，很快有數人進來，按住了阿納托利，撕開他的衣領，在他上臂注射了透明冰冷的液體，然後一言不發地迅速離開，再次將門鎖死，將他扔在了可怕的痛苦當中。

數個懸浮攝影儀浮在了空中，漂浮在他身周，三百六十度全方位攝製他的每一個呻吟，每一處肌肉的抖動和戰慄，每一滴因痛苦冒出的汗水，而這些被折磨的影像，將會被傳給他年輕的女兒觀看，威脅她嫁給一個卑劣無恥的老男人。

星谷要塞，邵鈞剛剛將護衛隊員召集起來召開會議。

赫塞滿臉不耐煩：「什麼事？少將不在，隊長事情倒多了？」

杜因沒有理會他，而是沉聲道：「剛剛接到可靠消息，奧卡塔老將軍及奧涅金伯爵都已經被祕密拘留，確切時間應該是三天前，與此同時，少將已經失聯，我充分懷疑他已經被聯盟元帥控制。」

在場的護衛隊員全都大驚失色：「怎麼可能！奧涅金家族可不是好惹的，還有奧卡塔將軍在軍中也多年了……」

赫塞瞳孔緊縮，早已反應過來：「你們傻了嗎？他們倚仗的正是第二軍團的軍權！三天前，別忘了我們遇到了什麼！第二軍團原本三天前就應該遭遇最恥辱的大敗！雖然星谷要塞只是主力駐守，但一旦我們覆滅，第二軍團的其他軍也只能束手就擒！」

莫林副隊長沉聲道：「拘捕奧涅金——是為了新能源？」他看向邵鈞，想起前些日子他說過的話，果真新能源這個巨大的利益，還是讓人動心了啊！

和聰明人講話就是省力，邵鈞道：「沒錯，是為了新能源，我相信接下來奧涅金伯爵、奧卡塔以及少將，都會被扣上罪名，近期必然會宣布，並且接管第二軍團，我們需要儘快做出應對。」

邵鈞道：「我確信聯盟元帥必定有後手，柯夏被捕後，他必定安排了一個能夠立刻接手和控制第二軍團的人，這個人是誰，我希望大家能夠推測出合理人選或者範圍。」

莫林道：「在沃爾頓要塞駐守的布雷克準將，在綠林要塞駐守的麗蓓嘉準將，還有白銀空中要塞駐守的高斯準將，在第二軍團都頗有威望，從軍多年，戰功累累資歷也深。其中綠林要塞的麗蓓嘉，平時對年紀比她小資歷比她淺的少將頗有不滿，前陣子又剛因為生物機甲系統分配感到不滿而在公開場合頂撞過少將。」

邵鈞點了點頭，赫塞卻道：「麗蓓嘉喜好打仗，又愛喝酒，脾氣太直，但平時對第二軍團下屬極好，我覺得她不會做出這種讓軍團損害極大的事來，也不是那種心機深沉的人。」

莉莉絲過了一會輕道：「我覺得是目前駐守在沃爾頓要塞的布雷克準將更有可能，我哥哥在準將手下，前陣子和我說最近明明戰況激烈之時，布雷克準將還是去了幾次洛倫，並且只帶了幾個心腹，輕車簡從，來去匆匆。」

邵鈞略一沉吟，道：「好，以第二軍團軍務辦的名義發個通知給他們，就說剛剛到貨一批最新的生物機甲系統試用，因為非常昂貴，少將特批了三個最新功能的空間鈕給三位準將，因為需要個人生物資訊匹配，請三位準將務必儘快過來，讓專家替他們匹配調試，因為奧涅金家族的生物機甲專家有緊急任務，請他們今天儘快過來，如果不來，就要等半個月後了。」

傑姆贊道：「這招好！他們平時對這生物機甲設備是搶破了頭，一定會立刻過來的。」

赫塞冷笑道：「特別是知道少將已經被祕密拘留的那個人，一定會來得最快，因為他知道一旦第二軍團被聯軍司令接管後，這東西可就不一定能到他手裡了，這些好東西，以後肯定只有元帥嫡系，才有資格摸一摸了。」

Chapter 166 軍方聆訊

麗蓓嘉準將走進了會議室，看到布雷克準將已經到了坐在那兒看最新生物系統空間鈕的介紹影片，諷道：「吃屎的時候蒼蠅總是飛得最快啊！布雷克準將又先到了？」

布雷克準將臉上平靜：「我看妳這隻蒼蠅，也沒慢多少嘛，都說了三個支隊一視同仁，妳何必這麼匆忙呢？」

麗蓓嘉準將冷笑了一聲：「有些總是避戰的廢物拿了再好的裝備也是廢物，何必暴殄天物，還是給其他敢打仗的支隊多拿些才好。」

這時白銀要塞的高斯準將已經踏入會議室，看到他們又在爭辯，臉上露出了些無奈：「少將一貫公平，不要吵了，不是說人人都有嗎？」

麗蓓嘉道：「我就受不了有些人拿了好東西就龜縮在要塞裡苟且到戰後，到時候還要混一個不錯的功績，夠噁心。」

布雷克慢條斯理道：「將來讓麗蓓嘉噁心的事怕還更多呢，我建議麗蓓嘉準將還是早點習慣才好，不要整天好像全世界都慣著妳，天天覺得噁心，是不是要生孩子了？女人還是回家生孩子的好，來戰場上爭強好勝的，以為比男人衝得快，就是能打嗎？」

麗蓓嘉怒目而視，老好人高斯已經道：「好了好了，我們還是看看這最新的裝備吧？專家好像時間不多吧？」他看了眼臺上還在看著他們的傑姆：「傑姆博士？專家呢？這種最新的空間鈕比過去的功能有什麼提高呢？前幾天星谷要塞獲得大勝，是不是也託了這新裝備的福了？」

傑姆尷尬笑了下：「稍等。」

門打開了，邵鈞出現在了門前，會議室在他身後關上，三個準將倒都認識他，高斯問道：「杜因隊長？少將有什麼交代嗎？」

邵鈞單刀直入道：「剛剛接到消息，少將和奧卡塔將軍，都已經被軍事法庭祕密拘捕聆訊，第二軍團應該近日就會受到相當大的動盪。」

三位準將全都大驚失色：「怎麼會！」

「不是剛立了大功？」

「不是說要升中將了嗎？」

邵鈞銳利的目光掃視過他們臉上，不放過他們一絲一毫的表情變幻：「為了防止第二軍團在這段時間內發生叛變，我受少將委託，暫時請三位準將這些日子在星谷要塞集中聯合審議軍務。即日起，三位少將只能在要塞內指定套房內住下，所有關於軍團的軍務，由三位準將共同商議取得一致意見，符合第二軍團整體利益的，才能通過決定，聯合下令，所有從下的會務、彙報，都必須經過三位準將集體過目，以免有人渾水摸魚。」

麗蓓嘉色變道：「你們這是要軟禁嗎？你們懷疑我們？」

高斯也驚疑道：「杜因隊長，你只是一個副官！你這樣是違規的！將來等我們出去，你會上軍事法庭被革職！」

布雷克也臉上不悅：「你們是懷疑我們是內奸？」他卻已經敏感地推開了會議室的窗子，只看到外邊已經密密麻麻圍上了護衛，自己的護衛早已不見。

邵鈞淡淡道：「我有少將的授權，前日星谷要塞遇到的前所未有的蟲軍襲擊，明顯是有內應，少將臨走前懷疑有人作為內應，授權讓我徹查此事，如今少將被軍事法庭非法拘捕，且早已超過了拘留時限，我們懷疑第二軍團內部提供偽證給軍事法庭，想要將少將扳倒。為了防止軍團生變，不得不出此下策，如果你們希望第二軍團穩妥，應當配合我們的決議直到少將回來。軍務都由三位準將簽發，少數服從多數，只有符合第二軍團利益的命令，才會下發。請三位準將配合調查並交出武器以及通訊器。」

「這段日子，三位準將不能離開這幢大樓，不能見身邊的護衛，所有收到的個人訊息及軍務訊息，都將會經過軍團總辦的篩查後才會遞交給三位準將，同樣所有對外的個人訊息及軍務訊息，也必須經過審查後才會傳出去。」

麗蓓嘉掏出了配槍：「你敢非法拘禁！」

邵鈞面對槍口，面不改色：「麗蓓嘉準將，請妳冷靜下來好好想一想，夏柯少將如果被軍事法庭定罪，會發生什麼事，第二軍團傾覆，對妳又有什麼好處？現階段，只有三位準將聯合起來，齊心協力，共克時艱，即便夏柯少將被定罪，第二軍團也不能亂，三位將軍集中在這裡，有什麼事情共同商議，坦誠交流，總比分開在不同的地方，被人利用，挑撥關係甚至不小心被叛變的士兵拱到不該有的位置，歷年戰爭史上，這樣的事多得很。」

麗蓓嘉臉色變幻，忽然收回槍，坐了下來。

高斯準將顯然也想通了，冷靜道：「我配合——麗蓓嘉，少將待我們一向不薄，如今顯然是被人算計了，我們不能給別人機會。」

布雷克遲疑了一會兒也道：「我尊重大家的決定——但是，杜因隊長，你又怎麼證明你不是被別有用心的人控制著的呢？」

邵鈞道：「我是少將親自委任最信任的護衛隊隊長，無論你們信不信我，現在也只能信我，這幢樓外如今已經被主力軍的機甲隊圍著，輪流值守，我們相信少將是清白的，但也要防止兵團內部生變，三位準將安心待著吧。」

他彬彬有禮鞠躬做了總結：「有什麼生活上的需求，請各位將軍只管提出，我們儘量滿足。每天八點會議室準時討論審議各項軍務，有什麼命令都由我們傳達，感謝各位將軍配合。」

軍事法庭上，剛剛結束了一輪激烈的庭審聆訊辯論。

柯夏穿著軍服，站在軍事法庭上，面色仍然平靜，冰冷的藍眸下卻燃著火：「綜上所辯，從軍十五年，我從未非法謀取過一絲一毫個人利益，與奧涅金家族更沒有任何私底下的經濟往來，這些都可以從我個人帳戶上查得到，除了聯盟軍的薪水，我沒有一分非法收入，也從來沒有收取過超過範圍的貴重饋贈，一切軍團戰時所收到的來自民間企業的捐贈，均經過軍紀處核查審查，合法合規，每一分也都用於戰鬥，每一年第二軍團的所有軍需財務都通過審計，不曾有一分中飽私囊。參加聯軍後，我參加過大大小小戰役數千次，一直身先士卒，每一次均有經過嚴格核實的軍功，未有分毫摻假。此次對我本人利用高科技設備吸引雄蟲借此製造戰功的指控，毫無根據，人證品格敗壞，信口污蔑，證言不堪一擊，不足以取信，物證更是沒有說服力，我認為這是一場針對我個人的卑鄙無恥的政治迫害和傾軋。」

「我不接受所有對我個人的毫無根據侮辱性的指控，並且譴責軍方在沒有證據的情況下，對我個人及護衛進行的超期扣押和聆訊，我將就此提出質疑和上訴。」

庭審法官們面色尷尬，聆聽庭審的軍紀軍官們也交頭接耳竊竊私語，政府代表、議會代表們更是面露激憤。

審判長拿出法槌敲了敲：「本次法庭聆訊結束，合議庭將在休庭後依法評議，擇期宣告判決。」

「退庭！」

「元帥！」布魯斯接到了通訊，一位軍事法庭審判員出現在對面：「合議庭爭論非常激烈，沒有法官願意判夏柯少將有罪！」

布魯斯淡淡道：「怎麼？是給的錢不夠嗎？」

審判員臉色尷尬：「不是錢的問題，他們也沒有收錢，事沒成之前誰都不會收錢的。只是被告人實在太乾淨了，所有審判員都私下表示，這麼多年從來沒有見過這麼乾淨的被告人，不要說違法受賄，就連違規都沒有，彷彿從他擔任軍官開始，就預備著會有這麼一天一樣，他擔任過的軍職所經手的所有軍務，都乾淨得如同經過專業審計員審核過一般，每一分收入都能說得清楚來源。」

「他本人一直在軍中忙於軍務，從來沒有去過娛樂場所，和女性下屬及其他女性朋友都沒有超過範圍的來往，私生活乾淨得猶如沒有欲望的聖人一樣，名下更是沒有任何資產，房產、飛梭、股票、商鋪、珠寶等產業一律沒有，也沒有任何可疑的大額收入和支出。唯一說得上貴重的財產是一只AG公司出產的訂製手錶，但AG公司表示這只訂製手錶是作為贊助提供給歌后夜鶯試用並推廣的，因夜鶯與夏柯少將私交不錯，便轉贈於他作為生日禮物。因為是試用研發階段的試用品，該表的功能比較簡陋，與如今市面上已經推廣開來的防護離子盾訂製手錶相比，價值並不算高。」

布魯斯冷笑了一聲：「他防著我，自然一直小心做事，我才不信這世上會有利益當頭不動心的聖人，不過是你們查不到罷了！他和奧涅金家族必定有私下勾當！你們太無能了！」

審判員臉色一僵：「是，但是確實明面上查不到可疑之處，主要還是時間太緊了。閣下，這並不是個很好的時機，按如今的證據無法定罪，我們已經超期羈押了……」

布魯斯忽然卻想起一事：「當初他患上默氏病，治療難道不需要錢？這個治療經濟來源查過沒？」

審判員臉色尷尬道：「本來這是他從軍前的事，屬於個人隱私，即便查了也不能算有效證據……」布魯斯道：「胡說！只要證明他曾今受過奧涅金家族的資助，那也能釘死他有資本背景！等奧涅金反人類罪的罪名公布以後，他就徹底臭了。」

審判員擦著汗水：「可是我們也查過了，那是由聯盟一個頗有名的基因病研究機構支出了所有治療費用，據說當時他的親屬簽訂了協定，同意作為實驗體，採取新治療方法，將他的病情和治療過程等資料全供科學研究，一切治療風險自負。我們調查的時候，他的主治醫生以及研究所都出具了證明和當時簽訂的合約，證明他當時貧困病重，自願簽訂了研究實驗合約，而且對他基因病的研究資料確實對基因病的治療提供了很大的研究價值，據說如今這種研究方法已經申請了專利。當時他作為學生，治病的時候帳戶上的確有過巨額資金來往……」

布魯斯精神一振：「查過沒？是哪裡的錢？」

審判員低聲道：「數字最大的是從您的名下撥出的一筆捐款，此外還有學校其他學生捐贈的供他用於治病的捐款，合起來捐款數額有三百多萬，但他沒有使用，全額退回。山南中學的學校校長還有印象，出具了當時退回手續的流水單證據，所有捐款均從原路返回，退回捐款帳戶。」

布魯斯臉色鐵青：「行了！我知道了！還是你們無能查不到，在軍中辦事，哪有可能連一點違規都沒有的？必然是早有防範，有專業的會計師替他做帳罷了！貪污受賄就算了，就只從這次做假軍功的罪名來，一定要判他有罪！」

審判員道：「閣下，我無法操縱投票結果，按現在合議庭的合議情況，審判員們均表示證據不足，對於一位曾經在蟲族戰爭中有過巨大軍功貢獻的少將來說，這樣的人證和物證都站不住腳，不足以定罪。就算軍事法院判定了，也無法通過議會那一關。政府代表甚至言辭激烈，說軍隊腐敗，妄圖抹黑戰鬥英雄，如果判夏柯少將有罪，他們將據理力爭，輿論也不會坐視。而且這次審查反而起了反效果，這位少將帳面上太過乾淨，又有彪炳戰功，還有全額退回治病捐款這樣的事，只會引起民眾的同情和認同，更何況他還是家喻戶曉的戰鬥明星，到時候群眾輿論反彈……」

不要說民眾，就是聽證時人們聽到這捐款的事，臉上均充滿了讚譽和佩服，被告人當時才多少歲？面臨截肢的威脅，在癱瘓漸凍的侵襲下，他卻仍然一分不是自己的捐款都沒有用，而是將自己作為實驗品，供研究所採取新療法治療，承擔隨時可能死亡的巨大風險，這是多麼值得欽佩的人格！

雖然他也不相信世上竟有這樣的完人，這實在是太像造出來的完美假象，專門供人查詢的，但一切查出來的證據都只會讓無腦的民眾瘋狂崇拜他，而宣判他有罪的軍事法庭將會被萬人唾罵。

布魯斯壓下心底的憤怒道：「知道了，你們先拖著，不要判決，關押著他，等控方補充新的證據。」

審判員忙道：「已經超期羈押了！再下去無法服眾……」

布魯斯不耐煩地切斷了視訊電話，怎麼可能！他就不信奧涅金家族賺取了這麼巨大的利潤，會不分給他！他也不相信世界上有這樣的聖人，一定是知道他在盯著他，所以才這麼謹慎小心！

他來回走了幾步，卻忽然想起一計，找了心腹來：「你立刻找第二軍團的布雷克準將，讓他帶著夏柯最信任的下屬安排去劫獄，再把夏柯被扣押的機甲空間鈕還給他，劫獄的事鬧得越大越轟動越好，逼他使用機甲，最好讓全世界都知道夏柯少將操縱著機甲越獄。」

他臉上露出了一個猙獰的微笑：「只要他離開牢房，就足夠了。」足夠他把所有罪名都往他身上扣。

布魯斯很快就接到了屬下傳來那個他並不喜歡的消息：「元帥閣下，第二軍團封閉訓練，外人一律進不去，我感覺有點異常，不敢聯繫布雷克準將。」

「封閉訓練？」布魯斯一怔：「先發一則加密消息給他，用暗語問問他如何。」

「已經發過了，明面上的回話的暗語是他不便，不能配合行動，其他資訊就完全沒有了。」

布魯斯詫異道：「難道他被發現了？」

屬下略回憶了下道：「應該沒有，被發現的話應該是用另外一個暗語暗示，看這個暗語的意思是無法配合行動，但應該沒有危險。」

布魯斯怒道：「廢物！他是不是怕了！只想等我們弄倒夏柯，他撿現成，哪有這麼好的事！難怪老是有人說他縮頭烏龜，怕事又貪功，也難怪明明資歷很老，奧卡塔一直看不上他，最後扶起來的卻是夏柯。」

屬下只好解釋：「第二軍團進行封閉訓練應該是真的，司令部也接到了彙報——單獨對布魯斯下徵調命令又太奇怪，但夏柯少將已經被羈押超期了，又沒有任何行政命令，第二軍團的屬下們應該有所警覺。」

布魯斯略一沉吟：「直接以軍事法庭名義調他來洛倫，就說需要他補充證據。」

屬下急切道：「這樣第二軍團就會懷疑他，並不利於我們下一步的計畫——而且，屬下認為，布雷克其實並不是個合適的執行者，畢竟他一貫保守懦弱。」

布魯斯想了下贊許道：「果然，這倒是我疏忽了，他這麼貪生怕死的，怎麼可能豁出性命去救人。這些日子我太忙了，考慮問題有些不夠周密，這人選我再想辦法。」他卻已想到了另外一個合適人選。

深夜。

柯夏半躺在監獄裡的小床上，閉著眼睛彷彿在閉目養神，面容平靜。

監獄的門忽然打開了，柯夏警覺睜眼坐起來，卻看到一個纖細的女子身形的人閃了進來，急切對他道：「時間只有五星分，你快走吧。」

她將一個機甲鈕按回了柯夏手心裡，黯淡燈光下，紅髮碧眸，赫然卻是露絲中將。

柯夏低頭看了下手心裡被拘留的時候被扣押的機甲鈕，上頭雕刻著精美的薔薇紋，雙眸微微一動，淡淡道：「露絲中將，時至今日，妳以為我還會信你嗎？法庭根本無法定我的罪。」

露絲中將微微喘息：「他們並不需要定你的罪，我父親已經安排了人淩晨就會來將你暗殺，偽造你畏罪自盡的假象……」她語聲急切，伸手忽然握住了柯夏的手掌：「我從來沒有希望你死過，夏……」她語聲微微帶了哽咽：「我從未有一天不被你折磨，但我甘願如此，你一定要好好活著，帶著機甲逃吧，你能力卓絕，去帝國，或是其他都能過得很好……」

她閉起眼睛：「你可以繼續恨我，但我這輩子最愛的人，還是你。」

柯夏眸光閃動，彷彿似有所感，薄唇微張想要說話，露絲中將卻急切道：「沒有時間了，你快走吧。」她淚意漣漣看著這個從少女時光就占據了她所有幻想，寄託了她所有情思，卻永遠愛而不得的人。

柯夏終於笑了下：「我只是想說，我這輩子，也是第一次見到妳這麼蠢的人，元帥有妳這樣的女兒，也不知道是不是他的悲哀。」

露絲臉上急切：「你一定要相信我，我是偷聽到父親的安排，千真萬確，你可能不知道，奧涅金伯爵也已經被祕密關押，我父親——將會娶奧涅金伯爵的獨生女兒，殺掉你對他來說只是順手為之……」更何況他已經殺過一次。

柯夏臉色微變，露絲語聲急促：「你快走吧，他一旦掌控了奧涅金家族，就更肆無忌憚一手遮天了……」

柯夏笑了下：「真是有夠無恥的，卑鄙還真是卑鄙者的通行證。」

露絲看他仍然不緊不慢，門外傳來壓低的催促聲：「露絲，沒時間了。」她更急了：「我拜託了威特學長，冒著風險進來的，你快走吧，離開這裡，召喚機甲，你的天地還廣闊得很……」

柯夏不緊不慢躺了下來：「威特？他可是一直希望我死的啊。我說露絲中將，妳用妳的腦子好好想想，他當年能殺我是因為我無親無故，無人關心，勢微力薄。即便是這樣，他仍然採取了非常隱蔽的手段，你父親就是個永遠都要高唱正義的偽善者，如今我和當年那個螻蟻一般的人已經不同了，畏罪自殺？妳問問有人相信嗎？還娶奧涅金伯爵的千金，他可真是妄想。奧涅金家族幾百年的黑道帝王，能那麼容易說抓就抓說娶就娶？蟲族還在肆虐，元帥已經迫不及待排除異己，爭權奪利，果然這年頭高尚只能是高尚者的墓誌銘了。」

露絲面露急切，威特卻已經走了進來：「中將？再不走就真的來不及了。」

柯夏冷笑了聲神情戲謔：「我不走，走就正合了元帥的意。」

威特道：「露絲中將可是冒著被降職處分的風險來的，時間不多了。」

柯夏閉上了眼睛：「奉勸你不會演戲就別演了，滿傷眼睛的。」

威特目露凶光，揮了揮手，他身後忽然出現了幾個士兵，上來就如狼似虎壓住柯夏，然後手裡拿了個注射針上前按住他肩膀就往頸側按去，露絲吃驚道：「威特？」

柯夏卻已經肩膀往後一仰，雙足迅速收起一蹬！忽然爆發出了巨大的力量蹬開了威特的胸膛，雙手迅速抓住一個士兵的手，大力一擰一扯，將哀嚎痛叫手臂已經骨折的士兵擋在身前，轟然推開其他幾個士兵。

露絲不知所措：「威特？這樣會驚動人的！」

柯夏一腳踢開一個士兵，大笑：「妳還不明白？他們要的就是我逃獄！哪怕打暈了也要偽造出我逃獄的假象好扣罪名給我！他們沒辦法將我定罪！妳等著看！不會有人進來的！」

露絲滿臉驚疑，看著威特也不解釋，滿臉凶惡地揮手，外邊再次湧進來好幾個士兵，手裡盡皆拿著武器對準柯夏，威特冷笑道：「我接到的命令是最好打暈了帶著機甲扔出去，但是有必要的話，讓你在逃獄時被擊斃，也是可以的。我奉勸你還是珍惜露絲中將的一片好心，帶著機甲逃吧！從此成為一個可恥卑微見不得光的老鼠，再也不見天日！」

柯夏哈哈一笑，將機甲鈕拿在手裡，那上頭雕刻著一朵薔薇紋，仍然是那比他還要文藝的管家機器人傑作，那是他的機器人親手為他主人訂製的機甲空間鈕，和市面上只是能召喚機甲的簡單空間鈕並不一樣，整合了許多更實用的功能。他按了下機甲空間鈕上的指紋認證，薔薇紋路發出了白光，轟！他身周撐出了一個離子罩，將他牢牢護住。

威特和一眾士兵滿臉驚異，柯夏在離子罩內對露絲揚了揚手：「我要感謝中將替我送來護身武器。」他神情戲謔，又按開了機甲鈕上一個按鈕，急切尖利的警鈴聲劃破長夜，足足傳出了十幾里。

他原地盤地而坐，笑意盎然看著威特：「這下應該會驚動所有人了，接下來你們是不是要繼續栽上我逃獄未遂，被你們發現的罪名給我？」

威特冷笑了聲：「你知道就好。」

柯夏表情仍然滿不在乎：「所以呢？元帥處心積慮想要給我扣上這樣的罪名，是因為軍事法庭合議後沒辦法定我的罪吧？」

威特只是冷笑，不再說話，外邊已經湧進來了許多軍警以及軍事法庭的幾位軍官都已經趕到，看著監牢內的場景頗有些莫名，威特道：「夏柯少將自知罪孽難逃，趁露絲中將來探監之時，想要挾持中將逃出監牢，卻被我們及時發現！他卻還在負隅頑抗，請大家配合擒拿逃犯。」他又冷笑：「你以為你這離子罩能撐多久？」

眾人不由都看向了露絲中將，她神情哀戚，嘴唇微微動了動，卻最終一言未發，雙眼已經通紅，卻控制著自己並不敢再去看柯夏，柯夏卻笑了笑，手裡把玩著陪伴他許久的機甲鈕，神情似乎在感嘆什麼，神情有些歉疚看向了露絲：「我的機甲鈕本就是特製，考慮到我身為指揮長，在突然遇到敵情，需要能夠立刻保護自己，又要能夠錄製敵情，更要能夠警報涌令全軍團即刻來援，所以整合了警報器、微型離子罩以及錄影錄影的所有功能。」

！！！

露絲中將顯然意識到了什麼，睜大了眼睛，柯夏卻仍然彬彬有禮對她點了點頭：「對不住，雖然是妳把它送到我手裡，但為了自保，從拿到機甲鈕後我就已經開始了錄影，抱歉了。」

他按下了下機甲鈕上的一個按鈕，一個栩栩如生的全息影片畫面浮現在了空中：紅髮碧眸的露絲中將微微喘息俯身，眼裡飽含著情誼和淚水：「他們並不需要定你的罪，我父親已經安排了人淩晨就會來將你暗殺，偽造你畏罪自盡的假象……」

在場所有軍官和士兵全都睜大了眼睛，看著影片中的一幕幕，露絲中將將元帥所有打算甚至包括那見不得人，企圖要娶奧涅金伯爵千金的陰謀全都披露，然後威特進入監牢，看說服不成，直接派人上前想要制服柯夏。

威特怒吼：「這是偽造和污蔑！我要求在場所有軍人即刻下封口令！」

柯夏淡淡道：「可以對影片進行鑑定，上頭的時間戳很明確，這麼短的時間我也來不及偽造。我也要求軍紀辦、軍事法庭審判長以及聯軍司令部的代表同時在場來鑑定證據，並且我個人的生命安全已經受到威脅，我要求全天保護我的人身安全。」

「為什麼不先仔細檢查他的機甲鈕有什麼功能！」布魯斯怒吼著。

威特站在下首垂頭任他批評，心裡卻暗自腹誹著，全世界AG公司發售的機甲鈕都是只有召喚機甲功能，誰知道這一位軍團長的機甲鈕居然是訂製，額外加裝這麼多功能的？機甲鈕是你說要給他帶走的，這樣場面更轟動，人選也是你選的，誰知道露絲這麼感情用事什麼都說了，樣樣都被錄下來，這能怪我？還不如一開始直接就弄昏他丟出去。這也就是元帥處處要面子的弊處了，實際誰不知道元帥是什麼樣子的人呢。

他只能道：「已經對當時在場的官兵下了封口令，嚴命外泄，這些證據也只是露絲中將的一面之詞，我建議就讓露絲中將說自己是被別有用心的人挑撥，推一兩個護衛出來頂了罪，再拖一拖，等奧涅金伯爵那邊的大事搞定，奧卡塔將軍退休，我們大局握定，到時候再換掉軍事法庭的人，回過頭處理他吧，他如今被羈押著，橫豎也鬧不出什麼大問題。」

布魯斯漸漸冷靜下來，意識到自己失態，來回走了幾步道：「也只能如此了，露絲也該受點教訓了，她這樣……」他有些不悅，又轉過頭看了眼威特和顏悅色道：「你再找幾個人去第二軍團挑撥下他的手下，想辦法讓第二軍團叛變或者做點負面新聞出來，不需要真的，只要鬧出點動靜來就好，比如說什麼要求釋放少將，前線罷戰，一天不放少將就一天不殺蟲族這樣的口號來，讓民眾們心生反感。」

威特心裡想又是這樣，嘴上總是說對露絲失望，其實髒事還是都讓他們這些跑腿去做，中將還是讓露絲當了。她倒是光明璀璨毫無缺點，將來他們這些手裡握著那麼多髒事的人，不僅得罪人又落人把柄，最後只能乖乖被她驅使。從前年紀輕，還以為自己比元帥女兒優秀多了，元帥如此倚重自己，自然是賣力做事，結果十幾年來，這些骯髒下流的事情都是他們去做，真正得了實惠的還是露絲，到底還是親女兒呢。

但他嘴上還是恭恭敬敬應道：「是。我就去辦。」

布魯斯問威特：「奧涅金小姐那邊還沒有回音嗎？」

威特道：「暫時還沒有。」

布魯斯道：「奧涅金伯爵那邊呢？還是沒有說出新能源地點？他不就是個普通人嗎？你們的刑訊專家退步了這麼多天還沒有出結果？」

威特搖了搖頭道：「專家不建議再用刑，說再下去真的就要瘋了。找了專家來做精神催眠，專家說他應該是找了高精神力催眠大師來為他做過指定精神催眠，強行遺忘了關於新能源地點的事。顯然是早有準備，奧涅金家族縱橫百年，家族裡養著這種催眠大師很正常，這種催眠只有由特定人觸發關鍵字他才會重新想起，我們再怎麼問，都問不出來的，催眠師也表示沒辦法解開這個高級催眠。」

布魯斯皺緊眉頭：「算了，再弄個影片去給伊蓮娜看看，加點料，讓她更快一些做決定。」他轉過頭又吩咐屬下：「和軍事法庭的庭長的預約敲定沒？」

屬下猶如寒蟬瑟瑟發抖：「庭長說他近期身上有重大案子，不便和案件涉及的利益方私下會面，請您諒解，又說您是元帥，應該更知道規矩才對。」

布魯斯不怒反笑：「我知道的規矩，是擁有力量者可以制定規矩，看來是近期蟲族少了，政客們又開始想要謀取更多利益了。是該讓他們知道，誰才是掌握力量的人。」

正在這時，忽然一位護衛急急忙忙走了進來，聲音幾乎是在發抖：「元帥，奧涅金家族召開了新聞發布會，並且全星網即時直播！」

布魯斯心裡一緊，召開新聞發布會？這已經完完全全超出他對奧涅金家族可能採取手段的估計，奧涅金家族壟斷新能源，這些年不知道做了多少骯髒的事，不知道賺取了多少巨額利潤，如今人人喊打，更是被所有世家隱隱嫉妒和聯手打壓，他們想做什麼？

他沒有多思考，打開了星網，星網新聞頭條醒目位置已經在播放新聞發布會，奧涅金家族顯然花了大價錢買了所有最昂貴的廣告播放位，雖然事發突然，但新聞發布會裡記者非常多，他們全都敏感地感覺到了必然有大事件發生。

記者在報到新聞發布會的現場情況：「我們都知道，AG公司忽然宣布今天要召開發布會，甚至連戶外新聞廣告螢幕的廣告位都買了，聯盟新聞大廈、議會對面的洛倫之春大廈外樓顯示幕全部都被買了下來，準備全程直播新聞發布會。」

「據悉，AG公司董事長阿納托利．奧涅金伯爵已經多日未出現在公眾面前，今日我們接到的新聞發布會發布人，是奧涅金伯爵的獨生女兒伊蓮娜．奧涅金，這位繼承人小姐平日裡被奧涅金伯爵保護得很好，從未在公開媒體露面過，目前推測，很可能是AG公司的高層人事有較重要變動。」

「眾所周知，AG公司作為唯一新能源的開發公司，擁有新能源及對付蟲族最先進的生物機甲系統、空間鈕等一系列非常重要的科技專利，其掌門人的位置也至關重要……現在發布會要開始了，請大家關注！」

布魯斯面色鐵青，雙眼怒火爆發，看著發表檯上，一個有著驚人美貌的長捲髮少女走了出來，她穿著合體而正式的正裝，更顯出她的稚嫩年輕來，眼皮微腫，神情帶著些疲憊和憔悴，她坐了下來，儀態無可挑剔，場下倏然安靜了下來。

伊蓮娜抬眼看向鏡頭前，雙眸猶如最亮的寶石，雖然被所有人注視著，她落落大方絲毫沒有羞怯，只是伸出手示意了一下，大螢幕便閃現出了一段影片。

影片十分清晰，顯示著剛剛被新聞記者報導說已經在公眾面前消失的奧涅金伯爵，他被鎖在一張金屬椅上，面容蒼白，雙眼充滿血絲，看起來很疲憊，忽然一群帶著口罩穿著白袍的人湧入，按著他，撕開薄薄的白襯衣，在他上臂肌肉注射了一針不明液體，然後迅速離開，過了一會兒奧涅金伯爵開始渾身顫抖，面容肌肉痙攣，一滴一滴的汗水冒了出來，他開始在金屬椅上掙扎，但鐐銬阻止了他。

影片非常清晰，甚至有聲音，但看得出奧涅金伯爵一開始一直在拚命忍著不發出聲音甚至還在竭力保持著儀態的端正，但顯然藥物發作得非常快，他汗出如漿，肌肉不受控制地痙攣，青筋一根一根凸起，漸漸他開始劇烈掙扎，並且一聲一聲呻吟起來，最後終於放棄抑制，一聲一聲的嚎叫起來。

那哀嚎簡直是如受了重傷的野獸一般，高清攝影機忠實地反映著他在忍受十分可怕的痛苦，令觀者感覺到了一陣陣窒息和不適之感，在場新聞記者不少較為心軟的女記者直接轉過頭不忍再看。

影片的最終，奧涅金伯爵渾身都溼透了，影片上可以清晰看到他已經狼狽不堪地失禁，手腕和腳踝都因為過於劇烈的掙扎而磨出了血，手腕甚至不正常彎曲，顯然已經脫臼甚至骨折，嘴唇也咬破，他喘息著睜開已經有些失焦的眼睛，對著虛空用已經沙啞的嗓子道：「伊蓮娜，不要哭。」

這句話說出來，發表檯上坐著一直在維持著端莊儀態的伊蓮娜眼淚再次落了下來，她伸出纖細手指拭掉臉上的淚水，張嘴說話：「各位觀眾，影片上遭受痛苦刑罰的人，大家都認識，是我的父親。前些日子一段長達三個小時的影片被送到我跟前，我讓他們節選了一段比較溫和的片段，其餘的影片，新聞發布會後可以找我們的工作人員索取。」

「相信大家都知道，將這樣的受刑影片寄到受刑者女兒的眼前，所為無非是威脅，所謀自然也是不小，如大家所料，綁架者要求的條件是，我，伊蓮娜．奧涅金，奧涅金伯爵的唯一女兒，AG 家族企業的繼承人嫁給他。」

美麗到驚人卻淚眼漣漣的少女抬起眼來：「大家一定都很好奇，是什麼人如此大膽，在當今自由、平等、民主的聯盟，還敢綁架一位地位不低的企業帶頭人，甚至還敢以此為要脅，要脅對方女兒嫁給他呢？」

「他就真的如此膽大妄為，不怕 AG 公司報復嗎？他更能敢如此自信，被綁架者的女兒，就真的會忍氣吞聲嫁給他，絕不會怨恨且完全不會公之於眾嗎？」

「不錯，因為他認為奧涅金家族把持壟斷新能源多年，把持生物機甲、空間鈕專利多年不肯公之於眾，是一家徹頭徹尾的黑心企業，人人喊打。他自認為自己權勢滔天，可以一手遮天，黑心企業只能忍氣吞聲，將新能源交出來，他利益熏心，不可一世，受害者會為了父親的安全，為了利益，仍然能夠苟且下去，不會公布於眾，只能嫁給他換取家族企業的平安，換取親生父親的安全！大家一定好奇，這個卑鄙無恥，權勢滔天的人，究竟是誰？」

悲痛欲絕的少女，明明一直流著淚，但話語依然清晰穩定而堅決，人們被她的一串反問全都提起了好奇心，星網上觀看人員已經達到了驚人的二十三億！

少女張開薄唇，憎恨冰冷的眼光射向了每一個螢幕前觀看的觀眾：「這個無恥的綁架者，威脅者，正是如今的聯盟元帥、人類聯軍總司令——布魯斯元帥！」

聯盟元帥！

全世界都譁然了。

「十五天前，聯盟軍方祕密逮捕了我的父親，罪名是壟斷投機、倒賣國家資源、反人類罪等等聳人聽聞的罪名，並且進行了祕密審訊，三日後，我收到了父親被刑訊的高清錄影，中間人委婉暗示，只要我嫁給聯盟元帥成為元帥夫人，那麼父親就一定能夠脫罪，回到家族，一切都當無事發生。」伊蓮娜柔弱卻鎮定。

「當然，聯盟元帥可以辯解他不知道此事，可能是下屬胡作非為，可能是別有用心的人中間挑撥離間，但影片上受刑人是我父親沒錯，聯盟結婚需要雙方簽字同意，如果元帥不同意，我能成為元帥夫人嗎？」

布魯斯在螢幕前臉陰沉得猶如漆黑的墨汁一般，奧涅金家族居然敢！居然真的敢？他們就不怕被判為反人類罪，壟斷投機罪？一介商人，只是在黑道混久了，就以為自己為所欲為，可以洗白？他們經得起查嗎？他們經得起實打實軍隊的圍捕和全聯盟的封殺嗎？呵呵，他們依仗什麼？新能源？還是帝國？

沒錯！一定是這樣！他們一定是投靠了帝國！一定要扣死他們通敵賣國罪！

布魯斯陰沉沉盯著畫面上那彷彿天真可憐的伊蓮娜，她抬起眼彷彿在和仇人對視，目光猶如剔透的薄冰，是那種要和敵人同歸於盡的決絕：「我想大家也都很想知道，怎麼？難道奧涅金家族不是把持著新能源不肯公布於世嗎？難道奧涅金家族不是靠著壟斷新能源、壟斷專利，勾結帝國，大發戰爭財的黑心商人嗎？」

布魯斯轉頭冷冷道：「找法律代表來！我要告奧涅金家族造謠，污蔑軍方代表，損害我個人聲譽，製造社會恐慌，我懷疑他們背後有帝國勢力！應該立刻逮捕伊蓮娜．奧涅金！」

威特看著布魯斯的臉，微微發寒，提醒道：「元帥，奧涅金家族在霍克，和萊恩不是一個國家，跨國起訴只能走聯盟法院，各種證據收集會花太多時間，聯軍事務也僅限於蟲族戰爭，這種有爭議的事情，聯軍出動不合適。再說，第二軍團還沒有拿下，如果跨國逮捕她，第二軍團必然會出手阻攔，會釀成內戰的，還請謹慎。」

又是第二軍團！如果當初引來的蟲災順利的話，第二軍團應該早就遭遇大敗，聯盟可以輕鬆收回第二軍團的軍權，就沒有今天這些事了！奧涅金家族如今敢開新聞發布會，不就依仗背後還有軍權嗎？如今定罪不了夏柯，第二軍團軍權收不回，一切事都卡在這樣一個原本必勝的環節，布魯斯氣得兩眼一陣陣發黑，咬牙道：

「準備新聞發布會，將奧涅金家族這些年為非作歹，壟斷把持能源，私通帝國的證據都攤出來！」

伊蓮娜彷彿聽見了布魯斯的話一般，臉上帶著一絲嘲笑：「奧涅金家族究竟有沒有做勾結帝國，大發戰爭財的黑心商人，請讓我們用資料來證明。接下來的每一組資料，大部分可以在星網或者相關部門公布的對外資料上可以核查到，部分屬於AG公司商業機密範圍，此次為了證明AG公司的清白對外部分公開，你們可以從其他相同的能源公司或者別的管道進行求證，也歡迎新聞媒體、社會公眾進行監督核實，如有一組資料是假造的，我甘願受法律制裁，為此負一切法律責任。」

「請大家看第一組資料：這是新能源開發之前，聯盟和部落簽訂了和平公約後，蟲族戰爭爆發前五年，帝國金錫能源的市場價格，以及AG公司收購的成本價格以及出售價格。大家可以看到，AG公司收購的成本價格以及出售價格，僅僅是在收購價格上浮了百分之三十，綜合考慮其中的運輸、運營、銷售成本來說，在合理範疇。」

「請大家再看第二組資料，這是蟲族戰爭爆發後直到現在的金錫能源價格，帝國金錫能源的市場價格，以及AG公司收購的成本價格，出售價格。請大家注意，戰爭爆發後，金錫能源的價格迅速暴漲，甚至在三五六九年直接翻倍，然而AG公司這一年仍然保持著上一年的價格在出售，可以說這整整一年包括此後的每一年直到現在，AG公司在金錫能源出售上，都是在賠本出售！」

下邊的記者譁然，有記者尖銳道：「伊蓮娜小姐，請問按您的說法，難道AG公司是在做慈善嗎？虧本賣能源？這巨大的缺口可不是能輕易補全的？難道AG公司的股東們會同意？」

伊蓮娜直視著他的目光：「股東會每一年都在反對繼續虧本出售金錫能源，但是，新能源的開發目前只在軍用機甲和軍用武器方面，金錫能源主要滿足的是人們的生活，尤其是戰爭時期，金錫能源廣泛用在運輸裝載車、救援車、食物冷藏車以及聚集避難區的離子罩、地下防空氧氣供應、暖氣供應等等各類公共設施、防禦設備上，一旦作為金錫能源最大供應商的AG公司都漲價了，人們的生活成本將大幅度提高，這意味著什麼？意味著戰亂之時，政府將無力提供公共設施的能源維持，意味著窮人的命將如草芥！我的父親奧涅金伯爵，力排眾議，說服了股東們，每年仍然持續低價銷售金錫能源給相關機構。」

眾人全都沉默了，伊蓮娜繼續道：「接下來的資料大家可以看到，AG公司的金錫能源主要以合約價售給各個聯盟政府，大多數用於保障人類避難聚居區的生活，從銷量上可以看出來，AG公司從蟲族爆發的戰後，主要銷售對象都是聯盟各國政府、各社區大型團體、各個醫療救援機構、福利院、老人院等慈善機構，甚至包括教會，價格一直低於進貨價，每年在此一項的虧損，都在二十億以上！」

會場一片靜悄悄，人們顯然吃驚了，但這些明明白白可以追溯的資料，點進去一項一項的電子合同清清楚楚列舉著，AG公司在過去戰爭的十年，一直高價從帝國購買金錫能源，再虧本銷售給聯盟各國政府機構、民間福利、慈善機構和教會機構，一直至今日在金錫能源這一項利潤上，仍然是赤字，顯然帝國是絕不可能降價的。

「那麼大家應該也明白了，AG公司在這一項的虧損，主要是從別的地方的利潤補足，從哪方面補足呢？自然是新能源衍生的相關產品以及生物機甲系統的獲利，空間鈕不在其列，空間鈕發明後一直平價銷售給聯軍的機甲隊，到目前為止並無盈利。以下是我們盈利的產品，請大家看一下我們的專案盈利表，戰爭十年，我們的盈利主要集中在新能源訂製防身手錶、新能源飛梭以及新能源通訊器，這幾項雖然不起眼，卻算得上是真正的奢侈品，每年盈利在十萬億以上。此外生物機甲系統勉強算盈利，但大部分是平價銷售給人類聯軍，大家可以看到我們生物機甲的銷售訂單和造價成本對比，請注意，這僅僅只是基礎材料造價、運輸、銷售的成本，並不含其中的科技專利及專家付出的研究費用。」

「生物機甲的研發耗時漫長，而且還在不斷繼續研究當中，目前盈利需要投入到下一步新生物機甲以及空間鈕的更新換代研發中，請大家注意下一張表。」

「這張表至關重要，這是AG公司最近二十年來，在生物機甲研發以及空間鈕研發上投入的專案經費開支，短短二十年來，AG公司在這上頭投入的研究經費、試驗成本等等，已經超過百億資金，所有專案開支都經過嚴格審計，大家可以仔細核對，其中需要大家注意的是，生物機甲系統，我們在蟲族戰爭爆發前，就已經開始研究，一直到今日，生物機甲系統還在不斷完善，參與生物機甲系統研究的專家共有十三位，空間鈕研究系統的核心研究組是十位，這些專家全部是AG公司內部長聘的研究員，一直領取的是研究員的薪水，從專案組建設至今，當專案研究出成果並且申請專利後，根據合同，他們本該享有整個專案利潤非常高的分紅，但他們卻始終沒有提出要求分紅的要求。這又是為什麼？我請一位專案研究組的一位老專家貝利安博士來分享。」

一位白髮蒼蒼的老專家出現在了大螢幕上，他顯然有些並不擅長社交，臉上表情有些拘謹。但許多業內人士都認識貝利安博士，他是生物系統頗有名氣的老科學家，拿過科技貢獻大獎，退休後返聘在AG公司為專案顧問，大部分時候並不太參與具體專案研發，只是帶帶學生，審審專案，提供諮詢，生物機甲系統發明後，他的名字位列其中，倒是無人質疑，畢竟他在科技界的地位是很高的。

貝利安博士輕咳了聲：「伊蓮娜小姐讓我說明為什麼我們整個專案組專家在集體放棄了專案分紅，嚴格來說並不是放棄，並沒有那麼高風亮節，都是要養家糊口的。我們簽訂的協定是戰時放棄了所有的專案利潤分紅，等與蟲族結束戰爭，恢復和平後，我們再開始收取利潤分紅。當然實際上沒有戰事後，專案的利潤肯定會下降，但我們這些人都認為，能夠參與這一個專案並且取得成果，將自己的名字留在科技史上，是我們這一輩子最榮耀的事。而我們也很感激 AG 公司在這個專案上的投入和支持，在一個虛無縹緲且很可能沒有成果的課題上能夠投入了如此巨大的資金和人力資源，鼎力支持我們的研究。在蟲族戰爭爆發後，我們看到我們研究出來的成果能夠為全人類做出貢獻，這讓我們感到驕傲，因此在得知目前的利潤，需要拿去填補戰時其他虧損的時候，我們是一律贊成的。」

「另外，」貝利安博士臉上帶了些愧色：「我還是很想說，生物機甲系統以及機甲空間鈕兩個專案的帶頭人，杜因先生和古雷大師，他們對專案的貢獻才是最為巨大的，但他們都沒有領取任何報酬，只拿了和我們一樣的薪水，我們很敬佩他們不為名利，高風亮節。我也希望等蟲族退散，藍星恢復和平之時，人們能夠記得，有許多默默無聞的人為了這些付出了多少，雖然世上大部分人都是自私的，但是總也有那麼一些人為了理想、為了科學，有著非常純粹的追求，我慚愧我還沒有達到這樣的境界，但是我的確見到了這樣的人，我認為人類這樣的人越多，人類就越會有希望，我們只是做了一點微小的貢獻。」

貝利安博士點了點頭，螢幕影像消失了，記者們都竊竊私語交頭接耳著。伊蓮娜淡淡道：「列位，AG 公司在戰爭十幾年來，從未忘記過我們企業的立足之本和社會責任，和平之時，我們仍然投入資金在研製新科技專案推動科技發展上。戰爭之時，我們也並沒有藉機抬價壟斷經營，我們甚至虧本經營，只為了維持社會的穩定和人們的生活需求。這一切，都是我的父親，剛剛大家所看到的被無故拘留，被殘酷藥物刑訊的阿納托利．奧涅金做出來的決定。可是，現在蟲族尚未退去，卻已經有人為了想要將新能源占為己有誘捕他，迫不及待地在未曾調查清楚的情況下，扣上無數虛假罪名，刑求新能源的產業所在地，並妄圖藉機操縱婚姻，將整個奧涅金家族納入控制。」

「我想問問在座各位，請問如果你們是我父親，在過去的戰爭年月，你們能否做到虧本經營只為了社會穩定和造福人類？你們又是否能做到在沒有希望的時候投資百億在一個可能沒有希望的研究專案上？你們能否保護這種新能源，使之不會一面世就落入強權手裡，普通民眾再也無法享受？新能源星球並非奧涅金家族發現的，發現人自知這將會觸動多少利益，知道會引起多少強權的覬覦，力量微小無法保住，才輾轉交到了奧涅金家族手裡。為了保護發現人，我們不會說出他的名字，我們也絕不會透露新能源的所在地，浩瀚星辰，過去十幾年間，有心人已經無數次尋找，卻遍尋不到。也因此在蟲族戰爭的尾聲，他們才露出了獠牙，想要吞吃下這一塊足以影響世界格局的肥肉。」

「我再問問各位，假如讓這個隱藏在背後手段卑鄙下流的權勢滔天之人得逞，控制了整個奧涅金家族，控制了新能源，整個世界又將會變成什麼樣？」

「和我父親同時被祕密拘捕的，還有原第二軍團軍團長，現任聯軍司令部副司令的奧卡塔上將、以及現任人類聯軍第二軍團軍團長夏柯少將，指控的罪名都是行賄受賄，倒賣軍職，偽造軍功。」

伊蓮娜說到這裡忽然冷笑了聲：「奧卡塔上將目前尚未有消息，但軍事法庭對夏柯少將庭審了三次，早已超期拘留，每一次提供的證據都站不住腳，而聯盟法院派出的法警，將這位曾經的戰鬥英雄裡裡外外都徹底查過，所有軍功屬實，最近一次軍功捏造的證據不成立。夏柯少將多年來個人名下沒有房產、商店、股票、珠寶、飛行器等等財產，唯一的奢侈品，是夜鶯歌后為了表示感謝送給他的一只帶有防禦功能的手錶，那也是原本我們 AG 公司送給她作為推廣品的！而在最近一次庭審上，我聽說軍事法庭為了定他的罪，甚至將他讀山南中學時代默氏病時的治療費用來源都查過，大家猜到結局了嗎？夏柯少將當時年未滿二十歲，面臨絕症威脅，收到了一筆巨額捐款，卻分毫沒有使用，全額退回，自己與基因病研究機構簽訂風險協定，同意作為新治療法的實驗對象，承擔一切風險，才免除了治療費！這件事可以在山南中學的師生中求證，至今無人相信這位少年時就已表現出驚人天賦和可貴品德的少將，會為了區區蠅頭小利違法犯罪！」

所有記者們全都還記得這位長相英俊的機甲明星，一時之間場中譁然，伊蓮娜厲聲道：「諸位！這兩位是我霍克第二軍團的軍團長，都與奧涅金家族有著較好的關係，在祕密逮捕我父親的同時，悍然祕密誘捕了這兩位將軍，甚至在事無巨細清查也沒有靠得住證據的情況下，超期拘留，祕密關押，公眾一絲消息都不知道，其用心已經太過明顯了！這就是我今天召開新聞發布會的目的，因為奧涅金家族已經退無可退，被逼到了萬丈深淵，隨時落入熊熊地火內，被曾經援助支援過的人千夫所指，臭名昭著，死無葬身之地！」

「我父親為霍克公國的伯爵，聯盟軍方沒有權力在沒有知會霍克公國的情況下拘捕我的父親！我要求聯盟軍方移交我父親到聯盟法院，公平公正公開審理我父親的案子，還他清白！同時，軍事法庭必須公開奧卡塔上將、夏柯少將的審理過程，依法依規判決！」

「所有的證據，我們都已整理好，可以供所有人查閱和監督，可以隨時提交給聯盟法院審理。」

「作為被告人家屬，我要求的只是公平公正公開審理，並不是要求即刻放人，我認為我的要求是合情合理合法的。」

「假如家屬的合理要求得不到回應，我，伊蓮娜・奧涅金在此起誓，將會將整個新能源星球摧毀，讓新能源星球和我們父女和整個奧涅金家族陪葬。」

「不過是摧毀一顆星球成為葬禮上的禮花，我的父親——阿納托利・奧涅金，他在過去幾十年的生命中，無愧於社會，無愧於他自己的人格，但他仍然蒙冤入獄，甚至飽受來自他資助對象的折磨，如果他冤死在聯盟監獄內，那麼我會讓全世界都看到這一朵璀璨禮花綻放在茫茫星海，請諸君見證，卑鄙者的狂歡，高尚者的末日。」

Chapter 170 謀劃

「AG公司董事長繼承人奧涅金小姐直斥聯盟元帥違法擅用私刑，逼迫聯姻居心不良，聯盟軍方目前暫無回應。」

「奧涅金家族大小姐霸氣宣言！聯盟元帥疑以公權謀取私利！」

「奧涅金伯爵被刑訊，聯盟軍方暫無回應。」

「聯盟少將夏柯祕密被拘，昔日戰鬥明星今成階下囚，是否別有內情？」

「小歌后夜鶯憤慨表示，夏柯少將絕無可能犯法貪污，呼籲公開審理，拒絕抹黑戰鬥英雄。」

「奧涅金家族虧本經營做慈善？有內行人稱不可能，起底黑暗家族發展史。」

「權錢交易的撕裂，官商狗咬狗，看誰才是最後贏家？」

「蟲族當前，聯盟內訌，人類危矣。」

「帝國皇室發言人表示無可奉告，但與奧涅金家族的合作仍會正常進行，並表示如奧涅金家族願意歸順帝國，可封伊蓮娜小姐女公爵封號。」

就在聯盟媒體和民間一片沸沸揚揚之時，軍方回應了：「奧涅金伯爵的確被軍方留置，配合調查一些案件，具體案情涉密不便透漏，具體時間要看案情偵辦進度。戰時軍方有應急處置權和緊急徵召權，軍方一切行動合規合法，待案情明瞭後自然會公布。對於奧涅金小姐未經調查，被有心人挑撥作出侵害布魯斯元帥的不實指控，布魯斯元帥表示很遺憾，但作為看著她長大的長輩，可以理解她年紀小，在聯繫不上奧涅金伯爵的情況下被有心人挑撥，情急之下作出的不理智行為，軍方目前已經派人聯絡奧涅金小姐，請其相信聯盟軍，耐心等候。關於奧卡塔上將和夏柯少將的相關審理，為聯盟軍內部事宜，一切等審理結束後會公開。蟲族戰爭當前，請民眾們相信作為民眾守護神的聯盟軍方，一定會給民眾們一個公平、公正、公開的滿意答覆。」

「卑鄙無恥的聲明，對所有的質疑一律沒有回應，只輕描淡寫說是不實指控，就遮過去了，就是仗著人都在他們手裡，睜著眼睛說瞎話罷了！民眾哪裡會這麼好糊弄！」赫塞惡狠狠地將刀叉摔回餐盤。

莫林冷靜道：「沒有證據，我們沒有任何確切證據，即便是奧涅金小姐說得如此霸氣，對方只要繼續扣押奧涅金伯爵，她也無計可施，在沒有到最後一步之前，誰都不會輕舉妄動，而我們沒有時間了。」

他拿出電子螢幕：「仔細看聯盟軍內網人事變動，聯盟軍事法庭的庭長已經遞交辭職書，不日將辭職退休，再仔細看別的職務，近期聯盟軍委有好幾個不起眼的職務變動，其中還夾有一位軍事法院的一位書記員自殺的小新聞，很快就被刪除了。」

莉莉絲低聲道：「哥哥說這位庭長早年就得罪了很多人，現在應該是壓力太大，扛不住了。還有自殺的書記員，聽說是受賄事發，自殺了，但是也有說法是為了保其他更大的人或者為了保家人，被迫自殺的，總之流言紛紛，說什麼的都有，但是接連辭職的，應該都是頂不住壓力了，畢竟都不想踏入爭鬥渾水中。」

莫林面容嚴肅看向邵鈞：「隊長，元帥應該在換掉不聽話的人，如果說之前軍事法庭因為證據不充分不願意將少將定罪的話，全換上自己人的軍事法庭，將會睜著眼睛說瞎話，將少將判為有罪，一旦軍事法庭判了少將有罪，並且將捏造的罪名和事實公布出去時，民眾們會更願意相信權威的判決，軍事法庭必定會在近期再次開始庭審，而這一次不會再有人支持少將，我們必須在這段時間內找出元帥罪行的證據或者能夠證明少將清白的證據！」

赫塞道：「怎麼會？我看同情奧涅金小姐的聲音很多，還有少將，那麼多人真心支持他，他可是戰鬥明星！名下沒有任何資產……他們要違背民意嗎？」

花間琴冷笑了聲：「民意不是用來強姦的嗎？輿論從來就是強者製造的，奧涅金小姐可憐楚楚哭個兩聲，再賣一下虧本賣能源的可憐，民意就在她這邊。等明天布魯斯元帥也捏造一大串資料說奧涅金伯爵通敵賣國，送新能源給帝國，出賣聯盟民眾的利益，你信不信民意又全都站在聯盟元帥那邊去了？這麼多年，冤死的將軍還少嗎？少將再清白無辜，也頂不住眾口鑠金，到時候罪名一公布，直接祕密處死……」

花間琴忽然住了口，因為看到一直沉默著的杜因隊長忽然抬眼看了她一眼，那漆黑深不見底的眼睛讓她不知為何心裡微微發寒，想起組長千叮萬囑讓她一定要聽這位杜因隊長的話來，默默閉嘴了。

邵鈞道：「還有一件事需要注意——我猜近期霍克公國一定會遭遇蟲族的主力攻擊，聯盟元帥需要一場戰爭來顯示他的權力，而戰時，軍隊的責任和權力都無限擴大，人們就會迅速淡忘他到底還合法不合法，違規不違規，焦點又重新回到蟲族什麼時候能夠被打退，人們什麼時候得到和平。」

護衛隊們全屏住了呼吸，邵鈞抬起眼：「因為奧涅金家族的靠山是霍克公國，元帥需要教訓一下不聽話的他們，在戰爭下人民只能依靠軍隊，而失去了夏柯少將指揮的第二軍團，能否能保護霍克公國呢？一旦第二軍團失敗，元帥就能名正言順取回軍權，順便震懾霍克公國，讓奧涅金家族失去最大的依仗。」

赫塞緊緊抿緊了唇，邵鈞平靜道：「我們只是護衛隊，誰都無法取代少將的指揮，三位準將，能夠齊心協力度過這個難關嗎？尤其是蟲災，很可能是人為製造的情況向下，公國太大，我們無法預測那個設備，會加裝在哪裡。」

第二軍團大部分都是霍克公國出身的將領，霍克公國就是他們的母國和故鄉，光是想到蟲族被發出雌蟲聲波設備大規模入侵的地獄場景，以及失去了少將指揮，三個準將各懷心事，必然一敗塗地，到時候……在場的護衛隊全都不寒而慄。

莫林道：「隊長有什麼想法？」

邵鈞道：「我只是將自己代入了元帥，想下一步我會怎麼做，大家也可以說一下想法，假如你們是聯盟元帥，下一步怎麼做？排除異己，關鍵崗位更換自己人，繼續扣押，直到整個聯盟軍權完全被掌握，應該會怎麼做？」

他拿出了一張紙來，重重地在上頭寫了幾行字：「強行扣押，更換法官，製造蟲災，震懾霍克。」

一直沉默著的蘿絲麗道：「如果我是元帥，會控制輿論，發律師信也好，私下收買也好，警告也好，會讓各個媒體開始引導輿論，將不利於聯盟元帥的報導都禁止報導，然後不著痕跡地開始抹黑奧涅金家族，這並不難，畢竟奧涅金家族本來就不是潔白無瑕，無論奧涅金小姐哭得再如何可憐，人們都不會忘記他們在戰亂中仍然享受著奢華的生活，人們喜歡看高貴的人墮落，無論是元帥還是奧涅金家族，誰落下來，飽受苦難困頓中的人們都會毫不猶豫地鼓掌和幸災樂禍的。」

邵鈞點了點頭，加上了「控制主流媒體輿論」。

花間琴小聲道：「我是元帥的話，會暗殺掉某個人，偽造自殺現場，然後偽造書信，污蔑奧涅金伯爵和……」她悄悄看了眼邵鈞，接著道：「和少將，裡頭都是和帝國的來往資訊。」

邵鈞點頭，繼續寫上「偽造證據，抹黑對手」。

傑姆道：「繼續用超聲波設備，在不聽自己話的國家吸引蟲群攻擊，好打壓不聽自己話的其他國家和團體，順利掌權。」

邵鈞寫上：「有目的地製造蟲災，打壓他國。」

赫塞道：「如果我是元帥，會在大戰中想辦法讓自己的人上位，然後接管第二軍團。」

邵鈞在紙上加上「強行扶持自己人上位接管軍權」。

莫林遲疑了一會兒道：「我是元帥的話，會一直先拖著扣押著人，相當於人質，然後再慢慢布局。」

邵鈞看了看紙上寫的字，抬頭看所有的護衛隊員全都面如土色，顯然都發現了現在的情形太過不妙。

莉莉絲喃喃道：「明明之前奧涅金小姐的新聞發布會，將聯盟元帥的陰謀公之於眾——原來，只要元帥繼續無恥下去，權力掌握在他手裡，我們仍然扳不倒他，少將還是被扣押著……」

邵鈞拿著筆，點了點紙張：「先看看我們能做什麼，大部分我們都沒有有效的應對方法，目前我們主要能做的，一是提防蟲群突然襲擊，我們將致電奧涅金家族，請他們提醒霍克公國近期可能會有蟲災，將居民全部撤退進避難安置點，緊急避難，並且盡可能的排查設備，請蘿絲麗一會兒準備起草一個細的防備方案。」

蘿絲麗應聲：「是。」

「二是研究預防和破壞雌蟲聲波設備的方法，這個請傑姆立刻開展研究。」

傑姆大聲應道：「好的！」又雙眼亮晶晶：「小丹尼爾還會來指導我吧？」

邵鈞沒理他，繼續安排：「三是尋找元帥罪行的確切證據，公之於眾，這個有點難，花間琴你想辦法聯繫上花間酒，順便研究出一個方案來。」

花間琴輕聲應：「是。」心裡卻明白這意思是讓花間家族介入的意思。

邵鈞繼續道：「最後，我們需要想辦法不讓第二軍團落入元帥的手中。」

護衛隊們被他鎮定自若的情緒和有條不紊安排所感染，臉色微微恢復了一些，看著邵鈞重重在「扶持自己人」上頭打了個圈，用筆點了點其他道：「他會選擇哪一個人，在戰時來借著機會接管第二軍團呢？」

莫林脫口而出：「和之前預測的一樣，布雷克準將。他在聯盟軍資歷很老，也是霍克人，在聯盟元帥力挺下，戰時接管是最可能的，一旦他得了聯軍司令部的任命，又脫離了我們的控制，我們就再也沒辦法控制整個第二軍團了。」

邵鈞點了點頭：「很好，那麼假如我們在蟲災之前，就讓他生病了呢？」

赫塞一口水嗆了出來：「生病？」

邵鈞道：「只要能打亂對方的計畫就行，讓布雷克準將病得起不了身就好。剩下兩位準將，都不是他的人。」

赫塞道：「難道他會讓露絲中將直接接管？」

莫林搖頭道：「且不說第一軍團是由原來的第一第三軍團合併，駐地太廣，隊伍也多，再兼顧我們這個軍團的指揮過於困難，她是元帥女兒，元帥哪捨得她親自過來涉險？一不小心我們把她直接幹掉怎麼辦？再說吃相太難看，元帥一向好面子，現在正是輿論風頭上，他可能還要遮掩遮掩。布雷克是最好選擇，如果不是他，會是聯盟軍哪位資歷深的將軍吧？我也拿不準，畢竟打了八年，資歷老點的將軍病的病，退的退，犧牲的也不少，不然也不至於輪到少將上位了，就目前看來，想要平安順利接管第二軍團，可不容易。」

邵鈞搖了搖頭：「我覺得會是第三軍團霜鴉少將接管。」

「什麼！」護衛隊所有人都吃驚叫了起來，然後過了一會兒，臉上全都出現了厭惡、鬱悶的神色：「那個星盜軍團，不是一向都只在自己駐地上哪裡都不理的嗎？聽說那個霜鴉，還和帝國那邊的親王有些搞不清楚的關係，派他來接管不是噁心我們嗎？」

莫林沉思了一會兒道：「還真的有可能，畢竟第三軍團和第二軍團一向不和，他們又強，離我們的駐地也近，元帥完全可以借刀殺人，先讓第三軍團接管第二軍團，我們的人肯定不服氣，然後兩邊鬥個兩敗俱傷，他再出來以影響軍情為由重新整編，甚至打散整個第二軍團都有可能，還能把這些都嫁禍給第三軍團，反正他們名聲夠差了。但對我們來說也是一個機會，星盜唯利是圖，也不是不能爭取……」

邵鈞伸出手指敲了敲桌子：「拉第三軍團入局是一個很不錯的破局方式，就這麼做吧，先讓布雷克病了。莫林，替布雷克起草一個生病請求休養的申請書讓他簽字後報聯軍司令部，理由就說受了新能源的輻射，需要儘快住院清除輻射，休養身體，讓軍醫那邊開個醫療證明，布雷克如果不配合，就讓他真的『病了』，相信他會配合的。」

赫塞站起來道：「憑什麼讓那群星盜來我們這裡耀武揚威！你知道少將和第三軍團一直不和嗎？」

邵鈞只是淡淡道：「攪局的人越多越好，如果不是怕少將被扣上私通帝國的名頭，我還要想辦法把帝國也攪進來，他們一定也在躍躍欲試，想要插一腳進來。不把水攪渾，我們無法破局，別忘了我們只是護衛隊，誰都沒辦法指揮軍團去打蟲族——聽我的命令。」

他最後一句話頗為強硬而堅持，一雙漆黑的眼睛轉過來直視著他，不避不讓，眸光冰冷銳利。

赫塞一時之間竟然心裡微微有了些瑟縮，隨後咬牙還想爭辯，莫林按住他搶著道：「好的。」

結束了和護衛的會議後，邵鈞在加密頻道私下和霜鴉簡單通了個話，然後回到房間，看到羅丹小花蹲在懸浮螢幕前用幾根葉片手指在啪啪啪地敲著鍵盤，隨口問他：「你今天沒泡在天網研究了？」

羅丹抬起花瓣帶了些興奮道：「我在考慮降低聯接天網的精神力要求，生物系統天網聯接艙的理論基礎已經有點眉目了，用之前我們研究的生物機甲聯接艙為基礎上修改，如果可行，大量製作並投入使用應該很快就能實現了。」

「我需要更多的實驗支援，奧涅金家族那邊的實驗室會有更合適的實驗條件，我列了一張實驗清單，準備讓實驗室那邊晉我做驗證一下。生物系統聯接艙會在天網接入上有更優秀的表現，具體我還需要驗證，招募一批志願者，我已經寫好一個方案了，如果聯接天網的精神力要求降低，將會大量的增加聯接天網的人數，天網的力量就會越來越強……」

上天網的人越多，精神力越強大，艾斯丁蘇醒得越早，星輝花瓣亮晶晶的，想來應該頗為激動。

邵鈞點頭：「好，我替你聯絡古雷，讓他主導實驗，你遲點把方案發我吧。」

羅丹卻敏感地看了眼邵鈞：「又有事發生？」

邵鈞道：「還是元帥的事，形勢有點嚴峻，前幾天伊蓮娜開了個新聞發布會，你沒有關注嗎？」

羅丹搖了搖頭：「我這幾天在計算一個數值，我看一下。」他很快刷開了星網看了一會兒，神色漸漸越來越嚴肅：「奧涅金家族真的一直在賠本賣金錫能源嗎？伯爵被捕的消息放出去以後，雖然民眾們在同情他，但是 AG 公司的股價仍然還是在飛速下降，他們在拋售股票！」

本來就是道義是道義，生意歸生意，邵鈞抬頭看著這一輩子被艾斯丁保護得挺好而顯得有些單純的科學家，安慰他：「奧涅金家族既然敢公布這個消息，自然是有準備的。」

羅丹仍然憂心忡忡：「我那裡還有點錢，我給伊蓮娜轉過去吧，她一定很困難，他們一直在賠本賣新能源做慈善，人們怎麼能這樣？」

邵鈞嘆了口氣道：「你別擔心，我敢保證，現在這個股價被壓低的情況，肯定是早有預料甚至有意為之。現在還在大量低價吃入 AG 公司股票的，一定是伊蓮娜自己的人。」

「你沒注意到他們新聞發布會上公布的發售情況完全沒有提到出售帝國的專

案嗎？那才是生物機甲利潤的大頭，帝國之所以一直堅決在金錫能源上不降價，還不是因為奧涅金這邊賣給他們的機甲，幾乎也是天價，當然帝國富有，買得起，AG公司在這上頭的利潤，那是非常驚人的。此外還有地下交易，你別忘了奧涅金家族可是赫赫有名的黑道帝王，私下的軍火、能源等等地下交易，那是不在明面帳上的，聯盟暗地裡的有錢人數不勝數，戰亂之時，為了保命，那都是不惜血本砸在武器和能源上，那都是奧涅金家族壟斷的地下生意，還記得我們見過的交易拍賣月嗎？所以真的不必擔憂伊蓮娜。」

這一番有理有據的話才算徹底寬慰到了羅丹，他點了點頭，又振奮起來：「這樣的話，那我就安排人去購入AG公司的股票吧！如果她真的不艱難，那股票遲早要漲，我們這投資就賺了，如果她境況很艱難，我也算幫到她了。」

邵鈞沒怎麼在意，畢竟錢是羅丹的，隨口道：「可以吧。」他卻不知道羅丹口裡的「有點錢」，是多麼巨大的一筆錢，他更不知道這筆堪稱鉅資的資金以羅丹基金投資公司的名義突然殺入金融市場大量購入AG公司股票的時候，掀起了多麼大驚濤駭浪。就連原本胸有成竹的奧涅金家族都驚駭莫名，紛紛打聽這支資金的目的，最終得到的解釋卻只是：基金投資公司的決策人認為AG公司很好地發揚光大了天網之父羅丹的生物機甲理論，因此值得扶持，也值得持有股票。

AG公司的股票很快便被這突然注入市場的巨額資金再次強行拉升起來，金融市場的微妙情形同樣使聯盟元帥也不得不慎重對待還在祕密扣押的奧涅金伯爵來。

「這說明資本市場仍然對他們有信心，這也不奇怪，無論是新能源還是生物機甲，那都是可以吃幾百年的，可惜了，本來聯姻的確是最好的解決辦法。」

元帥麾下的參謀十分遺憾地對布魯斯分析著，布魯斯道：「本來也沒打算和他們真正站到對立面——祕密拘捕原本只是為了問出新能源的地址，順勢聯姻，第二軍團沒有敗於蟲族破壞了整個計畫，否則奧涅金伯爵當初應該會合作而不是硬挺。」

參謀道：「之前制定的計畫原本是周密的，甚至包括元帥後頭要求的讓夏柯少將逃獄的安排，原本也很完美，偏偏就是一些小細節導致事態脫軌，歸根究底還都是因為他們有著奧涅金家族的支持。訂製的機甲鈕，先進的技術支援，真是遺憾。建議元帥還是對奧涅金家族懷柔為上，奧涅金伯爵是個識時務的人。夏柯只不過是他們扶持起來打算作為奧卡塔將軍接班的傀儡罷了，並不需要花太多精力去針對，只需要繼續羈押和審判，他就毫無辦法，反而是奧涅金家族只要一直和我們作對，他們就可以扶起來無數個這樣的傀儡，聯盟軍校每年高精神力的優秀畢業生多的是。」

布魯斯淡淡道：「那也要我完全控制了聯盟局勢，才有資本去和對方談生意，只要我還是聯盟元帥，掌握軍權，他就不得不繼續和我合作。第二軍團那邊現在如何了，群龍無首，夏柯被祕密審訊拘留的消息也傳出去了，他們的軍心應該會動搖才對，聯軍司令部已經通過了讓布雷克準將暫時主持第二軍團軍務的命令，就等一場大戰了。」

「等一場敗仗，控制民間輿論後，祕密審判處決夏柯，再讓第二軍團換將，等一切定下來，我們才能好好和奧涅金家族談一談。」

參謀道：「幾個準將都是多年的老將了，自然有一套，尤其是夏柯少將假如真有事，他們還是有機會的，當然要沉住氣。」

布魯斯問：「和布雷克聯繫上沒？」

參謀搖了搖頭：「沒有，倒是今天第二軍團上了個報告，說押送的一批軍火，路過第三軍團的場地，竟然被星盜給整船劫走了，高度懷疑是第三軍團監守自盜、重操舊業，要求聯軍司令部派人徹查，那批軍火都有編號，只要去第三軍團查，一定能查出線索。」

布魯斯睜開眼睛：「胡鬧！第三軍團這是老毛病又犯了？豈有此理！」

參謀笑道：「這仗打的時間久了，他們消耗巨大。當初進聯盟的時候，誇了海口說財務自負，人員獨立，打了這十年下來，再厚的家底也要頂不住了，雖然聯軍這邊也有資源配置，但第三軍團那裡頭全是星盜，貪婪成性，哪裡約束得住？這仗再打下去，第三軍團必然也要大亂內訌起來，我們正好收回軍權，打散整編。」

布魯斯微微帶了些舒心的表情：「他們能撐這麼多年，我已經很意外了。」

參謀道：「霜鴉畢竟當年也是小有名氣的天才，更何況我聽說帝國那邊的柯葉親王，好像又有些舊情難忘的意思，這些年時不時也給第三軍團送點資源，霜鴉倒也沒客氣，來者不拒。」

布魯斯嘖了聲：「真是聯盟軍的恥辱，等蟲族清剿後，一定要將這些敗類都清除出聯盟軍。」

參謀道：「那這報告怎麼答覆？」

布魯斯道：「著軍紀辦徹查，但是人家那麼傻讓你查得出來？那可是星盜裡的行家，縱橫星海多年。」

正合議著，忽然一位心腹護衛進來報告道：「報告統帥！人事司那邊忽然來報，說第二軍團布雷克準將剛剛遞交了病假申請，申請休養半年，調養身體。」

布魯斯猛然抬頭：「什麼？病假？」

護衛道：「是，人事司說是醫療報告上說，布雷克準將不小心受了新能源輻射，身體機能急劇下降，如今連話都說不出來，一直昏迷，正在緊急進行基因治療，近期不能勝任軍職了。」

布魯斯皺起眉頭：「蠢貨！這是被人暗算了吧！」他咬牙：「想不到麗蓓嘉和高斯這兩人平時看著無腦，這會兒倒是機靈起來了，必然是他們兩人中的一個！」

參謀皺眉道：「那第二軍團下一個人選又要再重新挑選了，剩下這兩人，能用嗎？」

布魯斯冷笑：「能用我怎麼會選布雷克？一個莽撞，一個懦弱，我倒萬萬想不到這次布雷克能中暗算，應該是他們手下的人出的主意，倒是會打算，但我也絕不能讓他們討走了好處。」

參謀有些為難道：「蟲族那邊已經準備好了，箭在弦上，不得不發，這個時候布雷克病了，去哪兒再找個合適的人呢？要統領第二軍團也不容易，或者從第一軍團調一個準將過去？」

布魯斯顯然也感到有些棘手，起來來回走了幾步，忽然想到剛剛聽到的報告，靈機一動：「就讓第三軍團霜鴉暫時代管第二軍團！」

參謀一怔，忽然也反應過來，面露喜色：「元帥真是一箭雙鵰，好計！」

布魯斯又計畫了一會兒，越想越合適：「沒錯，第二軍團沒有了夏柯，現在布雷克又病了，剩下兩人都是霍克公國的準將，自己內部鬥爭激烈，這個時候不管派我們自己什麼人去，都會吃大虧，連輻射都搞出來了，不知還要搞什麼陰謀出來，不如讓第三軍團先去試試，讓他們自己鬥去，到時候亂夠了，我再出手收拾，再合適不過了。」

「就這麼辦，安排蟲子入侵吧，我已經迫不及待了。」

參謀看了眼輕描淡寫的元帥，似乎完全沒有在意他這一個命令的下達，將會讓多少本已經平安度過漫長戰爭歲月的國家和民眾再次經受蟲族的摧殘，權力的鬥爭，就是如此殘酷。

蟲群是在一個深夜雪夜襲擊霍克公國的，過低的溫度讓蟲子一向不太青睞霍克這一帶的冰原，然而這一夜蟲族們卻一反常態甚至在冬夜的雪夜中襲擊了霍克公國。

實際上一週前公國各社區政府就有提醒各個聚集避難居民點注意不要隨意出外，近期可能有蟲災，進入緊急備戰時期，但霍克國人一貫性格粗獷豪放，並沒怎麼放在心上，好在天冷，出門的少，也因此警報響起的時候人們都有些意外，甚至以為是誤報。

然而很快捲著雪花濃雲密布的天空上，黑壓壓的蟲群嗡嗡席捲而過，讓所有人們知道這不是在做夢，也不是誤報，蟲族軍團真的襲擊了霍克。

第二軍團在霍克的駐軍立刻投入了戰鬥中，同時派人立刻往蟲群聚集的地方，尋找拆除可能存在的聲波設備。

天微微亮的時候，蟲群被及時趕到的機甲隊伍消滅驅散了一些，但蟲群仍然有集結和不斷增加的情況。

開始有人懷疑聲波設備安裝在移動的設備上，茫茫霍克公國，還下著雪，到處都是樹，找一個被偽裝過的聲波設備，太難了，蟲群開始繼續集結準備下一次更猛烈的進攻，形勢極為嚴峻。

星谷要塞裡，麗蓓嘉準將高聲道：「我不同意這麼早就向聯軍司令部求援！我們目前是有優勢的！戰鬥才開始而已！」

高斯準將不說話，麗蓓嘉惡狠狠瞪著邵鈞：「布雷克準將呢？他真的生病了嗎？你不要以為我們暫時在這裡妥協，就是真的怕了你，你並不能夠長期把我們困在這裡，布雷克好端端來一回星谷要塞，就不回去了，然後莫名其妙就病了，你以為聯軍司令部不會懷疑嗎？夏柯少將被祕密拘捕，所有人都知道了，前幾天是布雷克準將還清醒，還能安撫住他的親信，現在他竟然忽然生病了。你以為沃爾頓要塞那邊他的親信嫡系部隊會任由你們如此瞞下去？第二軍團立刻就要面臨分裂！到時候你面臨的是重罪！」

「戰鬥才剛剛開始，就要求援，第二軍團會成為聯軍的笑話的！霍克公國的人民也會對我們失望的！你是不是根本就是聯盟元帥的人，想要將一直獨立的第二軍團毀掉！」

麗蓓嘉越想越可疑，倏然站了起來質問邵鈞：「你究竟是誰的人？」

邵鈞淡淡道：「這樣的蟲群，星谷要塞遇過。妳可以問問駐守的中隊，蟲群是被雌蟲的聲波引來的，只要聲波設備不停止，蟲群就會源源不絕，無窮無盡，直到整個軍團消耗殆盡，失敗為止，妳想等到這個時候嗎？一切都消耗盡，才宣告求援？」

麗蓓嘉語塞。

「我們查過了，找不到聲波設備，這設備必然是設在某個移動的設施上，而且應該不止一個，蟲群只會源源不絕，堅持下去只會徒然被消耗，而最後的結局，仍然是求援。既然結局一樣，我們不如保存實力。」

「另外，我不妨告訴兩位準將，聯盟元帥屬意的新的負責人，是布雷克。」

麗蓓嘉臉色一僵，邵鈞直視著她：「所以他病了。」

「我們目前的路只能儘量保全實力，不管接下來聯軍派來的是什麼人主持軍務，希望麗蓓嘉將軍您能盡可能的保全力量，保全自身，等候時機。等候少將出來，請相信這一天一定會到來的，真正反人類倒行逆施惡貫滿盈的人，是聯盟元帥，他一定會倒臺的。」

「兩位準將的任務，只是保全自己，然後耐心等待。不要進行無所謂的消耗，這是人為的蟲災，針對的就是我們，霍克公國的人民反而受了我們的連累，只要救援儘早到來，他們目的達到，自然會撤掉蟲子。」

麗蓓嘉身軀激動得微微發抖：「我憑什麼相信你的話。」

邵鈞想了下：「聽說您也是聯盟軍校畢業，並且也是優秀畢業生畢業。」

麗蓓嘉有些不解，邵鈞道：「聯盟軍校的優秀畢業生畢業禮上有一個傳統，就是將自己獲得的優秀畢業生動章，贈送給自己最重要的人，或者親人，或者愛人。總之，一定是自己最信重的人。」

邵鈞取出了一枚金質勳章，雪峰上一隻鷹召開雙翅，倨傲而充滿力量。

麗蓓嘉接過那枚勳章，將勳章翻過來果然看到了畢業年份以及畢業生的名字，夏柯。

她抬起眼看向這沉默寡言的護衛隊長，邵鈞道：「這是他畢業的時候送我的，請妳相信，沒有誰能比我更希望他重獲自由，一飛衝天，而所有的一切努力，也都將得到償還和獎賞。」

麗蓓嘉默默地將勳章還給了他，轉頭看了眼高斯：「高斯將軍的意思呢？」語氣已經緩和下來。

高斯仍然是老成持重：「我也覺得不要拖太長，我們和之前不一樣，少將不在，沒人指揮，布雷克那邊的我們指揮不動，再有，布雷克生病的消息一傳出去，無論是聯軍還是沃爾頓要塞那邊布雷克的嫡系，都會有反應，長時間戰爭必然會導致第二軍團內部不穩，很容易被人趁機挑事，特別我們還有布雷克這個隱患在。」

麗蓓嘉洩氣道：「好吧，那就向聯軍司令部報告戰況，請求儘快救援吧。」

邵鈞微微點了點頭，看麗蓓嘉和高斯聯合在求援報告上簽字，便拿了命令轉身離開會議室。

麗蓓嘉卻叫住了他：「杜因隊長。」

邵鈞轉頭，麗蓓嘉道：「我當年的優秀畢業生勳章贈給了我丈夫，當時他是我的男朋友。但是五年前，他已經殉職在與蟲族的戰爭中了。」

她看著這沉穩的隊長：「不用感到抱歉，也不必遺憾，我只是希望你和少將，這次能平安順利，獲得幸福。」

邵鈞總覺得麗蓓嘉這句話哪裡不太對，但太多事要做，他沒時間想太多，只匆忙點了點頭，便離開了會議室立刻部署下一步。

麗蓓嘉卻在作戰指揮室裡一邊看著大螢幕上的戰況，一邊和高斯準將感嘆：「想不到少將那樣傲氣到討厭的人，竟然喜歡的是這樣類型的人。不過想想也對，那麼討厭的個性，也只有這樣永遠冷靜執著不感性的人才忍得下來了，呵呵。」

高斯準將一時卻也不知如何說，只好附和對方：「是啊，杜因隊長看著不顯山露水，但卻是讓人能夠十分信任的類型呢。」

麗蓓嘉道：「我還以為少將那種大少爺又追求完美的臭脾氣，只有機器人能忍受他呢。」

高斯準將嘿嘿笑：「妳也是嘴硬心軟，少將其實待我們很不錯，布雷克……會不會是誤會？」

麗蓓嘉搖了搖頭：「回想起來，的確有端倪。」她甩了甩頭：「元帥想要第二軍團很久了，這次製造機會煞費心機，我覺得我還是比較相信少將，至少他是真的名下沒有房產財產的，雖然我不信世界上有人這麼神聖無私，他應該有別的追求，反正肯定不是俗世這種普通的財產什麼的，算了不想了，見招拆招吧。」

接到求援的聯軍司令部並沒有即刻回應，只讓他們堅守，又慢悠悠過了半日才答覆說暫無可調配軍團，直到霍克大公親自打了電話給聯盟元帥救援後，才答覆即刻派軍救援。

第三軍團的霜鴉就是在這款款來遲的救援中登場的。

要說戰鬥，第三軍團還是無可挑剔，一如既往的強悍，擁有著絕不拖泥帶水的戰鬥方式。霜行者從天而降，在冰天雪地中持著巨劍劈散蟲群，銀色的光劍上環繞著銀藍色游離子閃電，光劍所到之處冰雪四濺，這極具美感和力量的一幕讓被蟲群困擾數日的霍克公國民眾印象深刻。

隨著第三軍團的救援，蟲族也漸漸退散離去，星網上一片謳歌之聲，一貫崇尚宏大詩意的力量美學的霍克人用盡自己所有的藝術才華來渲染霜行者的英姿，冰雪中冷酷穿過蟲群的畫、詩歌，小說在星網上源源不絕發表著，顯示著戰爭中人們渴求英雄的心。

而灰頭土臉的第二軍團彷彿成了廢物一般，雖然並不至於被唾棄，但夏柯少將彷彿已經成了昨日，人們熱切地重新捧起了另外一顆新星，好安撫他們倉皇失措的心。

「明明堅持了三天三夜的是我們！那群星盜拖延救援，然後才來收割戰果！」赫塞怒氣衝天：「如果是少將在，哪裡輪到他們來耀武揚威？一群無恥的星盜，軍需官還看到他們用的是從我們這裡搶走的粒子炮！真是太卑鄙無恥了！」

花間琴涼涼道：「你也知道少將不在，能有什麼辦法，能保存住實力不錯了，聯軍司令部已經通諭全軍，霜鴉少將在夏柯少將受審期間，暫時主持第二軍團軍務，還是做好準備吧，布雷克昏迷著還好，但麗蓓嘉準將和高斯準將，會不會反手就把我們護衛隊給賣了？」

莫林看向邵鈞：「隊長，現在怎麼辦？麗蓓嘉準將和高斯準將肯定會聽他命令的。」霜鴉主持軍務，原本他們為了控制第二軍團局勢而暫時扣押圈禁兩位準將，顯然如今已經不再可能繼續扣押著兩位準將，如果麗蓓嘉和高斯準將一口咬死曾被護衛隊脅迫，說不準還要被追責。

邵鈞道：「沒事的，麗蓓嘉準將和高斯準將都是聰明人，為了霍克公國和第二軍團，知道什麼該說什麼不該說。至於我作為護衛隊的隊長，這期間的事情我來負責就好，你們不用擔心，霜鴉持掌第三軍團多年，也不是傻子，聯盟元帥想要打什麼主意他清楚得很，頂多只是挖點我們的戰備軍需，絕不會真的就和第二軍團反目成仇，讓聯盟元帥得逞，總之你們做好手上的工作就行，一切就和少將在的時候一樣就行……」

赫塞急性子，早站起來道：「隊長把星盜們想得太好了吧？星盜就是一群無惡不作貪婪成性的惡徒！你居然要開門迎接星盜頭子……」

「誰是星盜頭子？」一個悠閒的聲音在身後響起。

會議室門被推開了，一個有著醒目的金銀異色雙瞳的美男子站在會議室門外，深藍色筆挺軍服穿在他身上，攔腰束緊的皮帶顯得他的腰分外細，過於秀美的長相削弱了軍服在他身上的整肅之氣，這普普通通的軍服竟讓他穿出了高級時裝之感。

邵鈞站起來敬了個禮：「少將。」

霜鴉眼睛裡帶著笑意，說話也十分輕柔，但話裡面的意思卻人人都聽出了壓迫感來：「我剛剛和麗蓓嘉準將和高斯準將見過，聽說夏柯少將被拘留後，三位準將就被護衛隊以少將名義集中留在了星谷要塞，共同處理軍務，然後布雷克準將，就莫名其妙的重病了。」

邵鈞道：「是，為了第二軍團的穩定，之前一直是由三位準將共同處理軍務的。」

霜鴉意味深長笑了下：「夏柯少將英武非凡，想不到他身邊一個默默無聞的護衛隊長，也是如此有才幹，我聽說你才上任沒多久？能夠如此迅速掌握全域，真是不簡單，我身邊正缺這樣的人手，不如你留在我身邊算了，夏柯眼看就不行了，你還是另擇良主的好。」

護衛隊員全都怒目而視，邵鈞抬眼看霜鴉，眼神也全是對他這戲癮大發節外生枝的不贊成：「多謝少將眷顧，夏柯少將無罪，軍事法庭會還他一個清白的。」

霜鴉眸光流轉，笑著道：「那怎麼辦呢？把你殺了我又有點捨不得，你又不肯投效我的話，那也只好先關著了，不然這第二軍團，我怕是不好指揮啊。」

莫林怒道：「少將！杜因隊長是有軍職在身，不能隨意處置！」

霜鴉又笑了：「你是莫林副隊長吧？怎麼這麼幼稚呢？看你們夏柯少將把你們寵得，沒見過我帶兵的方式吧？不聽命令的，都是直接就地處決，要什麼證據和罪名？你們隊長這一款，唉，我還挺喜歡的，就先不殺了，來人呀，先把杜因隊長暫押，至於什麼時候放嘛，看我心情。」

霜鴉身後的護衛隊立刻上來兩人將邵鈞按著雙手背後拷上，護衛隊們全都按著槍，但看邵鈞臉色平靜，毫無反抗，莫林又攔著他們，才人人都怒目而視，看著霜鴉，霜鴉卻面不改色笑意盈盈：「該幹什麼還幹什麼，都回原崗位做你們自己的事，別給我找麻煩。至於杜因隊長，你多考慮考慮，我對你真的很感興趣啊。」

邵鈞被人帶了下去，霜鴉又看了眼在場的護衛隊員：「都識趣點，不要做那隻讓我殺給猴子看的雞，嗯？我可和你們夏柯少將不一樣，老實點。」

說完他又輕笑了聲，揚長而去。

赫塞道：「怎麼辦？」

莫林咬著牙道：「先忍著，靜觀其變！」

邵鈞在第二軍團眾目睽睽之下被反銬著帶上了第三軍團霜鴉的軍用飛船上，然後霜鴉彷彿只是來宣告主權一般，完全並不在意第二軍團其他事務，很快也又上了飛船走了。

邵鈞被安置進了一間臥室——臥室裡太過華美了，到處都鑲嵌著亮晶晶的寶石，邵鈞雙手仍然被拷在身後，坐在一張實在過於柔軟的扶手搖椅上，這扶手搖椅幾乎就是一張斜著的軟床，深而軟的椅背很輕鬆就將人滑進了椅子深處，然後晃動著，他很努力才能保持他不會完全陷入那柔軟的椅背中變成嬰兒蜷縮在子宮內的躺姿。

他盡力從不斷搖動著的搖椅上坐起來保持平衡，打算還是換一個地方坐，然而臥室裡除了這張椅子，就是一張同樣奢華柔軟的大床，上邊搭著一件柔軟光滑卻在下擺綴上碎珠寶的睡袍，並沒有別的地方還能坐了，他打量了一輪房間，確定這一定是霜鴉的臥室，有些無奈，打算起來，還是站著吧，門卻打開了。

霜鴉進來立刻笑吟吟擁抱了他，顯然，再次將剛剛坐直的他又推入了那張姿勢柔軟的扶手搖椅內，他幾乎是趴在他身上笑道：「來來親愛的讓我抱一抱，多久沒有見到你了？十年了吧！你居然一點都沒變！我想死你了！」

邵鈞有些無奈：「我知道了，可以把我手銬解開了嗎？另外請你離開我身上，我覺得我好像和你並沒有熟悉到這樣程度。」

霜鴉傷心道：「怎麼可以這麼說？我可是一直把你救我的每一個英姿都牢牢記著呢，你是我的拯救者……」他眼睛裡帶著狡黠：「和我在一起我會讓你很快活的啊。」

邵鈞面無表情直視著他，霜鴉噗嗤一笑：「我真的傷心了，我比夏柯哪裡不好了，你說啊。」嘴上雖然調笑著，一邊將他翻過身去，拉著他的手臂替他解手銬，房間裡的影片通訊器卻響起來，霜鴉抬眼看了下通訊器對方姓名，呵呵了下，停止了解開手銬的手，將邵鈞按回椅子內，然後從躺椅旁拉了張毯子蓋到了他身上，起了身順手點了接通。

影片接通了，對面的柯葉親王眼睛銳利，一眼已看到了還在晃動的躺椅上有個蜷縮著的男人，身上穿著軍服，雙手拷在身後，冷笑道：「怎麼，打擾我的小鴿子的興致了？玩得很激烈嘛。」

霜鴉懶洋洋解開身上的軍服扣子：「知道打擾就好，有什麼事？」

柯葉看著霜鴉將外套解開，旁若無人地脫了軍服上衣和褲子，露出白皙的肌膚，拿起床上的華麗的睡袍換在身上，喉結忍不住上下滾動了下：「我的小鴿子是在誘惑我嗎？還是在暗示什麼？那些人滿足得了你嗎？不如到我駐地來，只有我知道怎麼能讓你滿足，嗯？」

霜鴉把睡袍腰帶繫緊：「有屁快放。」

柯葉眼睛仍盯著搖椅上被蓋毯蓋著頭的男子，嘴上倒還漫不經心，高高在上地指點著：「我剛聽說你暫代第二軍團，想提醒你一下，不要中了布魯斯那老頭子的計，奧卡塔莫名其妙被拘捕我就知道他想趁機整合聯盟軍權了，你別攪和進去，當然，藉這個機會和奧涅金家族談點條件是可以的，奧涅金伯爵實在該受點教訓了，知道他被布魯斯抓了我還真是多喝了三杯酒，他這幾年和我們的三皇子走得很近，整天說做慈善，誰不知道他心裡打什麼主意呢。」

「最可笑的是他女兒居然開了個新聞發布會，倒是哄得民眾們不少支持她，可惜還是年紀小了，幼稚，輿論上的正義有什麼用，聯盟元帥要控制輿論太容易了，你看再過幾天還有人記得嗎？只要奧涅金伯爵還被拘捕著，她就一籌莫展，勝利者將永遠是正義的一方，歷史是由勝者書寫的⋯⋯」

霜鴉有些不耐煩，從床頭一側冰箱裡拿了一杯摻著碎冰的水來仰頭就喝，白皙纖長的脖子上喉結上下滾動，拿著玻璃杯的手腕上一道明顯的傷痕，柯葉眸光變暗了：「你有在聽我說話嗎？」

霜鴉道：「知道了，上次你答應給我的離子炮呢？」

柯葉氣笑了：「我聽說你才搶了人家第二軍團的一船裝備，又打我主意？」

霜鴉抬眼，一雙異色瞳在昏暗燈光下猶如寶石：「不給就算，你以為我求你嗎？」

柯葉神色一正：「給給給——我說真的，你看看聯盟這邊亂糟糟的，你何必在這裡攪渾水，還是回帝國吧，我和父皇給你討封，一個大將軍少不了，整團人一樣給你帶回來，要什麼軍需都有，何必在聯盟受這個氣，你一個軍團長還要到處費心籌軍備，還給人看不起，還是回來吧，讓聯盟自己鬥去。」

霜鴉冷笑：「你沒睡醒嗎？沒別的事我掛了。」

柯葉看他伸出手真的去按通訊器，一時也忘了擺自己高高在上的架子，壓在心底許久的話脫口而出：「雲翼！你回來，我們重新開始吧！」

霜鴉去按通訊器開關的手一緩，抬眼去看他，柯葉看著他一雙不同顏色的眼眸都變深了，眸光利得彷彿割人一般，不知為何覺得喉嚨有些發緊，臉上那倨傲的表情也有些擺不下去。

霜鴉忽然一笑，那雙原本冰冷的眸光忽然又融化了，長長睫毛下的眼睛裡彷彿融了金絲銀絲的蜜糖，又亮又甜，柯葉心裡一鬆，不知不覺溫聲道：「過去算我對不住你……」

霜鴉道：「想要一切重新開始嗎？你把你雙眼挖下來，然後脫光衣服跪在我面前做一條狗，當我的便壺和腳踏墊，這樣的話，可能我會考慮喔。」他不再看顯示幕上被他的話激怒勃然色變的柯葉親王，直接切斷了通訊。

霜鴉過來將邵鈞背後的手銬打開，扶他從那搖搖晃晃的搖椅上起身，臉上倒也還風輕雲淡，彷彿一點未受影響：「我就不明白，你好好在第二軍團待著不行嗎？幹什麼要把第二軍團扔給我，還要演這麼一齣，你要去幹什麼？」

邵鈞起身整理衣服道：「花間風那邊發現元帥府邸裡頭應該有個地下密室，懷疑奧涅金伯爵就被祕密關押在裡頭，但是防守太過嚴密他們進不去，我過去看看，興許能找到點證據。」

霜鴉更訝異了：「花間是間諜世家！他們都進不去的，你去又有什麼用？想也知道元帥府邸裡頭的黑牢有多嚴密，必然是生物基因防護系統，費這個功夫還不如去救夏柯，可能軍事法庭那邊的監牢還容易一點……」

邵鈞搖頭：「他如果還要在聯盟繼續走下去，就不能逃避審判，他必須要清清白白地從那裡走出來，而不是背著汙名像老鼠一樣離開。但奧涅金伯爵不一樣，他不是軍人，還是霍克公國的伯爵，聯盟軍方是非法拘捕和審訊，只要將他人救出來，奧涅金家族就不會再被掣肘，我們接下來一切都好辦了。第二軍團眼線太多，我雖然不起眼，但忽然消失還是會被懷疑，沒個信得過的人掌握第二軍團，我也不放心，所以還是麻煩你了。」

霜鴉輕笑：「不用和我客氣，閒著也是閒著，我替夏抓抓老鼠也行，就是這真的太危險了，專業的就交給花間風他們想辦法去行了，這幾年他們花間家也吸了奧涅金家族不少血了呀，該出點代價了。」

邵鈞起身拿了通訊器撥了下，接通了，花間風出現在另外一頭：「已經出來了嗎？約個地點我派了飛梭去接你——喲，這是誰呢？穿得這麼騷包，不知道的還以為是我們親愛杜因的男寵呢。」

霜鴉晃了晃綴滿閃閃發光寶石的睡袍袖子：「風先生，好久不見呀，上次說好的贊助呢？給了沒？我可是給你花間家的子弟又安排了不少軍職哨。」

花間風道：「得了吧誰不知道你那星盜窩沒前途的，我好心給你送點人使，你倒還找我要錢，我說你一個軍團長，天天見人就拉贊助的，太掉價了吧？」

霜鴉道：「沒辦法，一軍團的人要養呢，我窮啊。」

花間風笑了下：「你們守著聯盟元帥求都求不到的新能源，現在甚至還掌握了第二軍團，我還沒找你要錢呢，你知道為了讓元帥順理成章地讓第三軍團來掌握第二軍團，我暗地裡花了多少力氣潛移默化嗎？誰能想到呢？可憐聯盟元帥把阿納托利翻來覆去的刑訊了個遍，怕是做夢都想不到最後居然是你們得利吧。」

霜鴉笑吟吟：「我這不是替我們親愛的杜因守著，我可一毫沒有貪，夏才是最後的贏家。說起來聯盟元帥以後可能要後悔死，如果他早點將夏喀嚓了，不知道省下多少事。倒是你，你這間諜世家是不是可以關門了，連個黑牢都打不開，還要請杜因出手？杜因若是少了一根毛，我看你以後怎麼和夏交代，你一定會死得很慘的，奧涅金伯爵也保不住你。」

花間風一哂：「你懂什麼，我請他自然有我的理由，你好好看著第二軍團吧，我讓花間琴協助你。」他神情複雜地看了一眼仍然沉默寡言的杜因，當年羅丹的生物防護系統號稱最複雜的生物防禦系統，多少安全專家都無法破解，這位默默無聞的先生像進了自己家一樣摸進去拿走了金鑰，至今仍然不知道那金鑰在哪裡，但前陣子羅丹基金突然注入市場購買AG公司股票，他毫不懷疑也是這一位的手筆。

毫無疑問哪一家都做不出這樣的機器人，聯盟元帥府邸的地下黑牢，只能靠他進去了。

萬籟寂靜，月光照射在皚皚的雪原上，顯得這無人的千里雪原格外淒清，一架反射著雪光十分不引人注目的輕巧飛梭停在了雪原上，隨後很快一架飛船也停了下來，霜鴉送著邵鈞下了飛船，看著親自出來迎接的花間風嘲道：「怎麼風先生親自來接？看來很重視奧涅金伯爵嘛。」

花間風沒理他，和邵鈞說話：「剛剛接到消息，監控蟲族有大收穫，接下來就需要霜鴉少將出馬了。」

霜鴉一怔：「什麼事？」

花間風道：「很早我們就預測元帥想要在霍克公國製造蟲災，雖然找出設備很艱難，但蟲子從什麼地方引來？蟲群這麼大的目標，如果已經有了預測，我們還不提前做點監控那就太辜負我們間諜世家的名頭了。這次蟲族襲擊，我們設置了衛星監控，在一些蟲族的身上植入了追蹤器並且放了回去，我可是投入了血本在上頭！但是非常值得，果然有一部分蟲子回去了同一個地方！我們正在抓緊定位，應該很快就能定位到準確的蟲族基地！」

月光和雪光交映著，花間風眉目舒展，顯然這是這段時間唯一值得開心的事了。霜鴉一怔，也喜道：「需要我做什麼？定位到了地方我就去端掉那個點？」

邵鈞道：「不，找到那個他們馴養蟲的地方，如果沒有意外，應該是某個荒星的基地，然後慢慢的謹慎行動，等待最好的時機，先找到地方再說吧，必須要有鐵一樣的證據，才能夠扳倒他，否則沒用。」

他沉思著：「我有一個問題，元帥養這麼多蟲子，他應該需要很多錢才是。打了這麼多年的仗，大家消耗都很大，就連霜鴉也是到處拉贊助，元帥的經濟來源到底是什麼地方？一般的政治獻金，可供不起這樣的研究和這樣大規模的養殖啊。」

花間風眼睛一亮：「只要做過必有痕跡，我懷疑他必然有貪污挪用軍用開支！這麼大的開支，不可能完全遮掩。」

邵鈞點了點頭：「一切全靠你了，小心，一定要小心再小心，不要掉以輕心。」

花間風歪了歪頭，漆黑眼睛裡帶著戲謔：「我不急，明明是你急了，這段時間你明顯每一步都很急，花間琴說你深夜也還在處埋軍務，一刻不停地安排事情，護衛隊員們原本不服你的，這段時間也都敬佩你這拚命的幹勁——你很擔心夏吧？」

邵鈞沉默了，霜鴉白了花間風一眼，將身上披著的狐皮風衣脫了下來給邵鈞披上：「好了，那風先生你拿到地點了需要我就儘快通知我，我來安排。這裡很冷，快上飛梭吧，有什麼事情之後再聯繫。」

看著邵鈞上了花間風的飛梭飛走了，霜鴉才回了飛船內，艾莎迎面上來看到他肩上銀髮沾著雪花，怪道：「外邊冰天雪地的，怎麼也不多穿點，你不知道你自己身體嗎？」

霜鴉道：「剛剛有穿著的，但給杜因了。大冷天的他就穿著薄薄的軍服，好像根本不知道冷，滿心都撲在怎麼救夏上了。說真的，我有點嫉妒夏，我看到花間風也是，我剛才看到了他嫉妒到扭曲的臉。哈哈哈，幹，照照鏡子我也沒覺得我比夏差多少啊！怎麼我就沒遇到這樣的人呢。」

艾莎臉上一言難盡：「為什麼你總要和風先生作對啊，當初你的手術，風先生也出力不少啊。」

霜鴉道：「大概是他身上那種不擇手段沒有底線的那種味道太熟悉了吧……嗯，比某些人好點，至少是為了利益出手，不會純粹只為了取樂而肆無忌憚的傷害。」

他沒有在花間風身上糾結太久，而是有些憤憤不平的他轉身看艙外的夜空和月光下越來越遠的雪原：「不說垃圾了影響心情，我還是羨慕，彼此相愛並且彼此付出，這真的太需要運氣了，怎麼我遇到的就都是垃圾呢。」

「都？」艾莎驚詫道：「不是只有柯葉親王一個嗎？」

霜鴉沒好氣白了她一眼：「我提前為將來哀嘆好嗎？像杜因這樣的傻子，世上怕是沒有了！」

艾莎道：「還能提前為沒發生的事哀嘆的？我們要向前看啊，天下好男人多著呢，再說，你也可以考慮一下溫柔又可愛的女孩子啊。」

霜鴉唉聲嘆氣了一會兒：「最近加強練兵，我有一種預感，這場曠日持久的蟲族戰爭，很快就要結束了。」

他沒有繼續向驚訝的艾莎解釋，自己回了房間，縮進了他又軟又舒服的躺椅裡，瞇著眼睛打算了一會兒，忽然又去按通了通訊器，對方很快就接起來了，柯葉滿臉倨傲在那裡：「想通了？我的小鴿子。」他看了眼霜鴉窩在躺椅裡慵懶得像隻擁有異色瞳的珍稀貓，心裡又微微一蕩，補充道：「給你的離子炮我準備好了，都是最好的，三臺嶄新的，你明天帶人過來拿吧，先說好一定要你過來，其他人不行。」

霜鴉冷笑了聲：「我有別的事和你說。」

柯葉臉上帶著一點怒氣，卻隱忍未發：「什麼事。」

霜鴉慢條斯理道：「我懷疑聯盟元帥在與你們帝國人勾結，倒賣軍姿，貪污聯軍的軍費。」

柯葉嘲他：「你知道什麼叫戰爭財嗎？你想我查身為聯軍副統帥的自己？我過

去實在太寵你了，讓你有些不知好歹了……」

霜鴉雙眼戲謔看著他：「尊敬的柯葉親王，我想你可能沒有認識到，在柯冀眼裡你就是一條好用的瘋狗而已，雖然他自己也是一條瘋狗。等蟲族戰爭打完，你就是一條被拋棄的野狗，這一刻，雖然看著你是聯軍副統帥，其實你仍然不過是柯冀的傀儡，你身邊一定時時有柯冀的人，所以打完這十多年的仗，你看似風光無限，一呼百應，有著鐵一樣的軍權，你在你父親心裡的地位並無變化，說不定還更提防猜忌了，甚至還比不過一個溫柔善良只會向神祈禱的柯樺。」

柯葉眼眸裡已經湧上了怒色，卻怒極反笑：「你以為這樣就能激怒我？你不會這麼幼稚在口舌上也要點勝利吧？」

霜鴉道：「並不是，我只是給你一個光明正大查柯楓的理由罷了。你身邊有太多柯冀的人，我有足夠證據表明，過去十年，聯盟元帥在做一件需要大量資金的祕事，資金來源成謎，聯盟元帥在聯軍裡如果想要弄什麼又不會驚動奧卡塔，應該是通過柯楓親王。你作為聯軍副司令，應該比我更清楚可能透過什麼管道換錢。奧卡塔為什麼被拘甚至不審？恐怕做了副司令那麼多年也有所覺察，你不會一無所覺，但可能只是覺得作為聯軍司令，撈點錢也無可厚非，因此睜一隻眼閉一隻眼？」

柯葉一怔，霜鴉笑盈盈：「我給你提供了思路，你自己好好找吧，能扳倒一個算一個，反正也就三個兒子，大不了模仿你父親，反正你們一脈相承，這招熟悉得很，勝利者書寫一切。我提醒你，蟲族戰爭已經到了尾聲，你這條狗，已經快沒用了，不趕緊藉著現在的力量做點事，你可真就要成一條喪家之犬，嘖，我可提前說話，你千萬別落到我手裡，當然，和其他你的仇家相比，大概落在我手裡還好些，至少能做一條吃飽的狗？」

螢幕一黑，柯葉按掉了通訊，想來是怒不可遏。霜鴉臉上笑意未減，喃喃自語道：「見到鑽石後，再看到糞堆裡頭的蛆蟲，真是會懷疑自己的人生。」他繼續縮進了躺椅裡，將植入耳內的助聽器關掉，熟悉的靜謐擁抱了他，他感覺到了全身心的舒暢和自在。

飛梭上，花間風正打開了一個立體光影投影向邵鈞說明：「這是元帥府邸的模擬投影，你來看看，這真的是花了很多精力收集積累和拼接下來的資料。我們甚至還找到了上一代元帥住之前的房子結構資料來復原比對，才發現了疑點，在這裡，你看。」他指點拉伸著其中的路徑：「從這裡走進去就是後花園，後花園外牆是塔樓，這是哨兵住的地方，在花園下，上一代元帥好酒，原本有挖了個地窖用於藏酒，但是這一任元帥卻進行過裝修和改裝，然後在酒窖入口加裝了生物防護設備，原本的酒窖也改成了存放資料的地下室。」

「奧涅金伯爵被祕密拘捕後，我們一直在查可能的關押地點，並且對他的受審錄影也進行過分析，那是一個安靜，沒有風的囚禁地點，光線也明顯是人造光線，最後加上對元帥的親信、主審人員的行蹤分析，我們推測伯爵應該就關押在元帥府邸裡，那裡應該有祕密關押的囚室。」

「然後我也派了人探過了，這一處很冷清，元帥的親屬少，整個元帥府只有元帥和露絲中將居住，但露絲中將大部分時候都在外，所以整個元帥府邸其實居住的人很少，這裡更是罕見人跡，但這一處的防衛卻十分森嚴，尋常人根本不可能走到這裡。晚上我派人探過，是最先進的生物基因防禦系統，進不去，甚至只能抵達周邊，所以我們懷疑應該就是這裡，就算不是奧涅金伯爵祕密關押的地點，肯定也有非常重要的東西，興許是能夠扳倒他的證據，比如馴養蟲族的證據之類的。」

花間風看向沉默卻一直專注的邵鈞：「所以接下來就靠你了，明天聯盟元帥會有一個非常重要的會見，需要出外，當夜不會回來，元帥府的護衛也會削弱一部分，然後我已經打聽好了輪值情況，深夜的時候，我會安排人在元帥府邸對面的南城，製造一點點小騷亂，吸引護衛的注意——另外，這次，我希望和你一起行動，畢竟你的經驗不足，而我比較豐富，必要的時候，我也會儘量保住你。」他懇切地看向邵鈞。

邵鈞點了點頭，在花間風跟前再掩飾太多也沒什麼意義，他們如今已經在一個十分危險的關頭，每一步走錯，都萬劫不復。那個辛辛苦苦走到今天，才有了少將地位的孩子，他希望他能夠走得更遠一些，就算他沒有和他希望的一樣，像千萬個普通孩子一樣，名校畢業，找一份高薪工作，娶妻生子，度過平安和樂的一生，而是選擇了攀爬權力的高峰，手持復仇利刃，既然這是他選擇的人生，他也希望他走得更高一些，更穩一些，更快一些。

花間風看他又在走神，神情複雜：「你在想夏吧？我可以想辦法讓你去見他一面。」

他搖了搖頭：「旁生枝節，白冒風險，沒有必要。不過——其實，明天是他的生日。」

花間風一怔，邵鈞道：「這麼多年，其實沒幫他過過生日。一開始是怕他觸景生情想起父母，後來是和假身分上的生日不符怕暴露，他好像也不太在意，似乎也忘了，就一直沒替他慶祝過生日，現在想想，覺得有些對不住他。」

畢竟他逃離帝國的時候，心智的確還是個孩子，而他又確實不是一個合格熟練，對孩子擁有充沛愛意的家長，就這麼磕磕絆絆這麼多年過來了。前些日子看著日曆，忽然想起又要到夏的生日，雖然他已經是一個成熟堅強的成年人，也度過了許多波折，但如今關在軍事法庭監獄中，不由倒有些替他難過。

「如果能夠替他慶祝下生日寬慰他最好，但這個時候他必然被嚴密監控，風險太大，如果弄巧成拙，節外生枝，不值得。」邵鈞想了想也覺得自己有些可笑，過去那麼多年能夠慶祝生日的時候沒想過要為他慶祝生日，現在這風口浪尖，怎麼反而會衝動到想起替他過生日了？最近自己果然是有些不太理智了？這具身體不是正在漸漸與鋼鐵身軀同化，失去感情了嗎？還是最近自己精神體其實有著太大動盪，才引起了這麼不理性的思考？可惜把羅丹留在星谷要塞研究天網聯接艙去了，不然倒是可以問問他。

他垂著睫毛凝神想著自己身上的變化，落在花間風眼裡，卻是落落寡歡，不由心裡大為同情，誇下海口道：「我有辦法，在軍事監獄裡每天也會定時播放一些星網轉播的娛樂節目，我請夜鶯唱一首歌給他吧！」

邵鈞道：「不會引起懷疑嗎？」

花間風道：「每天定時轉播的娛樂節目，有什麼好懷疑的。節目也是會經過審查，她只要不說可疑的話，沒問題的。」

於是這一天傍晚，晚餐例行時間，柯夏在單人監牢裡看著獄警送了餐車進來，他手上腳踝上都戴著電子鐐銬，脖子上也佩戴了禁止說話的項圈，顯然是害怕他蠱惑獄警，說出不該說的話來。

獄警匆匆放了餐車，就離開了監牢，來去匆匆彷彿避瘟神一般。

自那天露絲中將「劫獄」未果後，他在數人見證下交出了他手裡的機甲空間鈕、錄影證據並得到保證會給他一個公平公正的審判，然後被轉移到了這間監獄，就開始了漫長的羈押過程。

沒有庭審，沒有聆訊，只有無限的關押，開始還只是關押，等到某一天忽然對他加裝了電子鐐銬和禁言項圈後，進出的獄警一句話都不敢和他說，他就知道軍事法庭的掌權人應該有了變化，風向變了。

不過是監禁而已，每天用餐時還有娛樂節目看，還有雜誌和書可以看，比起從前漫長癱在床上煎熬的時光，應該更容易度過。剛開始他並沒有非常在意，無數的勢力在博弈，庭審越往後押，越說明元帥不敢審，他沒有把握。在沉默漫長的羈押中，他會控制自己的精神力平靜，會回憶一些美好的事來讓自己的意志力和精神力不被消磨和摧折。

但漸漸他發現，自己的那些美好回憶裡，他的機器人的存在越來越鮮明。以至於當他閉上眼睛再睜開時，他的機器人仍然會忠實地守在他身邊，打開白紗窗，放進帶著薔薇香的微風。或者是風暴星那沙塵暴沙沙打在玻璃窗上，或者是翡翠星上，他的機器人抱著他飛翔在碧藍色海面。

他幾乎懷疑自己的精神力在這漫長關押中被損傷了，才會讓他如此脆弱地一再想起他的機器人，過於安靜無人交流的生活讓他有太多的時間翻檢回憶那些過去。

為了不讓自己陷於過於豐富的感情回憶中，他經常會強行打斷自己的思緒，放空精神力，去專心看一本書，或者在腦海裡做計算題，或者和現在一樣，吃飯的時候，打開懸浮螢幕，看那些千篇一律非常無聊的娛樂節目。

今天轉播的是歌后夜鶯的歌，她現在太紅了，又有著花間家族和奧涅金家族的支持，資本的力量讓她長盛不衰，戰爭使人們更為依賴娛樂，她動聽入魂的歌聲讓無數人能夠短暫離開現實，沉迷於美妙的歌聲體驗。不過今天這舞臺上的她好像看起來瘦了些，柯夏一邊漠然吃著千篇一律的監獄飯菜，一邊看著熟人。

鈴蘭穿著一身白紗裙，裙子層層疊疊猶如誇張的白薔薇花瓣，她在臺上，眉目帶著一點哀愁，卻仍然帶著無數歌迷所痴迷的純真無辜：「今天，是我一位好友的生日，我受人所託要為他獻歌一曲，希望他生日快樂。」

柯夏並沒有太在意，只是專注與羊排鬥爭，懸浮螢幕上的小歌后卻拿出了一支黃金豎琴，舞臺變幻，層層白色薔薇綻放著，白色紗裙的溫柔女子低頭撥弦，唱出了一首非常有名的歌，這是一位非常有名的詩人寫的詩，太過有名，又被改編成歌曲，被許多人傳唱：

致他的心，叫它別害怕

靜一靜，靜一靜，顫慄的心；

且記住古時的智慧：

讓巨風、大火和洪水

掩藏起那個人，他面對

刮過星群的狂風，

大火洪水而顫慄，因他
不屬於孤寂、雄偉的一群。[1]

歌聲婉轉而悠長，歌后那完美的嗓音將這樣一首小小的曲子唱的柔和悱惻，彷彿一個女子在低語徘徊，又如軟語安慰哄拍，在漫天薔薇花瓣中只讓人覺得溫柔到了極點。

柯夏忽然握不住自己的刀叉，抬眼看上懸浮螢幕，他覺得眼睛熱得有些厲害，但他竟然還平靜得很，這首歌並不長，小歌后嗓音非常優美，唱了兩遍後，便謝幕了。

晚餐時間非常短暫，轉播也結束了，獄警進來的時候，柯夏的晚餐和過去一樣吃得乾乾淨淨，和平時沒有差別，獄警將餐車拉走，關上門，整個單人監牢裡恢復了和每一天一樣的死寂。

只有柯夏知道今天不一樣。

原來今天是自己的生日啊，他的生命太擁擠和匆忙，他忙忙碌碌前行顧不得回首，早已忘了還有過生日這回事，太多比這更重要的事，更何況他早就失去了為他慶祝生日的家人和朋友，被時光催促著長大了，早就不需要生日祝福。

1　出自葉慈〈To His Heart, Bidding It Have No Fear〉。

柯夏低下頭，喉結上下滾動著，項圈阻止著他發聲，他嘴唇往上翹，眼眶熱得厲害，他那——無可救藥的機器人保母啊，還是把自己當成過去那個會害怕，會脆弱的孩子嗎？在這樣的時候，還要人唱一首母親唱過的歌替自己慶祝生日。

過去那麼多年，既然記得自己的生日，怎麼就沒幫自己好好慶祝呢？偏偏選這麼一個自己這麼狼狽又渺小的日子。

這是讓他永遠都忘不掉這一天了啊。

元帥府不遠的市中心的首都駐軍軍營內，夜鶯正在為駐洛倫的第一軍團小分隊勞軍歌唱，一臺機甲在臨時搭建的露天舞臺中央出現，將穿著嫩黃色蓬蓬紗裙的歌后捧在掌心中，清澈高亢的歌聲響徹夜空，觀眾們的呼聲一潮接著一潮，現場氣氛達到了最高點。

即便是護衛隊的隊員們，也都有些心神不寧地聽著那歌聲，有人悄悄傳著話：「歌后演唱會在發派紀念品，是最新的美人魚外形機甲模型，還能唱歌，限量簽名版，僅限量贈送給在場的官兵——每半小時唱完三曲就發送一次。」

元帥府當值的護衛隊們全都心思活絡了，輪換著去領取，有的順利領取到了，回來嘻嘻哈哈炫耀著，有的輪崗去拿而沒拿到，忍不住就想再等下一次，有的眼看著時間到了輪換的人還沒來，看了眼冷清的後院，想著就一下子，抽空過去很快就回來，再說還有智慧防禦系統在呢，也就忍不住脫了崗，一股浮躁的氛圍在護衛間悄悄地彌漫開來。

在陰暗荒涼的花園內，花間風跟著邵鈞穿著元帥府的護衛服穿過冷清的花徑，走進地下室裡，監控已經被暫時動了手腳，他們時間並不多。他看著邵鈞伸手按在那應該是只有特定生物資訊的按鍵上，然後雙眸對上瞳孔識別器，滴——地下室的暗門打開了。

！！！！

花間風只覺得背後出了一身汗，忽然心裡有些不確定自己究竟有沒有真正得罪過這位神祕莫測的機器人先生，他根本隨時隨地都能摸進來割了自己的脖子吧？各種揣測在自己腦海中飛速掠過，這根本不可能是藍星能製造出來的生命，這明明是更高級的生命體，一時之間他心裡又驚又畏，但那位高深莫測的機器人先生已經一路穿行，往打開的隧道深處輕巧走去。

隧道兩側是一間一間的房間，按開以後裡頭有安裝著強化玻璃的套間，看起來是監禁人用的。他們先後按開了幾間房都是空的，直到進入了最深處的一間房間，按開，裡頭住著人。

牢房裡燈光雪亮，近乎無影，花間風心裡知道這其實算是一種折磨，這樣分不出白天黑夜的房間，永遠明亮的燈光，會讓人長期精神繃緊，無法放鬆，如果是精神又曾經受過創傷的話……他看到了房間裡蜷縮著的男子，高大的身軀佝僂著，他將頭埋入枕頭內用手擋著燈光，身體還在微微顫抖。

「阿納托利。」花間風上前拉開他的手，果然看到手臂下瘦得脫了形的男子，他的鬍鬚許久沒有修剪，臉上瘦削顴骨高高凸起，他睜開眼睛，那雙曾經令人迷醉的花花公子的眼睛裡全是血絲，出人意料的是，他居然是清醒的，雖然有些遲滯。

他看向花間風的時候，顯然是意外的，臉上表情卻沒能及時回應他的心情，只是做了個很難看勉強的笑容：「是你。」他的身體也完全無法控制的一直在輕微顫抖著，甚至無法舒展開。

花間風有些不忍卒視，伸手抬起他下巴看了下他項圈上綁定的定位器，這也屬於電子鐐銬的一種，只要離開指定範圍就會爆炸，幸好他早有準備，熟練地拿了儀器套上，迅速破解，然後拿了張黑斗篷套上他的身體：「行了，不用說話，我們時間不多，你這樣子夠我下半輩子的笑料了，奧涅金伯爵閣下。」

他將奧涅金伯爵背上自己的背，他輕了許多，身軀也佝僂起來，難以想像他曾經那樣高大英俊，意氣風發。邵鈞過來替他扶上去，捆好束縛帶將他固定在花間風背上，替奧涅金伯爵帶好斗篷帽子，阿納托利對邵鈞也擠出了個笑容：「真是抱歉啊，居然還能給你們提供笑料，真是我的榮幸。」

花間風道：「這一筆目前對我來說可是賠本生意，等你餘生慢慢還吧。」

邵鈞一聲不吭打開門讓他們出來，然後眼光卻投入了最後一間囚室，那是和奧涅金伯爵的囚室相對的一間囚室，裡頭關著什麼呢？他似有預感，揮手讓花間風先行，自己按開囚室門進去，看到內間囚室裡頭一位白髮蒼蒼的老者正端坐在桌子前用筆寫著什麼，聽到門開淡淡道：「又有什麼問題？」

他抬頭看到進來的只是穿著護衛隊員的陌生人，顯然臉上一怔，邵鈞卻已經迅速認出了他：「葛里大師？」

葛里一怔，眼神有些遲滯，過了一會兒忽然認出他來：「你是——AG公司實驗室的那個研究員！你怎麼進來了？你也是被抓進來的？」他忽然意識到了什麼，起身撲了出來：「帶我走！你是偷偷混進來的吧！帶我走！我有元帥的許多祕密事情的證據！只要把我帶出去，我什麼都能告訴你們！我還有錢！」他胡亂說著，這是他被囚禁十幾年來唯一見過的一個元帥之外的人，這可能是他唯一的希望了！否則他會就在這裡被囚禁到死，要麼是瘋掉！

邵鈞有些意外，但還是上前按開了監牢的門，葛里看著他如此輕鬆就打開了那生物防禦門，眼裡掠過了一絲驚詫，然後直接衝了出來，看來他只是被軟禁著，身體倒還結實，不像奧涅金伯爵已經無法行走，倒也省事，邵鈞一言不發將他帶了出來。

花間風在門口看到他帶了人出來，一怔，很快也認出了那白髮蒼蒼老了許多的葛里大師：「原來是葛里大師，都說你生病退休多年，原來竟然是被囚禁了。」

葛里喜不自勝：「帶我出去，我什麼都告訴你們！」

真是喜出望外的大收穫啊！花間風和邵鈞對了個眼神，上前替他將脖子上的電子鐐銬也去除了，然後兩人飛快地原路出來，仍然是穿過那小道，從平日裡一直鎖著的後門大搖大擺地走了出來，登上了在後牆一直靜候著的小飛梭，遠處歌后的歌聲仍然遠遠的傳來，悠揚動聽。

他們換了幾架飛梭，然後馬不停蹄地混入了洛倫的空港口，換了一艘飛船，飛船上上有人七手八腳地上來解下了奧涅金伯爵，然後送入了房內，待命的醫生開始為他檢查。

鬆了一口氣的花間風彷彿還在夢裡一般，忽然覺得他們花間一族之前的那些努力簡直有些像笑話，這是自己這麼多年執行任務最簡單的一次，他神色複雜看了眼默默無言站在飛船寬大觀景窗前的邵鈞，他正在看著黑漆漆的夜裡景物不斷後掠，心裡又是一陣陣的驚懼，該怎麼說呢？慶幸如今自己的利益已經和這位牢牢捆綁在一起吧。

葛里大師卻沒有去安排好的房間休息，而是走出來找他們：「我需要你們保護我的兒子，否則聯盟元帥發現我不見了，立刻就會拘押我兒子的。」

花間風似笑非笑：「喲，這還講起條件來了，我希望你知道，我們是救別人時順手救了你，至於你有沒有價值，要看你的表現了。如果沒有價值，我即刻又可以將你送回元帥府去，討要一些別的好處。」

葛里大師臉上一僵，微微焦急道：「我手裡真的掌握著聯盟元帥的很多把柄，比如，蟲族！你們知道蟲族是誰製造出來的嗎？是聯盟元帥給了我蟲卵，讓我孵化蟲族出來，參照從前的研究筆記，強化他和他女兒的機甲！結果孵化出蟲子後，元帥忽然又覺得，可以藉機立功，於是乾脆孵化出了更多的蟲子，沒想到失控了！我手裡有早期研究的筆記！」

花間風呵呵一笑：「不好意思，這事我們早就知道了。」

葛里大師咬了咬牙道：「我還知道他還在繼續養！我還有許多他收受賄賂的證據，只要你們立刻派人保護轉移我兒子，我願意做污點證人！」

花間風看了眼邵鈞，邵鈞微微點了點頭，花間風道：「只需要轉移你兒子一家吧？可千萬不要做完以後又說讓我保住你的實驗室，這可難。」

葛里大師搖頭：「能保住人已經是大幸。」

花間風點了點頭，出去打了個通訊電話，過了一會兒回來道：「已經安排人去立刻轉移，今晚就啟程，儘快和你會合。」

葛里大師問：「我們是去哪裡？」

花間風道：「霍克公國。」

葛里大師舒展開眉頭：「我願意投效 AG 公司。」花間風微微側目：「先拿出點成績來再說話吧，你知道如今科技已經發展到什麼程度了嗎？我不知道元帥把你關著想做什麼，但是我可以肯定一直關著的專家，是不可能有進步的。」

葛里大師臉色微微有些頹然，花間風命人將他帶了下去。這時替奧涅金伯爵看病的醫生出來，看到他道：「精神狀態很差，身體受刑過度，但並沒有造成永久傷害，給他打了鎮定劑讓他進了治療艙，讓他好好休息後應該能夠得到改善，具體檢查以及進一步的心理評估、精神力影響都要回到霍克再檢查了。」

花間風點了點頭，轉頭看邵鈞仍然坐在玻璃窗邊看著外邊，昏暗光線下他幾乎是憂鬱的，心裡知道如今他們也只能等，好在今夜前進了一大步，便也沒有繼續打擾他，而是回了房間去看進入了治療艙治療的奧涅金伯爵。

阿納托利醒來的時候，迷迷糊糊看到有人坐在自己床邊，黑色頭髮，脫口而出：「花間風？」

邵鈞低下頭來看他的情況：「我是杜因，你要見風先生嗎？」

阿納托利尷尬笑了下：「沒事，這次多謝你們專程來救我。」

邵鈞道：「不用客氣，是我們去遲了，花間風打探你關押的確切地點花了些周折，你身體還好嗎？」

阿納托利勉強坐起來，想讓自己不那麼難堪虛弱，但被邵鈞按住了：「躺著吧，一會兒就到霍克公國了，到時候你就安全了，現在聯盟元帥應該已經知道你被救走了，你要想好下一步怎麼應對。」

阿納托利露出了一個稱得上是猙獰的微笑：「我會好好感謝元帥這段時間的『款待』的。」

邵鈞沉默了一會兒問道：「伯爵閣下，我有一件事想得到你的意見。」

阿納托利一怔：「請說。」他感覺到了這個一貫沉默卻可靠的人要問的問題很嚴肅，於是他也正經起來。

邵鈞問：「以現在夏柯的情況，如果我想能儘快將他推上聯盟元帥之位，需要什麼樣的條件，也就是需要做什麼可以實現呢？

阿納托利臉色嚴肅起來：「很難，他在軍中的資歷其實是不足的，雖然他的軍功很耀眼，但是聯盟元帥畢竟牽涉太多利益團體。」

邵鈞道：「即便是如今的聯盟元帥被醜聞、被無數人指正扳倒？」

阿納托利道：「各方利益團體會選擇另外一個更合適的代言人，當然我可以選擇夏為代言人，但勝算不高。要知道聯盟有多少國家！聯盟太大了！議會選舉我操縱不了太多，各方政體非常複雜，奧卡塔將軍其實比他更為合適，他的根基太淺了，還是黑戶，各方政體無法信任他。他打仗的確是一流的，但他的光環同時也是他的負擔，一個擁有完美無缺的高尚人格者，會不會很難合作和爭取，會不會太不靈活了？能夠為了利益適當放棄原則的，能夠平衡各方面利益的圓融政治家，才是人們需要的。」

邵鈞繼續追問：「即便是有了你和花間家族的支持，有新能源在手，還有巨額的政治獻金？」

阿納托利道：「政治獻金對軍職的意義不大，在民眾中的名聲也不是決定性因素，軍功在和平時期也不頂用，更何況現在蟲族還已經得到了控制，新能源，你看我這次的教訓就知道了，只要給你扣個壟斷能源的帽子，全人類都會道德綁架你，只能說幸好這次是我——富有、軍功、高貴的人格、無私的人品，都不是聯盟元帥必須的政治素質，我這麼說你明白嗎？」

邵鈞點了點頭：「即便是他在聯軍中有較高威望和影響力，大部分軍團長都願意聽從他指揮？」

阿納托利挑了挑眉毛：「這很難做到，聯盟實在太大了。首先，如今人類對抗蟲族的聯軍，並不是聯盟軍，當蟲族退散後，那些避戰偷生的噁心的人，就會爭先恐後地跳出來，到那時候你就會發現，在戰爭最艱難的時候，完全沒有存在感的將軍們，忽然都出來擋在你的跟前了，這就是噁心的政治，即使是我也不敢保證能把他給推上去，要知道，成一件事不容易，壞一件事卻簡單多了，只需要不斷地詆毀、誹謗、破壞、甚至只需要中立，都能噁心到你，讓你沒辦法當選。」

邵鈞若有所思：「也就是說，按正常途徑，他很難能夠擔任聯盟元帥？」

阿納托利道：「是，聯盟是個相對緊密的政體，這是許多的國家聯盟，也不能說沒有希望，如果戰爭再繼續打上十年，所有人精疲力盡的時候，聯盟元帥又醜聞纏身不得不引咎辭職的時候，他的資歷和累積，應該也就足夠了。」

邵鈞點了點頭：「我知道了。」

阿納托利莫名浮起了一股不祥的預感：「你想做什麼？」

邵鈞卻岔開了話題：「最近我們研發出了降低精神力接入要求的天網聯接艙，已經投入試驗中，得到的回饋不錯，應該很快就可以投入生產，一旦這種天網聯接艙投入市場，AG 公司又將迎來一大筆盈利收入，我建議你現在就可以投資幾個好的天網遊戲，到時候應該又得到豐厚的回報。」

阿納托利搖著頭：「不要岔開話題，杜因，告訴我，你不會為了夏要將人類重新拖入與蟲族的泥沼中吧？這不一樣，告訴我你不會。」他抬頭看到不知何時花間風也已經推著餐車進入了房間，臉上顯然也帶了些一絲凝重。

邵鈞一怔：「你怎麼會認為我會做出，並且有能力做出這樣的事情？」

阿納托利搖著頭感慨：「我當然對你的人品一直信任，但我卻覺得你能為了夏打破原則，你對他不同，你還沒意識到嗎？我理解你的心情，你希望他站在權力的頂峰，不再這樣憋屈，明明有著才華，卻總是被小人打壓謀害。我也希望儘快扳倒聯盟元帥，但是你要明白，是先有這腐朽的聯盟制度，先有這些各式各樣的利益團體，才誕生了聯盟元帥這樣不擇手段的人，甚至很可能當夏有朝一日踏上那個位置，他也會慢慢變成這樣的人。」

他有些語無倫次，甚至沒有完全組織好語言，他彷彿站在一列高速奔馳的列車上，一不小心，列車就將走向一條對人類來說太過恐怖的軌道上，而所有人都無法阻止。他與眼前這沉默寡言並不引人注目的黑髮黑眼的人相處多年，卻仍然無法和他交心過，但他卻知道這人身上蘊含著多麼恐怖的能力，可能連他自己都沒有意識到他有這樣影響世界的能力。

他琥珀色的眼眸緊緊盯著邵鈞：「所以你能告訴我，你會這樣做嗎？為了夏？」

邵鈞抬眼和他對視了一會兒：「不會。」

阿納托利和花間風都鬆了一口氣，花間風一語未發，只是打開了餐車，上頭有著豐盛的營養早餐。

阿納托利卻沒有用餐，反而伸出手去按住邵鈞的手，懇切道：「杜因，我希望你有什麼打算，下一步打算怎麼做，能夠開誠布公和我說，我會盡一切能力去支持你和夏的。」

邵鈞抬眼看他，欲言又止，阿納托利誠懇道：「你剛剛救了我，還是不能相信我嗎？」

邵鈞搖了搖頭：「不是，只是我也還沒有想好，我簡單說一下，如果有什麼地方不對的，請你們指正。」

阿納托利和花間風對視了一眼，道：「請說。」

邵鈞道：「我從前聽過一句話，叫做，天下大勢，合久必分，分久必合。」

他抬眼看著並不是很理解他意思的阿納托利：「所以我不明白，我們明明已經掌握了財富、掌握了強大的軍隊、掌握了人才、掌握了先進的軍事科技、掌握了能源，我們為什麼還不能做制定規則的人，而還要去服從別人所謂的規則呢？」

「你也說了，聯盟太大了，太過腐朽了，按正常的晉升，夏柯這樣優秀的軍事將領，明明有亮眼的軍功，在與蟲族的戰爭中為了人類做了許多貢獻，正直、無私，能力強，卻不能做聯盟元帥，因為我們需要服從他們的規則，要滿足他們的利益，才能夠做他們選中的人，然後這樣選出來的聯盟元帥，只能扭曲成為不斷滿足各方利益，平衡各方利益的代言人和傀儡，最後墮落變成如今的聯盟元帥一樣的人。」

「可是，聯盟一開始，就是這樣的嗎？聯盟也不是一直都有的吧？聯盟是一開始就這麼強大的嗎？聯盟也是一開始就是這樣墨守成規，然後成為積重難返腐朽固化的今天嗎？我相信一開始組建聯盟的那些強者們，至少懷著的也是對抗帝國、建設和守護一個自由、民主、平等的世界的美好願望吧？現在的聯盟，和以前的聯盟，還一樣嗎？身為聯盟統帥，卻為了個人利益孵化蟲卵，將人類拖入戰爭中，而無數的利益團體為了自己的利益，默許、縱容甚至助長了這種行為，這難道是如今聯盟人民所希望看到的聯盟嗎？」

阿納托利的呼吸微微急促：「你的意思是……」

邵鈞直截了當：「霍克公國脫離西大陸聯盟共和體，獨立並且成立新的政體，換成別的什麼名稱都行，霍克聯邦，霍克經濟共同體，既然飯桌不讓我們參與，為什麼不掀桌子另起一桌？」

阿納托利睜大了眼睛：「脫離聯盟共同體！這意味著我們會變成聯盟的敵人！所有的聯盟國家都會對我們進行經濟和軍事制裁！你瘋了？唯有帝國才能和聯盟抗衡，假如我們脫離了聯盟，帝國攻擊我們的時候，所有聯盟各國都將袖手旁觀！」

邵鈞淡淡道：「帝國真的會攻擊你們嗎？還是會先添一把火，努力讓剩下的聯盟繼續分裂？當整個聯盟支離破碎，帝國就將在藍星上擁有優勢。」

「現在是最好的時機，你被聯盟元帥無罪羈押，目前聯盟各國同情你，當我們將葛里大師拋出來，將聯盟元帥馴養蟲族的罪行公布給全世界，我們將占了大義之名，脫離聯盟名正言順。只為了私利就馴養蟲族，將戰爭人為拖長，聯盟只要被這些腐朽的，只會爭權奪利的人手裡掌握著，就永遠還是如此，那就早已背離了成立聯盟之時為了人類民主、自由、和平的初衷。新聯盟的成立，才能將人類從如今這個泥沼中脫離，早日恢復和平。」

花間風終於開口：「如果帝國趁這個機會吞併霍克呢？還有，唯一抗衡帝國的政體支離破碎，帝國坐大，將來反過來侵略聯盟，整個人類世界民主倒退，我們會不會成為人類的罪人？」

邵鈞淡淡道：「帝國自顧不暇，打了這麼久的仗，帝國一樣面臨內戰起義不停的危機，三位皇子爭權奪利，他們沒有時間率先發起進攻，我們擁有最強的兩個軍團！還擁有能源，真的和我們打，能打下來嗎？打不下來，他們手中已經獲得的權力就將會易主，帝國無論哪一方得勢，都一定會先和我們保持良好的關係！而我們手裡還擁有著新能源，別忘了，帝國能夠保持多年帝制，靠的是金錫能源的壟斷，如今這個壟斷已經將被打破，帝國還能繼續保持帝制嗎？當聯盟四分五裂的時候，帝國內部真的能在多年戰爭之下，仍然如鐵板一塊嗎？他們必然也會亂，柯冀老了。」

阿納托利和花間風面面相覷，脫離已經存在了幾百年的聯盟！這個瘋狂的想法，在過去絕對不可能發生的事，為什麼在眼前這個黑髮黑眼青年輕描淡寫說出來以後，竟然不是完全不可能的事？

邵鈞站了起來：「這只是我一些不太成熟的想法。只是，兩位，你們一位希望家族從暗轉明，另外一位希望發揚光大家族。現在，要成為規則的制定者，成為新聯盟的創始勢力，擁有著史無前例的正義理由，你們手裡握著多麼好的牌，真的要錯過這個歷史遞在你們眼前，千載難逢的機遇嗎？」

他微微點了點頭，離開了房間。

屋裡一片死寂。

良久，阿納托利喃喃道：「他瘋了，我就說他會為了夏什麼都敢做。果然，重建聯盟這事比繼續拉長和蟲族的戰線更瘋狂，整個藍星的政局將會面臨數百年沒有過的動盪和分裂。」

花間風淡淡道：「歷史在每一個轉機往往是一些看著平淡的小人物創造的，我忽然覺得，我也可以試試做那其中一隻推動的手，更令人迷醉的是，長期在黑暗中的人，居然也可以高舉正義的大旗，駕駛民意的戰車，去摧毀腐朽的建築，從此坦坦蕩蕩站在光明中，告訴後輩，你的父輩們，曾經在那波瀾壯闊的歷史進程中，描上了濃墨重彩的一筆。」

「比起現在已經腐朽透頂的聯盟，新的聯盟再怎麼做，也不會比現在更糟了，為什麼我們不能試一試？」

阿納托利轉頭看向花間風，那雙黑眼睛蘊藏著勃勃野心，窗外已經大亮，明亮的陽光透過飛船舷窗，照在黑髮青年穠麗的面紋，彷彿灼灼燃燒的圖騰。

他不覺也低聲道：「做規則的制定者——這對於我們這樣浸淫名利場多年的人來說，實在，太吸引人了。」

「奧涅金伯爵不見了？」布魯斯元帥接到報告時，整個表情是空白的，護衛隊隊長抱著早死早超生的想法繼續道：「包括奧涅金伯爵對面囚室裡關著的囚犯，也失蹤了。」他幾乎不敢看布魯斯瞬間變得鐵青的臉，那個囚犯究竟是誰他們誰都不知道，送飯全是機器人進入，唯有元帥本人見過他。

他結結巴巴地繼續彙報：「監控當晚毫無異樣，整個地下室沒有查出指紋等等異樣，也沒有任何被破壞的跡象，只有凡人項圈上的電子鐐銬被整體拆除放在原位。」也是因為這個，他們才判斷出事了，在看上去完全沒有異樣的門口，又完全沒有異樣的監控中，他們一直到中午機器人又帶著原封不動的食物出來的時候，才發現了監控似乎不對，連忙進去查看，發現人已消失。

布魯斯元帥霍然站起來，他已經來不及罵他的手下們廢物，而是來回快步走了幾步，發現戒嚴再搜捕應該也已經來不及，對方如此神通廣大，他忽然問道：「立刻去查，夏柯少尉還關押在監獄中嗎？再查葛恩博士是否還在，如果在的立刻帶他來見我，如果他不願意的可以採取強制措施。」

護衛應聲而去，很快回報回來：「夏柯少將仍然關押著，專門派了兩名法警進去查看確認的，但葛恩博士全家已經不在房裡，問了他研究所的同僚，都說今天一早就沒有見到他們過。」

布魯斯元帥倒還平靜下來了，已經接受了最壞的情況，部署下去：「請第一軍團近期戒嚴，另外，叫露絲中將和威利少將過來我這裡。」

「奧涅金伯爵和葛里大師脫逃？」威利臉上全是驚詫。

布魯斯元帥道：「是，奧涅金伯爵也就算了，新能源本來也查不到，回去也不能做什麼，畢竟奧卡塔還在我們手裡，但葛里大師離開有些麻煩，要做好輿論防控。立刻放出消息，就說葛里大師帶著聯盟祕密研究資料全家叛逃帝國了，然後所有的星網新聞平臺，全部要求新聞管控，找幾個葛里大師以前的學生出來，說他以前的醜聞，論文造假，機甲名不符實等等。」

威利道：「好。」

露絲中將卻問道：「我倒覺得離開的奧涅金伯爵不得不防。他滿懷仇恨。」

布魯斯元帥略一思忖：「還好，幸好第二軍團現在在第三軍團手裡，第三軍團現在怎麼樣了？」

威利道：「霜鴉一到第二軍團報到，聽說就先把夏柯的護衛隊隊長拘捕關押起來了，然後聽說在徹查布雷特準將突然受輻射生病的案子，如今第二軍團人人敢怒不敢言，但聽說霜鴉此人喜怒無常，又頗為鐵腕，倒也還沒有人當著面違逆他，如今整個第二軍團還算安分。」

布魯斯道：「讓霜鴉將第二軍團的其他兩個準將都收押起來，就說找到證據是他們謀害布雷特準將！整個第二軍團近期接受審查，不許擅離駐地，違者軍令處置。」

三人正合計著，忽然聯軍司令部柯葉親王到訪，布魯斯臉上一怔，命人請他進來。

柯葉親王進來，臉上倒還平靜：「我來只是想告訴元帥，柯楓倒賣金錫能源及軍火，侵吞軍資，證據確鑿，已經被停職，關押待審了，特意和元帥說一聲，聯軍他的職務也暫停，他負責的軍團目前我已安排其他人接手，暫時不會影響聯軍的日常任務。」

布魯斯心中一跳，柯葉似笑非笑：「十年他整整虧空侵吞了上百億，又說不出去向，皇帝陛下震怒，已經嚴命徹查。」

柯葉大馬金刀坐著：「最近聯盟聽說也事多，帝國的小事也就不煩元帥了，只是最近可能查帳需要聯軍一些部門配合，還請元帥諒解。」

布魯斯勉強笑道：「儘量配合。」

柯葉笑了下：「最近蟲族太平了許多啊，本來皇帝陛下正在考慮裁撤一部分兵力，上次莫名其妙一反習性大規模襲擊了寒帶的霍克公國，父皇又有些猶豫，怕又忽然襲擊帝國領地，不知道生物專家們有提出什麼理論沒？這蟲族的攻擊到底有沒有規律的？」

布魯斯道：「生物學家們還在研究。」

柯葉卻道：「蟲族這樣沒有規律，但再這麼長久打下去，帝國國力也難以支持，如今又出了這麼大虧空，更是讓我們皇帝陛下不悅。我們的皇帝陛下的意見是，聯軍內帝國撤軍，利羅港位置銜接帝國和聯盟，是否帝國就派上一隻軍團常駐利羅港，由我統領，以便於蟲族對抗的調度，其餘軍團撤軍回國。」

布魯斯心裡勃然大怒，面上卻還平靜：「聯軍十年了，對聯盟對帝國支援也不少，如今蟲族興許只是暫時蟄伏，談撤軍還為時過早了吧。利羅港現在是第一軍團駐軍，也是聯盟領地，帝國駐軍，不太合適，議會也不會答應的。」

柯葉呵呵一笑：「再議吧，只是柯楓軍資虧空這事，沒查清楚之前，我國今年的聯軍軍費以及能源，就暫緩支出了，這也是皇帝陛下的意思。」

布魯斯色變：「金鳶帝國是要過河拆橋嗎？軍資虧空，是你們帝國軍的事，和聯軍軍費有什麼關係？」

柯葉道：「我們陛下的意思是，這段時間，帝國軍自行負責帝國區域內的蟲族襲擊。聯盟這邊畢竟長途馳援，等結算清楚，再商量聯軍的下一步打算，當然，如果利羅港讓帝國駐軍的話，那尚可兼顧。軍費的事，也可以商量。」

布魯斯怒道：「貴國好歹也有點大國風範吧？怎麼倒討價還價如商人一般？這是全人類的事！你們倒好，過河拆橋，藉機討要便宜，倒像無賴行徑！」

柯葉呵呵笑了聲：「元帥閣下，該不會是年紀大了記性不好，忘了我皇是個什麼脾性的人吧？他就是行軍出身，軍務那點伎倆，誰能瞞得過他？柯楓年紀輕，以為那點手段能瞞過他，真是天真，我可是跟著他鞍前馬後金戈鐵馬數十年，貴國不少將領都是我手下敗將，閣下還是好好想想，聯軍這虧空，查到後頭你能落到什麼好處吧！說句實在話，以柯楓的智商，能這麼多年沒被父親發現，你就沒覺得太順利了嗎？呵呵，帝國的便宜，是那麼好占的嗎？父親，最擅長的就是先給別人點甜頭，再加倍拿回。當時如果元帥更信任我點，我可能會給元帥更周到點的建議呢。」他意味深長地笑了，起身走了。

布魯斯怒不可遏：「打了這麼多年仗，帝國從聯軍身上討了多少好處，這是要拆火嗎！他們以為蟲族已經剿滅，就可以拆橋了是嗎？」奧涅金伯爵和葛里大師的脫逃，讓他本就惱怒不堪，帝國的過河查橋坐地起價，更讓他勃然大怒，深深感覺到了疲憊：「讓蟲族大規模進攻帝國！」

威利道：「上次霍克公國和星谷要塞那次，消耗了不少，要等下一個週期了，至少也要三個月。」

布魯斯元帥森然道：「準備好，我要讓他們嘗嘗滋味。」

威利微微有些為難：「可是，基地那邊剛傳了報告來，這次消耗太大，需要新的資金，柯楓親王那邊斷了的話……帝國又不繳軍費，還有，奧涅金家族這邊翻了臉，指望不了繼續資助了，我們眼看就要沒錢了。」

布魯斯坐下，眉目緊鎖：「原本，一切計畫順利的話，我們現在已經順利拿到新能源，並且掌握了整個聯盟軍權，資金就都不是問題。還能將那個基地毀掉，一切證據湮滅。」

到底，是怎麼走到今天這樣左右支絀，進退維谷的呢？

一切，都是因為星谷要塞沒有順利被蟲族攻下而已。

Chapter 178 帝國之光

蟲族仍然是在一個深夜精確夜襲包圍了金鳶帝國首都，洶湧不絕，鋪天蓋地，帝國養尊處優的貴族們全都慌了手腳，雪片一般的議案往皇帝跟前遞，要求儘快加強帝國防禦，解除危機，不多時柯葉親王帶了兩個軍團兵力親自抗擊。

然而很快他同樣遭遇了星谷要塞之前一樣的場面，層層疊疊的蟲族無窮無盡，彷彿瘋了一般地往首都逐日城圍困攻擊，作為帝國首都，逐日城的防禦自然是最強的，但密密麻麻的蟲族仍然瘋了一樣往離子罩上衝。

逐日城又實在太大了，能源耗資巨人，原本修建逐日城的時候，主要防的是人，如今來攻擊的卻是蟲子，過去十年中，逐日城不是沒有受過蟲子攻擊，但都是一陣一陣的，逐日城守軍本來就強大，防禦又強，輕鬆擊退，這還是第一次遭遇到這麼強悍而密集的攻擊。

柯葉親王鎮守逐日城，壓力巨大，每天不僅要接受皇帝的垂詢，還要不斷應付各方面的或明或暗的打探，又要親自指揮防守，一日一夜下來，人也有些煩躁了，而帝國星網上還在各種添油加醋站著不腰疼的批判：「守軍太過軟弱，今日東南塔樓被蟲族直接擊破，雖然機甲隊及時過來消滅了進來的蟲族，恢復了防禦罩，但居民仍然受到了極大驚嚇，擁有悠久歷史的塔樓也被毀損，上頭點綴的文物盡皆毀壞。」

「親王殿下似乎過於保守了，和從前勇猛激進的作戰風格差異太大，機甲隊應該早些主動出擊。」

「柯葉親王表示對守衛逐日城，打好首都保衛戰有信心。」

「聯軍司令部對逐日城被圍未派更多軍團援救，司令部新聞發言人稱相信柯葉副司令能勝任保衛工作。」

「皇帝陛下震怒，直斥柯葉親王無能，傳陛下私下指責親王心思都用在針對手足上，守衛首都似有養寇自重之嫌。」

「柯楓親王因軍資虧空被暫停軍職接受皇室監察委審查，傳此事可能與柯葉親王有關。」

「帝國皇室爭端再起，蟲族之戰尚未止息，帝國的未來在何方？」

就在逐日城深陷重圍之時，帝國三皇子，柯樺皇子忽然駕駛著一架背生雙翼的純銀白獨角獸機甲橫空出世，猶如傳說中一樣，獨角獸仁慈善良，拯救世人，柯樺皇子親自操縱這具外形極具特色渾身銀色光輝的生物機甲，從天而降，擊殺蟲族，這具機甲的攻擊力極高，獨角獸的獨角彷彿能夠引來雷霆，將蟲子一隻一隻劈焦，然後落在地上，漸漸一圈蟲屍圍在獨角獸所站在的高塔之下，讓所有人驚嘆這宛如神罰之力的驚人場景。

沒多久包圍著的蟲族竟然果真漸漸退去，逐日城恢復了安靜，惶惶不安的貴族以及民眾們很快在天網上看到了柯樺皇子的神聖之姿，「帝國之光」，「神之雙翼」，「光之子」的美譽讓教會大祭司柯樺皇子聲名鵲起，大受歡迎。

夜色深沉。

「我知道他偏心，但我沒想到他能這樣偏心，踩著我給柯樺造勢，真是夠可笑的，那是什麼光之子，神之雙翼，真是嘔吐！他擔得起嗎？這麼大的名聲，那獨角獸機甲，是花了大錢去做的，裡頭全是新能源！新能源是什麼價格，父親就捨得替他量身打造，所以才能夠引雷劈蟲！那全是做出來的光效，其實就是離子炮！給我一臺這樣新能源做的生物機甲，我也能這樣啊！」

「我在聯軍衝鋒陷陣打了八年！和蟲族打得辛苦的時候，我曾經帶著軍團一個月轉戰三個地方，親自上戰場！他在做什麼？他跟著教會在教堂，伸出他的小手給愚民們摸摸額頭祈禱賜福！這次我辛辛苦苦守城那麼久，最後他跳出來撿便宜！星網上那些瘋狂拍的彩虹屁，一看就知道是得了皇室的默許！愚昧的民眾就只會跟著謳歌，嘖，硬是活生生把一個只會祈禱的花瓶，炒成了神之子！父親真的，太過分了！這是把我這麼多年的功績，白白送給柯樺墊腳！」

柯葉親王醉醺醺地將一瓶酒摔在了地上，雙眼都是血絲看向通訊器對面的霜鴉：「你有在聽我說話嗎！」

霜鴉漫不經心地從搖椅中抬了抬頭，一頭銀色長髮月光一般的淌了下來，寶光晶瑩的雙眼懶懶看向他：「你已經發洩了很久了，不好意思我真沒興趣，從前你這樣情緒失控後，就要找點什麼來把我搞得半死不活要進治療艙躺幾天的那種，我對這陰影很大。」

柯葉親王原本怒火沖天，聽他這麼一說忽然又忍了忍脾氣，只盯著他絲光睡衣下一雙雪白的足趾伸了出來，一時身體的本能又取代了腦子的思考，喃喃道：「我就是不爽，這次蟲族真的太奇怪了，說起來和上次霍克公國那次一樣，你一出現，蟲族就散了，然後你白白撿了便宜，可憐第二軍團白打了半天，最後便宜了你，還順手收了第二軍團的軍權。那次蟲族的攻擊也很奇怪，霍克公國明明是寒帶，蟲族怎麼會大規模進攻圍城？這次也一樣，逐日城的防禦強悍，蟲族歷來討不到好處，他們為什麼會忽然攻擊逐日城？過程也一模一樣，竟然讓柯樺撿了便宜！」

霜鴉肚子幾乎要笑破了，一雙眼睛盛滿了幸災樂禍：「你，不對，應該說是帝國，最近是不是得罪了聯盟元帥？」

柯葉倏然抬起頭來：「你什麼意思？」

霜鴉懶懶窩回躺椅內：「沒什麼別的意思，就是霍克公國被圍，不就是奧涅金家族的大小姐跳出來開了個新聞發布會，狠狠地把元帥黑了一把嗎？雖然我也沒證據，得利者也是我，我樂得如此。不過，你也說了，這麼冷的地方，蟲子為什麼違反天性都要過來呢，所以你到底怎麼得罪布魯斯那老不死了？聽說柯楓被審查？就是你真的下手查他了？嘖嘖你真是不討皇帝歡心啊，柯楓都比你更討他喜歡吧？」

「但是說實話，我是很開心的啦，畢竟看到你倒楣，真是讓我身心舒暢啊，感謝你今天傳笑料來給我，再見。」霜鴉也不去看柯葉鐵青的臉，乾脆俐落地關掉了螢幕，臉上露出了興致盎然的笑容。

聯盟元帥府，布魯斯元帥也在大發雷霆：「誰派蟲族出去？為什麼沒有經過我同意？」

威利茫然：「不是您說的要給帝國點顏色看看嗎？正好蟲族數量剛剛繁衍出一批新的，就按您指示辦了啊。」

布魯斯元帥匪夷所思：「整個戰術方案完全沒有給我過目！蟲族數量明明還不夠！否則怎麼會讓帝國三皇子有出場裝神弄鬼的時機？這不是白白浪費了這一大批蟲族嗎？你不知道養這麼多要花多少錢嗎？我們現在沒有錢了？什麼時候任務方案可以不給我看就執行的？」

威利莫名其妙：「我呈給您了，您也批覆了啊。」

布魯斯元帥一怔，威利點開懸浮螢幕：「就是暗影基地的近況報告這個，裡頭說了近期的一些存在問題，下一步謀畫以及資金缺口等情況，後頭的附件有這次的作戰方案，您圈閱批覆了。」

布魯斯滿臉匪夷所思：「這麼大的事，你作為附件？這是請示事項，你夾在報告裡頭呈給我？」

威利解釋：「因為這些都有關聯……」

布魯斯慪得幾乎要吐血，這時候通訊器上忽然亮了下，是緊急訊息，他按開看了眼，臉上的怒氣忽然消失了：「帝國派專人送來了軍費和能源，表示將會繼續支持聯軍的建設，撤軍一事暫緩。」

他看著那一大筆軍資，心裡的大石瞬間移開，眉目舒展：「他們這是被蟲族打怕了！哈哈！」

威利沒敢繼續說話。

布魯斯又翻了下訊息：「使者表示，因柯楓親王暫停了軍職，近期會讓柯樺皇子來聯軍任職，暫代柯楓親王原本的軍職，希望我能照顧一二，呵呵，看來金鳶皇帝，是真的很喜歡這個幼子嘛，這麼煞費苦心地刷資歷，有求於我，難怪一口氣送來這麼多軍資，帝國還是財大氣粗啊。」

他抬眼，看到威利還垂手站在下邊，一時看他也順眼了些，雖然這次行動太過魯莽，但也陰差陽錯解了圍，也不好再繼續問責，便道：「這次你做得不錯，但是下次請示和報告一定要分開，不能再出現第二次。」

威利立正道：「是，下次卑職一定改正！」

布魯斯又問：「第二軍團那邊情況如何了？霜鴉按我說的辦了嗎？」

威利道：「聽說是已經將第二軍團的兩位準將都已逮捕暫押了，第二軍團的其他中隊意見很大，但聽說霜鴉又抓了不少人，第二軍團那邊似乎正在向霍克公國告狀。」

布魯斯元帥鬆了口氣：「那還好，一切順利就好，葛里那邊叛國的消息也放出去了吧？他沒有證據，到時候就算和奧涅金串通一氣，也沒辦法，而第二軍團被第三軍團壓制著，霍克公國沒有軍權，也弄不出多大的水花——看來對夏柯的公審，可以擇日進行了。」

他心頭壓了多日的大石被挪開，眉間意氣洋洋：「你去安排吧，務必盯死他的罪名……」他這口因為星谷要塞才遭遇這一系列挫折的惡氣才能出了。

嗶嗶，通訊器又再次響起，顯示有緊急軍情，他有些不滿點開了通訊器，然後臉色變了。

「霍克公國政府召開新聞發布會，宣布脫離西大陸聯盟共和體。」

霍克公國政府召開了一個簡短的新聞發布會，大公出面宣布，經過謹慎研究及民主決定，霍克公國決定脫離西大陸聯盟共和體，即日起向聯盟遞交退盟協議，重啟霍克貨幣體系，放棄所有聯盟共同體所需要遵守的權利以及承擔的義務，具體邊境、關稅等都將在談判後議定。」

整個世界譁然。

無數的新聞媒體記者衝向了大公，但大公年邁，只是出來宣布後便離開了，主持人宣布由奧涅金伯爵負責集中答疑。

記者們更是沸騰了，奧涅金伯爵！不是說被聯盟軍拘捕了嗎？什麼配合調查，明擺著就是祕密拘捕！什麼時候放回來了？霍克公國退出聯盟，是因為這事嗎？

奧涅金伯爵出來了，穿著華麗的繡著金線的禮服，但仍看得出面容消瘦，雙眸深陷，他點頭向記者們致意，仍然露出了從前那熟悉的風度翩翩的微笑。

記者們已經瘋狂發問：「奧涅金伯爵，前些日子傳說您被聯盟軍方祕密拘留，是否有此事？是和原因？」

「什麼時候被釋放的？」

「霍克公國脫離聯盟是否因為您被無禮拘留？」

奧涅金伯爵伸出手臂，往下按了按示意大家安靜：「大家好。」場內安靜起來，奧涅金伯爵道：「大家都知道，前陣子我被聯盟軍方祕密拘捕，並且進行了刑訊，想來大家都很關心，聯盟軍方到底希望我『配合調查』什麼。」

奧涅金伯爵冷靜道：「聯盟軍方希望我如實供述新能源的確切地點。」

記者們交頭接耳竊竊私語起來。

奧涅金伯爵平靜地訴說：「原因當然是認為奧涅金家族罪大惡極，壟斷新能源，要求我必須上交給聯盟軍方。刑訊多日，並且上了催眠手段，都沒有辦法從我嘴裡問出新能源的地點，於是接下來的事情大家都知道了，有中間人將我受審刑訊的影片交給了我女兒，承諾只要我女兒嫁給聯盟元帥，即可無罪釋放我。」

奧涅金伯爵微微向下邊的記者們點頭：「我為什麼不願意將新能源交給聯盟軍方呢？」

「因為，我不願意將這樣關係全人類的東西，貿然交到一個腐朽的，代表著固化階層利益的聯盟高層中去，更不願意將這樣能夠帶來巨大利益的東西，交給一個自私、卑鄙、無恥的軍方統帥手裡。」

這已經是赤裸裸地在指責聯盟元帥了，如果說之前奧涅金小姐還可以說是年幼衝動，因為看到自己父親受刑而被蒙蔽。現在作為霍克公國的官方代表，一貫成熟圓滑的奧涅金伯爵在今天這樣嚴肅的外交場合，居然也用上了這樣的詞語來指責一位已經為抗擊蟲族做出了巨大貢獻的人類聯軍統帥，那真的是非常嚴重的指控，而如今霍克公國脫離聯盟，如果是毫無證據的不實指控，聯盟隨時可以為此對霍克公國做出制裁甚至宣戰。

這是非常嚴重的後果，奧涅金伯爵作為一個成熟的長期活躍在政治舞臺和商業舞臺的貴族，必然也應該是有足夠證據了吧？

人們紛紛睜大了眼睛，等待奧涅金伯爵進一步解釋。

奧涅金伯爵卻道：「我有準確的證據證明，這一場禍害了整個人類的蟲族戰爭，是由聯盟元帥布魯斯，為了一己之私製造出來的。」

轟！記者席已經譁然，有人激動道：「伯爵閣下，您知道您現在說的是多麼嚴重的指控嗎？」

奧涅金伯爵卻伸手，一個白髮蒼蒼的老者走了出來，正是很久已經不在公眾場合露面，前陣子剛被爆出闔家叛逃洛夏的聯盟機甲大師葛里。

認出他的記者們全都激動地交頭接耳，會場又按捺不住地騷動起來。

葛里面容嚴峻：「我是葛里，想必大家也都看到了我全家叛逃洛夏的新聞了。

我要解釋的是，十五年前，我參與了聯盟軍方的一項祕密研究，這項祕密研究，實際是曾經封存在聯盟軍方高層，唯有聯盟元帥才能繼承的祕密專案資料——蟲族研究。」

他將大螢幕打開：「這是徵召我參加祕密專案的軍方徵召令，這是我當時簽訂的保密協定，這是我參加研究期間撰寫的各個專案方案、專案可行性報告、專案各個階段的成效以及所有的專案科研論文。」

「大家已經猜到了，這個專案，就是現在還在肆虐的蟲族。三千年前，人類星際遷徙到藍星，正是被這種蟲族逼得流離失所，當時的人類聯軍將這種蟲族的所有研究資料、冷凍的蟲卵以及蟲屍封存了下來，留待後人研究，期冀等科技發達到一定程度的時候，能夠研製出這種蟲族的剋星，並且有朝一日能夠返回家園。茫茫數千年過去了，人類早已忘卻迷失了來路，在藍星定居，但這一項祕密資料，卻在人類聯軍軍方封存，之後傳到聯盟軍方手中封存著，請大家注意看這一項，這是六六七八年聯盟軍方啟動過一次這個專案的研究，由當時的生物學家泰斗，天網之父羅丹主持研究，這是羅丹的研究筆記，是我從聯盟軍方獲取的參考資料。」

星網上霍克公國的新聞發布會直播正在飛速增漲，已經漲到了一個可怕的數字。

無數快訊已經爆發式湧出：「霍克公國宣布脫離西大陸聯盟。」

「機甲大師葛里指控蟲族戰爭為聯盟軍方高官一手製造。」

「天網之父羅丹曾研究過蟲族。」

「聯盟軍方高層絕密資料被曝光！」

葛里侃侃而談：「以上這些，都是我在專案研究時接觸到的絕密資料，之所以選擇今日將這絕密資料公諸於眾，是因為，我想當年人類聯軍的初衷，就是為了留給後人一筆有關這可怕敵人的研究資料，假如再次遇上這可怕蟲族，人類也能夠有充分的研究資料和更多的準備，減少傷亡。六六七八年，天網之父羅丹也曾經抱著這樣負責的心態，對蟲族進行了十分嚴謹和全面的研究，最後研究認為，以當時的科技，仍然無法對這種可怕的蟲群進行克制，蟲卵和蟲子屍體仍然原封不動存入了聯盟軍方中。然而時隔數百年後，誰也想不到，聯盟會出現了一位自私卑鄙，為了鞏固軍方利益，為了鞏固他個人的權力，他祕密組建專家團隊，人為的孵化了蟲卵，祕密培育蟲族，研究克制它們的武器，在他的權力收到削弱，地位受到威脅之時，想要炮製一場對全人類有威脅的戰爭，來鞏固他聯盟元帥的地位！」

「然而很遺憾，事實是我們沒有找到克制這種蟲族的方法，在培育蟲族過程中，我們注意到了天網之父羅丹曾經提出，這種蟲族在一定數量之下的時候，會為了爭奪雌蟲互相攻擊，只有超過一定數量，才會改變習性，改成群居，互相分工，互相配合，形成無比強大的蟲群。元帥在我們沒有研製出確切方法的時候，就下令讓我們開展蟲群繁殖的課題研究，將蟲群繁殖到了五千左右的數目後，蟲群果然聚集了！在那一天，我們的防護還是太過薄弱，我們沒有想到聚集在一起的蟲群的攻擊力和智商會變得高得嚇人！蟲群脫逃了！」

「事態失控，但只要及時徵用軍隊及機甲，是可以控制住的，但是布魯斯元帥卻只是做了監控，並沒有果斷採取措施消滅這些蟲群，而是重新祕密徵召了一批專家來對這種蟲族進行研究，這一次徵召範圍非常大，而且是強行徵召，大家都可以查到具體的時間地點和徵召專家，事後專家研究基地被星盜摧毀，專家們回國後不少還提出了抗議，稱被軍方囚禁和強制研究。」

「這就是我們今天面臨的蟲族災害的由來，人類本來已經被這種蟲族毀滅了一個家園，長途星際遷徙到了藍星，安居樂業數千年後，卻有人為了一己私利，違規將這種蟲卵孵化，縱容脫逃乃至養虎為患至今天這樣的局面，無數民眾妻離子散，家破人亡，財產受到損失，人身安全得不到保障，這樣的亂世，正是今天的聯盟元帥引起的！」

「而在蟲族規模越來越大，局面完全失控的時候，布魯斯元帥為了讓我徹底守祕，乾脆將我囚禁，整整囚禁了十年！前些天我被奧涅金伯爵解救後，布魯斯元帥自知罪行即將暴露，乾脆散播我舉家叛逃的罪名，捏造醜聞，只為蒙蔽全天下！」

「所有的證據、論文、資料我都已經公布在星網上，我對我所說的一切的真實性負法律責任，並決心在後半生一直研究攻克蟲族的方法，為此贖罪。」

葛里默默鞠躬，然後退下了。

奧涅金伯爵走上前：「葛里大師和我一起被關在元帥府邸的地下黑牢中，甚至連他的兒子，也一直以為父親是在參與祕密專案研究。」

「各位，聯盟剛成立之時，大家懷抱著建設一個美好的新世界，這個新世界人人平等、自由、民主，所有人都能夠憑著自己的勞動奮鬥獲得美好的生活，弱者的生活權利得到保障，優秀的有天賦的人則有充分的奮鬥發展空間。」

「但是今天的聯盟，階層固化，政府腐敗，寒門出身的人民幾乎無法往上層發展，政府腐敗，官僚機構龐大，運轉不良，輿論掌握在強權者手中，財富高度集中在少數人手裡，貧富差距巨大，財富分化，利益團體甚至為了自己的利益，能夠毫無底線的損害全人類的生命財產安全，為了利益踐踏弱者，傾軋權力、謀奪公民個人財產過程中隨意栽贓、關押、謀害無辜之人，這是人類一開始還想要的聯盟嗎？」

「我宣布脫離聯盟，並不是放棄了對自由、民主、和平的追求，相反，霍克公國將會在今後，組建新的聯盟自由體，我們將會將新能源在新聯盟內共用，我們將會構建更民主更公開的聯盟政體，我們將會重建一個全新的聯盟，一個開放相容，自由平等，共同富強的新自由聯盟，歡迎各國與霍克公國洽談，我們希望能和大家重新構建一個新的，更強大，更平等，更自由的聯盟。」

有記者舉手：「伯爵閣下，我們都知道現在蟲族仍然猖獗，霍克公國脫離後，仍然面臨蟲族的威脅，請問霍克公國想好了如何保障霍克公國人民的安全嗎？」

奧涅金伯爵彬彬有禮道：「霍克公國人民的安全只會比從前更穩固，讓我來為大家介紹下我們霍克公國新上任的聯盟統帥：霜鴉將軍，相信大家都記得這位將軍在冰天雪地中駕駛霜行者降落在雪原上的英姿，他統領聯軍第二、第三軍團十支艦隊三十萬全體官兵為霍克公國效勞。」

「伯爵閣下！請問霍克公國不怕西大陸聯盟各國的經濟制裁和武裝打擊嗎？」

奧涅金伯爵道：「霍克公國同樣有足夠的能力對侵害我國人民經濟和人身安全的國家進行經濟制裁和武裝打擊，以及——」他意味深長地看了眼鏡頭：「關於科技、人才以及新能源方面的封鎖和制裁。」

他笑得很是愜意：「請大家不要忘記，霍克公國取得的科技專利，是整個聯盟最多的。我們隨時可以終止專利授權以及相關專案合作，我們隨時可以撤回相關專家人才，我們同樣可以禁止某些能源進入某個市場，當然，合作共贏一直是霍克公國的態度，開放和相容也一直是我國的外交原則。」

「請問如果帝國對你們發起軍事打擊呢？」

奧涅金伯爵笑了下：「我剛剛接到來自帝國的賀電，帝國將會於近日派出大使，與我們洽談建交事宜，在霍克公國的科技、人才以及能源方面期待更多更自由的合作。」

「伯爵閣下！請問霍克公國和前聯盟的關係將會是敵對的嗎？」

奧涅金伯爵仍然笑得充滿了外交辭令的狡猾：「沒有永遠的敵人，只有永恆的合作，只要對霍克公國，對新自由聯盟人民有利益的合作，霍克公國都會支援，只要有損新自由聯盟、有損我國人民利益的事，我們都會毫不猶豫地拒絕和抵制。我們將會在新聞發布會結束後，公布新自由聯盟的相關政體構想，但具體建立，還要各國代表坐下來會談，我們期待新時代的開展，也期待各位的加入。」

「最後，讓我們以一場盛大的禮花來慶祝新自由聯盟的創立——請大家看大螢幕。」

大螢幕上出現了一個小行星，鏡頭拉近，人們看到了上頭有著透明巨額的防護罩，防護罩裡養著密密麻麻的蟲群，另外一處防護罩內，是密密麻麻的白色蟲卵，有幼蟲剛剛孵化出來，旁邊有機器投餵食物給新生的幼蟲——這赫然竟是一個大型的蟲族養殖基地！

轟！看到這平時凶神惡煞不知給人類造成多少陰影的蟲族，如今卻被精心在保溫室內飼養，有著全自動的餵養系統和完善的飼養環境，新聞發布會場中譁然！

「大家看到的，正是上一次霍克公國被蟲災襲擊後，我們在一部分蟲族身上植入了定位器並追蹤到的基地，然後發現了這個超出全人類想像的養殖基地——第三軍團剛剛採取措施，將這個基地的所有工作人員、研究人員逮捕，我們將會對人員進一步審訊，但是目前初步判斷，在基地負責守衛工作的，是第一軍團的鐘誠少將。」

大螢幕拉近一群舉手魚貫而行正在被押送上飛船軍職人員，更對著一位身著少將軍服的中年男子，給了特寫鏡頭。

記者們轟動了，瘋狂地按著相機拍照。

奧涅金伯爵彬彬有禮笑著：「就讓這罪惡的蟲族基地摧毀的禮花，來慶賀我們新自由聯盟的成立吧！」

大螢幕上，強烈到灼人視網膜的強光亮起，整個小行星一處一處爆炸開來，上頭的蟲族在猝不及防中化為灰燼。

「歡迎加入新自由聯盟。」

布魯斯元帥坐在會議室裡，臉色鐵青，元帥府所有的幕僚全都在會議室裡，小聲地交談和忙碌的工作著：

「已經發布公告，對霍克公國的沒有證據的惡意指控表示極大憤慨，嚴厲譴責，孵化蟲卵、基地馴養蟲族都是子虛烏有的指控和別有用心的栽贓污蔑，研究有開展，蟲族脫逃正是……聯盟軍方將會採取一切措施制裁叛盟行為，並保留法律起訴的權力……」

「阿納托利．奧涅金……一級通緝犯，叛盟的霜鴉開除一切軍職，全聯盟通緝……開除第二軍團、第三軍團所有軍職……」

「只能是外交照會，說起來假如對方對我們經濟制裁，停止專利授權，我們的生物機甲會不會都受到影響。」

「要做好最壞打算。」

「應當繼續使用金錫能源，杜絕對新能源的依賴。」

「我認為態度可以強硬一點，否則聯盟其他國家會認為我們心虛。」

「還能拿出更多證據來證明清白嗎？」

「不建議在細節上糾纏，萬一對方還有別的證據，只要一口咬死不是元帥做的就好，為將來留有餘地。」

「應該都還在觀望，有些小國已經在示好。」

「帝國那邊是什麼態度，為什麼發賀電？這邊聯軍不是還和我們合作良好嗎？應該要和他們提出抗議。」

「要不要準備談判的協定，應該成立專家組準備談判協定了。」

「議會那邊說要元帥上交自辯報告，議會將召開審議。」

「不用理他們，關鍵是和霍克公國這邊的談判條件，要列仔細，最大程度保障我們的權益不受損害。」

布魯斯突然說話：「為什麼不考慮軍事制裁方案？聯盟不承認他們！他們是罪犯！是人類的叛徒！是可恥的污蔑者和背叛者！」

參謀們全都吃驚地抬起頭來看他，瞠目結舌。

布魯斯感覺到自己從一個領導者，成為了一個局外者，這群人已經在心裡毫無疑問地定了他的罪，只是為了自己的利益在苟且和尋求合作方案，保住他們自己的利益，當自己的利益和他們的利益衝突時，他們會毫不猶豫地背棄自己。

他起身一語不發離開會議室，威利追上來跟在他身後，布魯斯問：「露絲中將呢？」

威利道：「中將她——在接受心理諮詢。」

布魯斯冷笑了聲：「太過脆弱，這算什麼，當年我還沒當上元帥的時候，什麼罪名沒往我身上扣過？勝利者才會笑到最後，所有的誹謗、污蔑，都只是誹謗污蔑而已。」

他走回了自己的指揮室，過了一會兒露絲進來了，看到布魯斯，臉上掠過了一絲茫然：「父親，現在怎麼辦？」

布魯斯已經懶得教育她：「備戰，我們需要一場勝仗來重振士氣，必須毫不猶豫地給予背叛者軍事制裁！」

露絲抬眼道：「可是，第二軍團的裝備原本就是最好的，霍克公國的軍備一貫最優良，如今又有第三軍團，星盜軍團悍勇非凡，聯盟先自己內戰起來，是否會讓帝國坐收漁利？」

布魯斯道：「唯有力量和勝利，才能讓強者正視你，軟弱和退讓只會讓人迅速放棄你，永遠記住這一點，敗者只會失去一切，準備蟲族，霍克公國需要一場教訓。」

威利提醒布魯斯：「蟲族基地被毀，我們戰力可能有點勉強。」

布魯斯怒道：「第一軍團人數遠遠勝於第二第三軍團！你們竟然沒有把握？第

三軍團裝備差，這麼多年聯盟軍方幾乎沒有給他們資源，大部分裝備都是靠他們自籌，第二軍團更不用說了！如今群龍無首，霜鴉未必就能指揮得動他們，難道這樣你們都沒有信心打贏一場仗？拖延時間只會讓士氣低落！必須快！通令第一軍團，做好作戰準備！」

威利和露絲對視一眼，眼裡全都深藏著無奈，固然是要快，但是如果軍事制裁敗了，豈不是更打擊士氣？不過元帥籌謀多年，連馴養蟲族的基地都被端掉了，如今正是盛怒之下，不好違逆，威利便領命下去不提，留下露絲陪著布魯斯。

布魯斯教訓露絲：「這種時候更要堅定，不能露出軟弱之態，所有人包括妳的下屬，只要看到妳露出一絲一毫退縮懦弱來，就會毫不猶豫地背棄妳，叛離妳，出賣妳！任何時候態度都要強硬，冷靜，這就是身為領袖絕不可以感情用事的原因。」

露絲躊躇了一會兒道：「第二軍團、第三軍團現在都被霜鴉統領，夏柯少將統領第二軍團多年，不如讓夏柯少將將功贖罪，出來討伐聲討霍克公國？」

布魯斯轉頭，一雙銳利地眼睛瞪視著露絲：「剛和妳說不要感情用事。」

露絲輕聲道：「我沒有感情用事，但第二軍團如今軍團長被羈押，整團士氣必然士氣低落無法團結，是敵人最弱的環節。我聽說霜鴉一到任就把夏柯少將最信任的護衛隊全關押了，整個聯盟軍都知道夏柯少將和霜鴉多年不和，也是夏柯最熟悉第二軍團的所有將領的戰術，他本人也勇武非凡，和霜行者應該可以一戰，這樣也能減輕我們的對戰壓力。更重要的是……」露絲有些難以啟齒：「如今父親的名譽遭受到了極大的抹黑，但夏柯少將在民間享有很高聲譽，由他來領隊討伐霍克公國，對我們來說也有正面意義的好處。」

布魯斯沉吟了一會兒：「這倒沒錯，但是，他必須娶妳，否則我們無法制約他，假如他假裝答應，卻反手毀約，妳也拿他沒辦法，必須和妳進行婚姻登記，軍方才能夠釋放他，讓他將功贖罪。妳去勸說他吧，如果不娶妳，那等著他的就是祕密處決一條路，也不會再有公審。」

露絲微微睜大眼睛，布魯斯冷冷道：「不要再心軟了，只有死亡的威脅才能讓他屈服，必須讓他和我們綁死在一條船上，否則誰都無法信任。」

仍然是沒有盡頭的安靜和沉寂，柯夏坐在床上，這樣沒有交流的監禁讓他臉頰也消瘦下來，神情也有些漠然，即便是看到露絲再次出現在跟前，並且命人除去他脖子上的禁聲設備，他的眼眸也毫無波動。

露絲低聲道：「霍克公國脫離了聯盟。」

柯夏眼眸微閃，嘴角翹起來：「真是大好事，看來是奧涅金伯爵逃掉了？否則霍克公國的大公可沒魄力做出這樣的決策。」

露絲驚訝於他的敏銳，但仍然將之前想好的說辭娓娓道來：「你不在，第二軍團和第三軍團都被霜鴉整體挾帶著叛盟，投靠了霍克公國新成立的新自由聯盟。」

柯夏道：「第二軍團本來就都是霍克公國的軍官和士兵為主，回霍克公國很正常，第三軍團整體都是星盜，自然是哪裡有利益去哪裡，聯盟打壓第三軍團這麼多年，始終沒有給予相應的待遇，想來霍克公國開出的價碼更高。」

露絲道：「不錯，父親說了，眼前正是一個讓你將功贖罪的辦法，只要你出面帶兵討伐霍克公國，主持一次成功的軍事制裁，就會給你脫罪，恢復原職，考慮晉升中將。」

柯夏嘆息道：「怎麼，第一軍團沒有人才了嗎？看到星盜的霜行者，怕了吧？條件是什麼？你父親可不是傻子，放我出去，我直接也跑去霍克公國投敵了怎麼辦？」

露絲臉上掠過了一絲難堪：「唯一的條件就是你和我進行婚姻登記。」

柯夏轉眼終於正視露絲，那雙冰藍色的眼眸彷彿忽然融化，笑了一下：「其實我真的很感激妳，這麼多年還對我這樣念念不忘，我其實並不是一個合適的配偶人選。」

露絲受寵若驚：「我們曾經也是有過美好回憶的，你忘了，我們在軍校的時候，有一段時間配合默契很好，那是一段很難忘的時光……」

她的回憶卻被柯夏簡單粗暴地打斷了：「那都是假的，我知道妳是元帥女兒才刻意如此，無論或冷或熱，時遠時近，都是為了讓妳忘不了我。我對妳並沒有半分情誼，我和其他那些圍在妳身邊的男子並無不同，都是在覬覦妳父親的權勢和名利。」

露絲微微張開了嘴巴，綠色的眼睛蒙上了一層溼意，柯夏轉過頭對她繼續平靜而近乎冷酷地說話：「我也成功了，欲擒故縱讓妳念念不忘，甚至打算在畢業典禮向我表白求婚。」

「實不相瞞，我當時是要接受妳的表白和求婚的。」

露絲翠綠的眼睛裡眼淚終於沒有忍住，落了下來。

柯夏道：「拒絕了妳的表白，是因為有人和我說，婚姻應該是兩個相愛的人結合。」

「我想明白了，所以我拒絕了，即使知道將會激怒妳位高權重的父親。」

柯夏道：「當年我拒絕了，也為我曾經輕佻地玩弄妳的感情激怒了妳的父親而付出了代價，我被流放礦星，甚至差一點就死在礦洞的爆炸坍塌下，即使這樣，我也從來沒有後悔過那一天我拒絕了妳。」

露絲忍著淚水，微微哽咽道：「所以你的答案是……」

柯夏淡淡道：「沒有後悔的意思是，即使今時今處，我也不會同意和妳結婚，因為我從未愛過妳。」

露絲收了淚水，微微抬起了下巴，掩飾自己發紅的眼睛：「即便你可能將會被祕密處決？這可能是你最後的機會，你有非常驚人的才能，本可以有更廣闊的天地——我……」她聲音微微顫抖，幾乎帶上了祈求：「我們不能試一試嗎？等過了這段時機，我們可以離婚，真的不合適，我同意離婚……這世上多的是貌合神離利益結合的夫妻……」

柯夏道：「即便我會被祕密處決，我也不願違背我的心。」

「軍事法庭的庭長以及三個大法官都已經私下溝通到位，只要夏柯再審，他們就能判他證據不足無罪釋放。真是一群貪得無厭的傢伙，你們猜不出他們獅子大張嘴要了多少報酬，我付出了大代價，當然我聽說布魯斯元帥那事爆出後，總統、議長以及好幾個有權有勢的人都已經通過各方面給軍事法庭施壓，要求儘快審理奧卡塔和夏柯少將，沒有確切證據的情況下不能繼續無限期扣押，不是通敵叛國的罪名的，也可以先釋放了將功贖罪，軍事形勢緊張，儘快審理儘快放人，顯然也慌了。」

奧涅金伯爵坐在書房內，他身體還沒有完全恢復，新聞發布會也耗費了他很大精力，他擁著厚厚的狐皮大衣斜靠在寬大扶手椅中，臉色蒼白，神情從容自得：「再審時間已經敲定在後天，為了保險，我讓花間風也加派了人手，等庭審一結束無罪釋放，立刻將他護送回來。杜因你如果不放心的話，可以也趕過去接應。」

邵鈞冷靜道：「聯盟發現夏柯扣押著已經沒用的時候，就不會急著懲治他只會想到利用他，霜鴉突然叛盟讓他們震驚過度，一定會希望繼續有一把刀來對付霜鴉，布魯斯元帥手下並沒有更多名將了，第一軍團被庸人把持，一貫打壓異己，聯盟高層心裡其實明白得很，就算不收買法官，其他各方勢力也會想要保住夏柯的。他的軍事才能就是他最好的護身符，還有奧卡塔老將軍，他一貫忠於聯盟，聯盟需要他來緩和和我們的關係。」

「第一軍團已經發了通告給我們，要求我們立刻釋放鐘誠少將，停止繼續污蔑聯盟元帥的行為。」霜鴉懶洋洋地倒了杯熱茶，這些天他馬不停蹄，局面一片大好，他也有些放鬆了下來。

奧涅金伯爵問：「鐘誠那邊呢？審訊進度如何。」

「當然是全招了，都是聯盟元帥的密令，他們在那裡已經執行任務十幾年了，天天與蟲子為伍，為了保密星網天網什麼的都不能上，要不是為了家人，為了布魯斯元帥許諾的豐厚的戰功，他們早就逃了，我們可以向世界公開審訊書，另外一些士兵願意做污點證人，條件是希望能夠接受他們全家脫籍入霍克國籍，這有點難做到，畢竟現在關係緊張，不過我們查了下這批軍職全都是家庭穩固，有許多親人在洛夏的，確實對聯盟元帥的忠誠度比較高。我們現在正在排查看看這批軍人有沒有家裡已經沒人了的，著重讓這批人出來做污點證人，可信度更高。」

「不過……」霜鴉關了懸浮螢幕，對邵鈞道：「有一點讓我有點在意，這蟲族基地上原本是有一個專家組進駐的，就在一個星期前，專家小組忽然整體撤離了，說是有別的祕密研究任務，有第一軍團派來的飛船將他們接走，只剩下一些低級研究員和派駐的軍隊，我們擔心布魯斯在別的地方還有蟲族基地。」

他笑了下：「但目前這些證據已經足夠世上的所有人看清聯盟元帥做了什麼事了，當然，國與國，聯盟與聯盟之間的交往，只看利益，但我們的確擁有了大義，帝國那邊發來的賀電，一定是因為他們想清楚了前些天逐日城被攻擊的原因，哈哈哈，當時柯葉親王還專門和我通訊，狠狠抱怨了一番他多年戰功都被柯冀拿去給柯樺皇子墊腳了呢，這幾天倒是銷聲匿跡了，想來回過頭來找布魯斯算帳去了。真是笑死我了，柯樺皇子那個獨角獸機甲，是 AG 公司訂製的吧？」

奧涅金伯爵笑道：「是我們賣出去的生物機甲內核，皇家出錢，什麼最高精尖的配置都往上扔，我們可是狠狠賺了一大筆，但外形設置他們做了改動，加裝了很多特效，高級訂製。」

霜鴉也笑不可遏：「實在是很誇張，張著雙翼從天而降的銀色獨角獸，這種風格讓我想起了當初葛里大師做的那華而不實的春風，也是各種美各種華麗，露絲中將用那個機甲，根本打不出什麼傷害，最後還是花了大錢買了生物系統……」

邵鈞心裡卻感覺到了一陣異樣，抬起頭剛想要繼續問霜鴉，門卻被推開了，花間風快步走了進來，看向他，臉色嚴峻：「布魯斯元帥讓露絲中將勸降夏，讓他領兵討伐我們，條件是必須與露絲中將結婚。」

奧涅金伯爵道：「嘖，布魯斯元帥只會聯姻這一套嗎？先答應結婚也行吧，到時候再離婚就是了……」他看向花間風那嚴肅的面容，忽然感覺到了不妙：「難道他居然拒絕了？」

花間風看向邵鈞，苦笑了一聲：「他拒絕了，並且似乎激怒了露絲中將以及布魯斯元帥，布魯斯元帥已經下令越過公審，祕密處決，為了防止再出現上次奧涅金伯爵被悄無聲息救走的的事，夏當日就已經被祕密從軍事法庭的關押監房中押走，目前我們還沒查出押往哪裡。」

「情況糟糕了，我也想不到會旁生枝節，夏……」搞不好現在都已經被祕密處決，花間風滿嘴苦澀，看著臉上一片空白顯然也已經不知所措的邵鈞，不敢說出這最可怕的可能。

霜鴉已經跳了起來：「他當然會拒絕！杜因為他做了多少事，他們兩人相愛，他那種高傲脾氣，怎麼可能會答應和別人聯姻？他如果答應了，那不是白白辜負了為他做了那麼多的杜因？」

邵鈞茫然轉頭看向霜鴉，有些不明白霜鴉怎麼忽然說出這種兩人相愛的話出來，奧涅金伯爵道：「你這話就沒理智了，現在是什麼形勢，他是聰明人，應該知道先忍忍的道理，就先假裝答應，活著出來才好談未來，他激怒了布魯斯元帥有意義嗎？被祕密處決的話，那在外頭做了這麼多的杜因又怎麼辦？他難道想不到杜因會有多傷心？那才是白白辜負了我們做了這麼多好嗎？」

霜鴉深吸一口氣，十分痛惜：「還不如一開始就簡單粗暴地和解救阿納托利一樣強行衝進軍事法庭監牢救人，非要折騰什麼要清清白白的公審清清白白地出來，反正都是要成立新聯盟的。」

邵鈞感覺很難理解他們在說什麼，什麼叫兩人相愛，但還是困難地試圖解釋：「我沒想到，我以為他們早已結成死仇，還有，夏怎麼會拒絕？」他還要向帝國皇帝復仇，他還想要攀登到權力的最高峰，他心裡還有那麼多的宏圖壯志，他當年也想過和露絲結婚，走最快地捷徑，他明明只需要假裝妥協，等公審後恢復清白，再做長遠打算的——他為什麼會拒絕？他不是還要回帝國，回他的白薔薇王府去，手刃他的仇人嗎？他一直都只是為了復仇，現在已經很接近目標了，他立刻就能掌握至高無雙的權柄，能夠和柯冀旗鼓相當的敵對和宣戰了，他明明是個聰明人……

霜鴉道：「這還不明白？他愛你啊！」

邵鈞看向他，愛一個機器人？不可能的，完全沒有這樣的可能，霜鴉根本不知道他們只是主人和機器人的關係，他不懂，誤會了他們的關係。

他聽到自己還在為自己的致命失誤徒勞地解釋：「我也沒有把握能勸說你們成立新聯盟，這太困難……」但他已經完全無法扼制自己的思緒，布魯斯元帥該不會已經祕密處決了他吧？那個金髮碧眸的孩子，披荊斬棘好不容易走到了今天，走到了離目標最近的一切，怎麼會這麼傻的放棄所有，難道他現在已經……斷絕呼吸四肢僵冷，默默無聞死在某個不知名的地方？

這一切都是自己計算失誤，自己本來可以放棄一切去救他，放棄這十來年辛苦掙到的資歷軍功又有什麼關係，大不了一切重頭再來，明明可以做得更好更穩妥的……

霜鴉有些暴躁：「你們這些人個個都是聰明人，怎麼會想不到元帥想要牢牢利用他的話，只會聯姻嗎？聯姻是最有效地將對方綁架到自己船上最簡單粗暴的辦法，杜因，你該不會是想測試他對你的忠誠吧？你什麼都算得到……」

花間風斷然喝止：「夠了！霜鴉！他不是神！怎麼可能算出一切？我們這些人，每一個都是為了利益而生，活在黑暗裡頭的自私冷酷怪物，杜因怎麼可能有把握讓我們一定會成立聯盟，一定會為了他去救一個夏柯，去得罪整個聯盟，與聯盟的最高統帥為敵？說不準還會出賣他們去換取更多的利益，你還真以為我們是為了什麼更自由更光明更平等更民主？還不是為了更大的利益？你不能因為杜因能力太強就讓他承擔這遠超出一般人能力的責任！你根本不知道杜因為了夏做了多少，沒有人比他更關心夏的安危，他已經很難過了……」他轉過頭，忽然震驚地住了嘴睜大了眼睛，他看到了那個機器人和人類過於相似的模擬眼睛裡，源源不絕滾下了模擬淚水。

而機器人似乎還沒有意識到他在落淚，仍然僵直地坐在座位上睜著眼睛茫然看著他們，但很顯然他已經失去了計算下一步動作的能力，失去了一貫冷靜理智的狀態，正處於無邏輯的混亂中。

奧涅金伯爵站了起來，上前擁抱住了邵鈞：「好了，都別說了，杜因，這不是你的錯，我們這麼多人沒有人會想到夏會突然激怒布魯斯元帥。我們往好的方向想，一定沒事的，我們立刻準備飛梭，趕往洛夏，祕密處決一個高級將領沒這麼容易，興許只是另外一種形式的威脅罷了。」

他抽出上袋裡的素淨手帕抖開去擦邵鈞臉上的淚水，邵鈞不解地低頭，看到了溼了的手帕，他有些茫然地想：這是什麼？生理鹽水嗎？我怎麼會流出這個？這不是機器人的身體嗎？

我是在悲傷嗎？

柯夏頭上被套著袋子，脖子上那禁止發聲的項圈又套上了，雙手被銬在後頭，腳上套著祕銀腳鐐，被兩名士兵粗暴地鉗制著臂膀在黑暗中被帶上了一艘飛梭。

很奇怪，雖然心裡知道很可能迎接自己的是祕密處決，他心裡卻很平靜，不知道從什麼時候開始，復仇已經不是他生命中的唯一，他更想順從自己的心意而行，如果踏到最高處，卻全是犧牲自己的許多最寶貴堅持的東西才爬上去的，那有什麼意思？

就像多年前他的機器人怒斥他，這次是婚姻，下次呢？是家庭、是身體，是靈魂，是自己堅持了許久的原則，是自己血脈中曾經引以為傲永不低頭的皇室傲骨，是作為柯夏這個人最真的部分，他的父親母親最愛的那個孩子。

幸好他的機器人不會傷心，如果知道自己被處決了，失去了主人的機器人會怎麼樣呢？

他胡思亂想著，倒沒有什麼畏懼，甚至可以說有些期待生命的終結，這段時間的關押多少對他心理造成了影響，那種想要得到永恆寧靜安息的念頭又開始誘惑他。

直到飛梭停穩，他仍然是被粗暴地拖下了地面，推倒在泥土上，清冷的空氣裡帶著柏樹的香味，泥土地面有些軟，這似乎是一個柏樹林，露絲的聲音微微顫抖著響起：「你還有一次反悔的機會……」

柯夏搖頭，有人使勁按著柯夏讓他跪下，柯夏側身掙扎著不願跪下，忽然有個聲音笑了起來：「露絲中將好威風，畢業的時候求婚遭拒，父女倆就把一個優秀軍校畢業生給流放到礦星，現在人家堂堂聯軍軍團長，就因為人家不肯娶你，未經審決，又要祕密處決。難道聯盟軍方是你們父女倆的私家護衛隊嗎？一位軍團長說抓就抓，說殺就殺？」

露絲的聲音裡帶了些驚訝道：「芬妮？洛克！你們是要兵變？這可是重罪！」

芬妮的聲音仍然是那樣活潑輕快：「何為兵變？不遵守不合規則的私令也算犯罪？我還記得當年夏柯少將那驚動全聯盟的答案卷，將槍口抬高一釐米，作為守護民眾的軍人，我從未忘記過我們是為了正義而戰，為了聯盟更美好而建立的，不是你們父女排除異己的工具！」

一個男子沉穩聲音響起：「露絲中將，我勸妳放下武器，舉起雙手，妳的生命寶貴。」

「統統放下武器，舉起雙手，後退三步！」一個男子喝令。

有武器落地的聲音，過了一會兒有人上來七手八腳扶起他來，他頭上的黑色袋子被抽開，突如其來的光線讓他一時也看不清，不得不閉上眼睛，有人替他體貼地遮蓋眼睛，有人在替他解除他手腕和腳踝上的鐐銬，有人在替他除掉脖子上的禁聲項圈。

露絲舉著雙手在一旁，神情複雜：「我們不是真的要殺他，只是嚇嚇他……」

芬妮冷笑一聲：「只是嚇嚇？無數榮耀功勳在身的戰鬥英雄，更是一位軍團長，你們把聯盟軍的堂堂將軍當成什麼？不聽話就調教的狗嗎？你們父女這些年膨脹得太厲害了吧？以為軍方是你們可以一手遮天嗎？明明機甲戰鬥水準稀爛，卻靠著搶奪別人的功績一路青雲直上。他從一個貧民窟的黑戶，掙扎著走到今天，以驚人的天賦考上軍校獲得優秀成績，以驚人的意志力從血裡火裡一刀一槍拿命換來的功績，你們揮揮手就能抹去，憑什麼？我呸！」

露絲神色黯然，洛克揮手：「把她押上飛梭，趕緊帶去臨時指揮部那邊。」

有人有些著急地問：「學長沒有事吧？身上有傷痕嗎？布魯斯那老傢伙不會虐待他吧？」

有人來摸他的額頭試他的體溫，然後看到他睜開的眼眸，喜悅道：「應該沒事，清醒的！」

他眼睛慢慢聚焦，在天邊漸漸有些發白的晨曦之光中，他終於看清楚了那些年輕的聯盟軍人，他們都穿著深藍色的聯軍軍裝，有的笑容滿面，有的憤憤不平，有個漂亮的女軍官關切地看著他：「夏學長！記得我們嗎？」正是之前那輕快伶俐語聲的芬妮。

他漸漸有了些印象：「芬妮？寶麗中學那個……」曾經的機甲聯賽女隊長芬妮哈哈爽朗笑了起來，一拍他的肩膀：「學弟！我們來救你了！」

年青的軍人們全都興奮起來，爭先恐後擠到他跟前：「我呢我呢？」「我在山南和您是同期！您可能不記得我，但是我一直很崇拜您！」「學長還記得我嗎？我和你選修過同一堂課，和你分在一組過做機甲練習過！」

一個高大健碩肩上扛著少將肩章的沉穩男子攔開了其他人：「我高中時也和你機甲聯賽對戰過的，還記得我嗎？」

柯夏有些無奈：「洛克少將，第一軍團機甲隊隊長，還有誰不認識你嗎？」

洛克少將摸著自己的頭髮呵呵笑了起來，將他一把扶了起來，又有一群穿著軍校制服青年也簇擁接近，激動的眼眸炯炯生光：「夏柯學長！我們是聯盟軍校在校生！機甲隊的！您一直是我們最仰慕的榜樣和前輩，一直以來對您受到的不公對待十分憤慨！校長說她打聽過了，證據不足，只要再審，一定會無罪釋放，結果忽然被押走要祕密處決，軍事法庭內部有人因為義憤，偷偷通知了我們，我們決定不能讓邪惡得逞！我們這次行動得到了師長的支持！還為我們提供了武器和機甲，校長和老師們都很關心你，讓我們向您問好！」

「布魯斯元帥倒行逆施，自取滅亡！」

天邊初陽升起，幾道朝霞照在年輕人一張張稚嫩的臉上，洋溢著正義和激憤——這些學生，一貫都是各方勢力最喜歡利用的熱血角色，頭腦單純，還相信有正義存在，當他們認為某個人是正義而高尚的時候，他們義無反顧無所畏懼地站在了抗爭的第一線。

真是初生牛犢不怕虎啊，柯夏看著他們的臉，微微有些出神，所以，這些人都被自己苦心經營多年的形象給欺騙了嗎？他們可不知道他們救下來的所謂光明的人，其實利慾薰心，對什麼正義、自由、民主之類的東西都嗤之以鼻，是從地獄裡爬出來的惡鬼啊。不，這些熱血天真的學生，又是被背後的哪些勢力挑撥利用的吧？聯盟元帥的政敵們，巴不得這些學生鬧大一點吧，霍克公國的新自由聯盟，戳了多少人的心啊。

遠處傳來軋軋機甲啟動的聲音，他抬眼看去，看到霞光處一座巨大漆黑的機甲靠近了過來，機甲振臂，揚起了一面旗幟，旗幟上赫然寫著：「兵諫！罷免元帥，重整軍威！」

「布魯斯元帥馴養蟲族，危害人類，罪大惡極，我們決定發起兵諫，有許多人追隨了我們，大多都是原來聯盟軍校的畢業生，還有軍校的教官。」洛克抬眼看向那面旗幟。

軍校生們嘰嘰喳喳道：「那是洛斯教官！他說他還教過你體術，從前他誤會了你，但是後來你證明了你是一個高尚的人，他一直說要找機會和你說對不起。」

有個俏皮的女軍校生伸了伸舌頭：「我從前有一個學生，他的精神力滿是戾氣，我以為他將會成為被邪惡驅使的惡龍，但是事實證明，他成為了一個不向權勢屈服的強者，成為了一個高尚的人……」

軍校生們彷彿都知道這個共同的哏一般哄笑了起來：「對對對，洛斯教授最喜歡在課堂上說，所有人都背得滾瓜爛熟。」

邵鈞看向他們年輕的臉上充滿蓬勃朝氣，彷彿完全不知道自己在做一件如果被鎮壓將會被判重罪的事，而自己被他們這樣簇擁包圍，甚至熱愛支援著，竟然感覺到了一種——感覺這個世界並不是糟糕到早就該毀滅，居然還有些生機勃勃的美好，他忽然眼睛微微又有些發熱，張了張嘴：「謝謝你們。」

芬妮一拍他的肩膀：「謝什麼？正義者不敗！我們挽救的是聯盟的正義！你這麼多年所作所為，大家都看在眼裡，我們聯盟軍校的都以你為傲！憑什麼他一個元帥，就可以一手遮天？我們就要讓他們看看什麼叫做正義，什麼叫做民意！」

年輕人們全都振臂疾呼：「為了正義！」

芬妮親暱地攬他肩膀：「來，看這裡！我們要在星網直播，讓關心你的人都知道你安全了，讓全聯盟都知道元帥做了什麼！」

讓關心的人……知道我安全了嗎？

雖然機器人不一定知道擔心，不過他還是對著鏡頭露出了個燦爛的笑容，那長期被單獨囚禁的陰鬱和漠然瞬間消失，他笑著對鏡頭說話：「我回來了，我很好，謝謝大家的關心。」他停頓了一會兒，又笑著說了句：「生日祝福收到了，等我回去。」

洛斯教官駕駛著機甲聲勢浩大地走了過來，從機甲駕駛艙扔出了一個物體給柯夏，柯夏手一揚準確接住，銀白色的機甲鈕上薔薇紋路清晰如故，機甲裡傳來了洛斯教官那一如既往又狂又傲的聲音：「我把物證室的老匹夫打了一頓，把你的機甲鈕給拿回來了，拿著！遲來的正義也是正義，不要灰心，只要你一如既往堅持正義，你身後永遠會有支持你的人。」

柯夏將機甲鈕上的薔薇紋放到嘴邊吻了一下，露出了一個笑容：「好吧，那就，為了正義，為了人類，以及為了愛而戰吧！」

平時禁飛的首都天空隆隆飛過了戰機，從戰機上撒下了一團一團的物體，在半空中砰地炸開成五顏六色的紙條，飄飄揚揚落在了整個洛倫首都。

「聯盟元帥迫害良將，倒行逆施，應當下臺！」

「正義不滅，元帥必須革職！」

「布魯斯元帥是全人類的敵人！」

「逮捕罪人，全球公審，正義必須制裁邪惡！」

無數口號飄落在大街小巷。

星網上差點被祕密處決的軍團長夏柯少將的影片也很快被送上了熱度第一的新聞頭條。

「聯軍第一軍團機甲營發生兵變，扣押第一軍團長露絲中將，稱是為了伸張聯盟的正義。」

「聯軍第二軍團軍團長未經審決幾被祕密處決，議會表示軍方違法。」

「總統府致電元帥府，要求軍方立刻平息事態，對民眾做出解釋。」

「民眾自發組織遊行，要求布魯斯元帥下野受審！」

「人類公敵？元帥府被憤怒民眾包圍示威。」

「聯盟軍校發表校方聲明，稱支持軍校生們自發的民主遊行，請政府、軍方尊重並回應學生們的訴求。」

許多年後，這一次兵變被稱為是聯盟軍史上「洛倫正義審判」，正義的軍人、軍校生自發解救被無辜拘押幾被祕密處決的夏柯少將，拯救了這位未來的聯盟元帥，並組織帶領民眾，開展了聲勢浩大的遊行，對人類公敵布魯斯元帥舉行了正義的審判。

教科書上對這場正義審判的詮釋是，正義不敗。

「第一軍團機甲營兵變了，號稱兵諫，要求布魯斯元帥必須下野，接受公開審判。」

飛梭上，花間風打開了懸浮螢幕，對邵鈞道：「快看，夏已經被兵變的軍官和軍校生們救出來了。」

影片被點開，有些瘦削的蒙冤少將藍眸裡熠熠生輝，彷彿盯著影片前的某個人，溫和許諾：「生日祝福我收到了，等我回去。」

各大新聞平臺都在瘋狂轉播著首都洛倫到處的學生遊行，民眾遊行，元帥府外飄蕩著的旗幟和如林一般的手臂。許多商場竟然也打出了支持學生遊行的旗幟。

正義不敗為題的新聞標題打得到處都是，之前軍方控制輿論和媒體，有人站出來指控元帥的無恥，有國家毅然脫離聯盟，負面新聞再也遮掩不住，人們口口相傳，天網、星網，誰都再也控制不住這民意熊熊，而祕密處決一個英雄將軍，更是猶如火星爆發，迅速焰火燎原，熊熊燃燒蔓延得到處都是。

阿納托利鬆了一口氣對邵鈞道：「還是被你說中了，他的軍功、他的榮譽，就是他的護身符，人們支持他，戰亂時代人們需要英雄。」

從霍克公國出來的時候，他們一直小心翼翼地對待著邵鈞，直到這一刻他們才真正放下心來：「快到邊境了，如今霍克公國和聯盟關係緊張，不好直接從邊境進去了。」

邵鈞抬頭，柯夏被解救，他也恢復了那冷靜的分析能力：「伯爵身分特殊，還是不要進去了，我自己進去找他。」

花間風道：「我陪你吧，我有別的途徑進去。」

邵鈞點了點頭，兩人換了身普通的衣服，扮成兄弟倆，等著飛梭到了利羅港，忽然聽到了尖銳的警報大作。

花間風微微變了色：「是蟲族入侵，麻煩了。」

他按開警報接收螢幕，看到了緊急紅色通訊，這是最高級的避難警報，所有普通民眾看到這樣的警報都必須要就近躲到最近的地下防空洞內。

他撥了個通訊出去，螢幕上花間琴接通了：「風先生！洛倫這邊被蟲族給圍了！大規模的蟲族，肉眼可見可能有數萬隻！首都已經全部戒嚴，議會已經通過了緊急法案，暫停布魯斯元帥軍職，奧卡塔老將軍被釋放，暫時主持洛倫首都保衛工作！」

所有人全都色變，阿納托利驚道：「數萬隻！蟲族已經許久沒有這麼大規模襲擊人類了！地面上的蟲巢不是都已經清理得差不多了嗎？」

花間風喃喃道：「難道又是元帥？那些逃離的專家……」

邵鈞卻忽然觸動了腦裡的那根異常神經：「不是。」

花間琴看到了邵鈞，面有喜色：「隊長！少將也已經被免除了所有罪名，目前正協助奧卡塔老將軍，領著機甲隊和蟲族對戰！還有少將原本陪同的護衛隊員也都已經獲釋了，我們正在帶領小分隊四處排查聲波設備，現在少將很安全！請您放心。」

她又和花間風道：「聯盟這邊也懷疑是布魯斯元帥在搗鬼，所以已經派人圍了元帥府，但是元帥龜縮在其中沒有出來，又有蟲族在，一時也還沒顧得上逮捕他。」

邵鈞卻忽然站了起來：「不是元帥弄來的蟲群，是帝國！是柯冀！」他腦海一片通明，他早就應該想到了！布魯斯元帥再蠢也不會自損根本！那忽然消失的專家組！還有柯楓這麼蠢，怎麼可能在柯冀、柯葉這樣老奸巨猾的耳目下侵吞軍資這麼多年，白白送給聯盟元帥養蟲子？毫無疑問這是柯冀的授意和手筆！

他已經沉寂太久了，彷彿一個衰老而昏庸的帝王，沉寂得讓人忘記了他曾經是殺弟弒君毫無人性的暴君，更是一個刀兵多年深諳兵法的將領，他怎麼可能在這漫長的和蟲族對抗的歲月中毫無作為，任由聯盟坐大？

他早該想到的，霜鴉說柯葉白給柯樺做了墊腳石的時候，柯楓這樣的蠢材都能侵吞軍資的時候，他就應該想到的。帝國皇帝柯冀，從未放棄過針對聯盟的行動，也開始為他心愛的幼子鋪路。他被夏的事給亂了心神，疏忽了！

電光火石間他的腦海裡刷過無數念頭，他厲聲道：「立刻讓霜鴉戒嚴！霍克公國有危險！」什麼賀電，完全是迷惑視線，他要的是整個聯盟！包括剛剛新生的自由聯盟！蟲群襲擊洛倫，如果是他，帝國的主力部隊一定會先將毫無準備的霍克帝國給吞掉！

阿納托利已經迅速按通了霜鴉的緊急通訊，霜鴉接起了視訊：「什麼事？」

邵鈞道：「聯盟首都遭受了大規模的蟲群襲擊，必定是帝國馴養的蟲群，聯盟元帥這些年都被利用了，帝國一定有另外的孵化蟲族的基地！我沒料錯的話，他們一定會先把剛剛脫離聯盟的霍克公國給滅了，才會掉轉頭來對付被蟲族削弱後的洛倫！海防！先做好海防！他們一定會從公海發起突襲！港口是弱點！我們一直防著洛倫這邊的軍事制裁，港口是弱點！」

這是太好的時機了，聯盟元帥已經臭名昭著一敗塗地，洛倫正陷於兵變和群眾遊行的內亂中，兵變裡頭毫無疑問一定也有著帝國渾水摸魚的推手……而猝不及防兵力又較弱的霍克公國，很有可能會是帝國優先收割的物件！

霜鴉臉上也嚴峻起來：「我立刻部署海港防備。」他按下手腕上的通訊器，簡潔迅速地發送了幾條命令，要求海港駐軍一級備戰狀態，又命令附近的幾支艦隊包括空中要塞分別派出支援，前往海港防備。

部署後他抬頭對奧涅金伯爵道：「桑尼堡離港口也近，還是需要伯爵您回去主持大局才行，我畢竟是外來者，我去港口坐鎮，桑尼堡怕有人趁機作亂，沒有你主持，戰地供給、後備支援這邊也怕支持不夠。」

阿納托利起身雙眸冷肅：「我立刻趕回去。」他轉頭看了眼花間風和邵鈞：「那你們……」

邵鈞道：「我們回去作用不大，我們去洛倫，我帶著的護衛隊也都跟著我。只要你們守住了桑尼堡，帝國不會在你們身上耗費太長時間，突襲不成，必然轉來洛倫，畢竟數萬頭蟲族的攻擊並不容易組織，這必定是已經馴養多年了！下一次再找這麼多蟲族並不容易！」

阿納托利點了點頭，吩咐讓人打開旋梯放他們下去，臨別時叫住了在後頭的花間風：「風先生。」

花間風轉頭：「還有什麼事？」

阿納托利頓了頓：「你們小心。」

花間風滿臉問號：「知道了，一定把杜因完完整整帶回來。」他靈活敏捷地下了飛梭，追上了前邊的邵鈞，兩人身形相仿，黑色頭髮，猛一看的確很像一對兄弟。

阿納托利凝視了他們的背影一會兒，吩咐飛船即刻起飛，立刻趕回桑尼堡。

洛倫早已戒嚴，離得近了就能看到漫天密密麻麻的蟲族，花間琴很快來接應了他們從應急地下通道進了城：「離子罩在不受攻擊的情況下能維持半個月，但這麼多蟲族，不好說，機甲隊已經出戰，夏柯少將帶隊出去的，隊長您如果要見少將可能有點難，不知道什麼時候才回來，不如先去指揮部等著他？」

邵鈞道：「不用，我們去元帥府。」

花間風抬頭：「布魯斯那兒？」

邵鈞道：「不錯，布魯斯元帥身邊必有帝國的奸細，並且職務不低，我懷疑他們下一步還會有動作，先過去看看。」恢復了冷靜理智的他看著沉穩可靠，花間風和花間琴自然而然地聽從了他：「那還需要帶什麼人嗎？」

邵鈞道：「要帶，護衛隊有多少沒有跟著少將出去的，都召喚過來跟著我行動，風先生這邊在洛倫的人手，有精幹的，也都派過來。」

花間風道：「好。」

他轉頭望向漆黑的夜裡，微微有些擔心道：「不知道霍克公國那邊如何，如果真的是帝國的陰謀，這一次必定是大規模的兵力全面進犯。」新生的自由聯盟，頂得住這一次嚴峻考驗嗎？

邵鈞道：「霜鴉很強。而且霍克公國裝備精良，前些日子為了防備聯盟這邊的軍事打擊，桑尼堡那邊準備了許多能源和戰備資源，帝國想要拿下霍克公國，只能快攻，如果短時間內拿不下，轉成消耗戰，他們耗不過我們。」

霍克公國德芬萊港口，深黑色的海水一波一波地隨著海風湧著，海濤聲裡，不知何時，數支艦隊緩緩出現在了海平面上。

為首旗艦上的指揮艙內，柯葉親王站在寬大的螢幕前，瞇著眼睛看著夜色中安靜的港口，淡淡道：「真是想念我的小鴿子啊，不知道這次有沒有緣分再帶回我的小鴿子。」

副官屏息稟報：「已經很接近了，再接近就會到對方的雷達防禦方位了。」

柯葉親王道：「機甲隊準備出擊，務求快、狠、準，以破壞港口駐軍一切戰鬥力為原則。」

「是！」

戰艦出口打開，無數的機甲從出口悄無聲息地滑了出來，迅捷地向安靜的港口滑翔而去。

但很快機甲們發現了不對。

一具通體霜白的機甲從夜色深處踏浪而來，一隻手中斜持著光劍，背後展開了六對潔白雙翼，在漆黑的海面上，彷彿復仇天使從海水深處突然誕生。

柯葉盯著那具機甲，瞳孔巨縮，喃喃道：「霜行者。」

霜行者站定在了旗艦跟前，劍尖斜斜指向海面，無數雪花從劍尖飄散開來，落入海水中：「金鳶花金邊王旗，所以，是我們的聯軍副司令，親王殿下大駕光臨嗎？這麼晚了，帶這麼多人來，是要來慶賀新自由聯盟的成立，還是柯葉親王殿下棄暗投明，要加入我們新自由聯盟？」

他的語氣清脆散漫，柯葉幾乎能想像到那漂亮的少年臉上是如何漫不經心又似笑非笑嘲諷的神情，那一對金銀色雙瞳，一定也亮如星月。

他按下了通信機，笑道：「我只是覺得，我的小鴿子流浪在外邊實在太久了，應該回家了。」

「我會好好地，溫柔地待你的，只要你乖乖的。」

霜行者笑了，他舉起了劍，雪花片片飄落：「真是再完美不過，我渴望這一天實在太久了。」

海面上銀光大盛，輝光照耀之處，密密麻麻的炮艦林立在海面上，炮口全都對準了這批夜色中的不速之客。

「我渴望能夠手刃你，無數次，在夢裡，今天，是夢想成真的時候了。」

Chapter 184 意外關機

元帥府外早已被重兵把守不許進出，好在莫林拿了奧卡塔將軍的手令，得以進入了包圍圈內，但元帥府內仍然防禦森嚴，衛隊林立。一群護衛們在邵鈞的帶領下，從後花園的角門直接無視安全防禦系統，輕而易舉按開了門，後頭的傑姆忍不住眼饞道：「隊長，您這是什麼高科技？」

邵鈞道：「找駭客先把我的生物資訊偷偷添加進去的。」

傑姆大為失望：「哦，隊長這麼厲害啊，竟然連元帥府的保安系統都能黑進去的。」

邵鈞拍了拍身邊的花間風：「這位風先生是安全專家，非常專業。」

「安全專家」花間風在眾護衛崇拜的眼光中哭笑不得，知道自從上次他們劫走了奧涅金和葛里大師以後，元帥府的保全系統又全換了一套更高防禦級別的，即便是這樣，他仍然眼睜睜看著邵鈞一路如入無人之境地按開了門。

當然這次再也沒有怠忽職守的護衛軍，但當他們發現忽然無聲無息不知什麼時候已經突入元帥府內部的軍人的時候，已經被槍指著舉起雙手放下武器，然後被迅速制服捆起。

就這樣，深夜中，他們還是一路摸進了元帥府的書房裡，據他們審問外邊的護衛軍，布魯斯元帥一直在書房裡和下屬商議對策。

傑姆上前破壞了報警系統，順利到了書房外，在門上裝了個竊聽系統，將兩隻耳機遞給了邵鈞和花間風。

邵鈞拿起來，果然聽到書房裡有人在冷笑。

細聽正是布魯斯元帥的聲音：「當初提議和柯楓聯繫的是你，最近這次襲擊帝國，也是你一手安排，你家是聯盟軍人世家，我實在不明白，怎麼會是你勾引帝國？你居然心甘情願做帝國的臥底，你知道會付出什麼嗎？你這是叛國叛盟！」他聲音帶上了沉痛和不解。

威特笑了下：「是啊，我家是軍人世家，對聯盟忠心耿耿，但是，他們對得起聯盟，聯盟對得起他們嗎？父親明明辛苦了一輩子，不過當了個準將，卻因為常年駐守在礦星遭受了輻射，四肢變形，每個月都要花大價錢去治療，母親常年空守在家，因為生育孩子無法工作，津貼以及生育補助，卻根本不夠越來越高漲的物價！我從小甚至連一支精神力藥劑都沒有用過，考試的時候明明可以進入更有前途的學校，學律師，學金融，學科技，偏偏家裡窮，還有一堆弟妹要撫養，母親哭著求我去考軍校，因為軍校所有費用全免還有津貼！」

「進了軍校更絕望了，原來這裡一樣是要看家世，父親也拉下臉拜託人帶我來求元帥，希望元帥能照顧昔日屬下的兒子，然後我就開始不斷的跪舔露絲，直到今天，我為元帥做了多少髒事，仍然還是只是一個少將。我已經看得見升遷的天花板，不會再有更高的進步，甚至在你失勢以後，還會遭受連累，將來我的兒子，仍然要走上我的路，只能靠著諂媚上級，才能得到一些權貴們漏下來的殘羹冷炙。」

布魯斯怒道：「究竟從什麼時候開始？」

威特一笑：「不妨說，就是在雪鷹軍校就讀期間，帝國的軍校交換生接觸了我，策反了我，應該不止我一個，但我們都是單線聯繫，但是我這次立下了大功，帝國已經允諾給我伯爵的爵位以及封地，洛倫，將成為帝國的領地，甚至整個聯盟，都將插上金鳶花旗。」

布魯斯冷笑了一聲：「既然如此，你現在還不立刻逃走，還在這個時候在我身邊做什麼？還有什麼意圖？」

威特笑道：「當然是為了勸降元帥閣下了，陛下說了，元帥同意歸降帝國的話，一個公爵是少不了的，與此同時，露絲中將，將會成為柯樺皇子的未來皇子妃。」

布魯斯呵呵一笑：「倒是打了好主意。」

威特道：「元帥府已經被重兵把守，等待您的將是全球公審和身敗名裂，何必呢？我知道許多人並不希望你公審，因此很可能你的下場就是各方勢力所希望你做的『畏罪自殺』，無論您是不是真的自殺，畢竟大家都怕你垂死掙扎，抖出許多不該說的，元帥，您的路，的確只有投誠帝國一說。」

布魯斯詫異道：「如此說來，我究竟對帝國還有什麼用？我就不明白了，皇帝陛下對我如此愛重，甚至要讓最心愛的皇子娶露絲，難道皇帝還想從我身上獲得更重要的利益？」

威特笑了：「陛下高瞻遠矚，我們自然是遠不及，但是元帥也實在不必妄自菲薄，您掌軍多年，如今就算出去振臂一呼說自己是被栽贓陷害的，也還是會有許多人支持您的，再加上陛下放放水，讓您再籠絡一批將領、官員來效忠陛下，也是很不錯的。我這裡還有一份合約需要元帥簽署，就是聯軍司令部同意帝國聯軍駐軍利羅港，具體駐紮時間為一百年。」

布魯斯道：「原來如此，這是打算榨乾我最後的剩餘價值，讓聯盟四分五裂的內戰，分而擊之，如果讓我的勢力順順利利被瓦解了，聯盟反而齊心協力去對付帝國了，那反而不好做了。至於利羅港的駐紮，也不過是一紙藉口罷了。」

威特道：「元帥果然英明，我就想不到還有這麼妙的用處，可惜露絲中將被洛克少將給扣押了，不過我們可以交換戰犯，倒也不必太擔心。」

布魯斯笑了下，語重心長：「威利，我第一次見你，你才上高中，瘦瘦高高的樣子，看到我眼睛裡滿是崇拜……」

威特顯然有些不耐煩：「元帥何必拖延時間呢……」

「呵呵，年老了，就容易想起過去……」

不對，布魯斯元帥在拖延時間，邵鈞忽然心裡微微一動，將手按在了門上，手心放出了紅外線探測器，很快他臉色巨變，揮手暗示所有護衛隊：「打開隨身護盾和所有貼身防禦，立刻撤離！」

紅外線探測顯示，書房裡頭竟然只有一個生命體！

是誰在和威特說話？

護衛隊員們驚愕抬頭，卻早就已經被教導得令行禁止，全都毫不猶豫啟動了身上的離子罩向外奔去，花間風一怔，卻只是打開了防護盾並沒有猝然離去。只見邵鈞猛地推門進去，迅速撲上前攬住愕然拔槍的威利將他持槍的手往上一踢，鐳射槍被飛往了一旁，邵鈞看了眼還坐在書桌後頭看著他們冷笑的布魯斯元帥，沉聲喝道：「那不是元帥！那是機器人！」

威特原本滿臉戒備，聽到這聲音卻一愣，邵鈞已經上前迅速扳倒他拷上他，掐著他的脖子就往外奔，一邊按開了手腕上的手錶離子盾。

「轟！」一巨大的聲響和爆炸聲響起，火光和濃煙沖天，然而聲音並沒有停止，仍然還在連著爆炸，邵鈞挾著威特向前躍起，旁邊的花間風也使盡全力向前奔跑，無數尖利的安全警報響起，被觸發的離子罩又被從內而外的強烈爆炸給炸開。

遠處正在洛倫上空和蟲族奮戰的機甲隊伍中，一具頂天立地最醒目的機甲敏感轉頭看向了爆炸的地方，柯夏問天寶：「什麼地方在爆炸？」

天寶精準定位：「首都座標 54.68，應為元帥府邸。」

柯夏一怔：「剛才莫林是不是報告說杜因來了，先去元帥府看看了？」

天寶道：「是，剛才您正忙，只簡單說了句小心安全。」

柯夏眼眸冷了下來，乾脆俐落道：「B小隊來兩臺機甲頂我方位防守，我很快回來。」

巨大卻輕靈的機甲降落在了空無一人的街道上，所有群眾都已到了地下防空避難所內，他幾個起落，便已落在了本應是元帥府邸的街道前，這裡顯然剛剛經過巨大的爆炸，主建築已經變成了一個深坑，看起來像是引爆了埋在地底的炸彈，元帥府占地廣大，周圍的副樓等坍塌了，還在燃燒著，首都消防和警衛都已經趕來，卻也沒敢上前，害怕還有餘爆。

元帥府原本的護衛隊死傷無數，有不少殘肢四散，柯夏並沒有費多大勁便找到了在不遠處公園森林裡的他的護衛隊員們，他們中間押解著一個被反銬著的軍人，面目茫然，臉上還沾著不少髒灰，他認得卻是威特少將，他從機甲裡躍下，問為首的莫林：「怎麼回事，杜因呢？」

莫林轉頭連忙給他敬禮：「我們夜探元帥府，威特少將被帝國策反了，正在裡頭向布魯斯元帥勸降，結果忽然隊長要我們打開了防護罩撤離，他進去把威特給拷了出來也跑出來了，我們之前就約定了如果走散就在這裡集合，到了集合地點名，發現傑姆博士不見了，隊長就讓我們先把威特押回去，他回去找傑姆博士。」

柯夏臉色沉了下來：「他一個人？」

赫塞道：「有個安全專家也跟著他，隊長叫他風先生，那個安全專家本來帶了些人，也都被指使出去找人了。」

柯夏臉色凝成冰霜，吩咐他們：「你們帶人回去。」然後轉頭便往廢墟中走去。

赫塞忙關心道：「少將您不多帶幾個人？」

柯夏搖頭：「不必，威特是重要證人，你們趕緊帶回去，帝國怕是還有奸細在這裡和他接應會合的，不要節外生枝，我去找杜因。」

元帥府廢墟下，傑姆雙腿被壓在一個巨大石頭下，尖利的玻璃碎片刺穿了他大腿，劇痛之中他求生欲旺盛地死死按住了被刺穿的大動脈，但仍無法避免地看著血汩汩湧出，難道自己要死了嗎？

巨大的恐慌湧上了心頭，他抬起手腕看到通訊器顯示沒有信號，沒辦法撥出求救電話，似乎是這裡的信號被干擾或者遮罩了，他只能大呼：「救命！」

四下無人，救援的警衛害怕還有爆炸，一時也不會來這麼快，排爆特警會來嗎？我要死了嗎？完了我還沒有向祖安娜表白呢……

傑姆正胡思亂想著，眼睛漸漸發黑，忽然眼前一閃，出現了個男子蹲下來查看他的傷口，傑姆定睛一看，又驚又喜：「隊長！我的腿被壓住了！」

邵鈞凝神查看他的傷口，傑姆蒼白著臉道：「要立刻止血，已經失血太多了，隊長您通訊器有信號嗎？」完了，這個出血的速度得不到急救止血的話，他來不及了，他剛剛升起的希望又迅速熄滅。

邵鈞搖頭伸出手飛快覆蓋在他被刺穿的大腿動脈上，傑姆感覺到了一陣清涼，他低頭，是醫用緊急治療凝膠！太好了！傷口的血迅速止住，邵鈞將他大傷口敷上了厚厚一層凝膠，又給他迅速打了一支緊急止血針和一支鎮痛藥劑，傑姆還有些頭暈茫然，怎麼回事，隊長的手心裡怎麼會能夠伸出治療儀和針筒？

邵鈞已經伸手去抬那巨大的壓著傑姆的沉重的石頭柱子，傑姆茫然道：「這個要用機器來抬才行的，隊長……」他止住了話，親眼看著他的隊長以人類不可能的力量將那巨大的石柱抬了起來，傑姆張大了嘴巴，看到自己腳踝已經被壓碎，沒關係，只要能活著出來，治療艙內躺幾天，又會完好如初，雖然不能再做大的跑跳動作，但是他本來也不是機甲駕駛者，他連忙忍著劇痛爬了出來，轉頭道：「隊長！

可以放下了！」

然而邵鈞卻單膝仍然跪著，保持著那個托舉石柱的姿勢一動不動，他的能源在這一晚上太突然的行動中，已經消耗殆盡，意外關機了。

傑姆試著又叫了幾聲：「隊長？隊長？」一陣恐慌浮上他的心頭，他伸出手去接觸邵鈞的肩膀，卻仍然一動不動，人還是那個人，但卻彷彿沒有了生命一般的蠟像一般……又像是……

傑姆茫然看著他的隊長，自己是出現了幻覺嗎？

他驚恐大叫：「隊長？」

忽然一個身影閃到了他的跟前，他抬頭一看大喜：「少將！」

他的少將低下頭去檢查他最重視的護衛隊隊長的情況，傑姆道：「隊長不知道怎麼忽然就不動了……」

他忽然住了嘴，因為他看到他許久沒見的少將轉過頭來看了他一眼，臉上的神情和眼神，是他從前見過的——那種對敵人才有的殺氣。

他微微打了個寒噤，身後傳來一個聲音：「要處理掉嗎？」

他猝然回頭，看到隊長帶來的「安全專家」風先生不知道什麼時候也站到了他的後頭，漆黑的眼眸盯著他的時候，彷彿在看一個死物一般，冰冷漠然。

柯夏道：「過來抬柱子。」

花間風會意，過來掏出了一把短杖，調整了下猶如千斤頂一般將那石柱撐住了，柯夏低下頭，將仍然跪著一動不動僵硬的機器人抱了出來，花間風道：「他這些日子太擔心你，恐怕忘了更換新能源，今晚行動又太突然，消耗過大，能源耗盡了。」

傑姆茫然看著他們兩人自顧自的說話，彷彿已經把自己這個傷患當成死人了一般，什麼能源耗盡？隊長為什麼忽然不動了？隊長的能源耗盡？人怎麼會用能源？隊長不是人？

傷口還在隱隱作痛，但上頭的凝膠以及剛才隊長打的止痛針已經發揮了作用——隊長，是機器人！

隊長怎麼可能是機器人？他和人那麼像——聯盟不是禁止模擬機器人嗎？違規的要被銷毀的……

他雙眸睜大，看到柯夏轉過頭盯著他，冰藍色的眸光冰冷無情，和那個「風先生」的眼光一模一樣，生死關頭，他的第六感忽然救了他：「我會保守祕密！我起誓！若違反誓言，讓靈魂永墮地淵永世不得轉生！隊長剛救了我！我絕不會出賣他的！」

柯夏緊緊盯著他，似乎在沉思著什麼，花間風說了句：「不會有痛苦的。」

傑姆瞳孔緊縮，哭道：「不要啊少將！我發誓！我發誓！我永遠跟著您，絕對永遠不背叛您！」

柯夏垂眸，過了一會兒道：「記住你今天的話。」

傑姆淚流滿面，身上還在微微顫抖，那種瀕死又被救回來的感覺實在太可怕了，雖然柯夏和那個風先生根本沒有說過一句要他死的話，但他卻的的確確感覺到了從來未有的危機感。

柯夏轉頭看了眼花間風：「你抱上他，機甲裡有治療艙。」他伸出手按了下機甲鈕，天寶很快出現在他跟前，切換成了飛船形態。

他抱著邵鈞上了飛船徑直往內間去了。

花間風笑了聲：「還是心軟。」他低下頭並不怎麼體貼的將傑姆抱了起來也跳上了飛船內，找了治療艙出來將他扔進去，打開按鈕讓強效治療藥液灌入，低頭對傑姆道：「聽著，今天的事只要有一個字被透露出去，不僅僅你的下半生沒有了，連你家人的也一樣，明白嗎？」他露出了一個黑暗的笑容，傑姆毛骨悚然：「是是是，我保證！隊長對我很好，我絕對不會背叛他的！」

花間風按下治療艙的艙門，開了自動治療模式，看著傑姆很快陷入了昏睡休眠中，起身往內室走去，死人才最安全，他還是建議柯夏處理掉這個人。

他在門口站住了，機器人被安置在了床上，上衣被解開了，蒼白胸口打開著，露出了中央能源槽，柯夏合上了槽門，應該是剛更換好能源。他探手到他背後按了下開關，機器人開始重啟，手腳微微顫抖，但仍然雙目緊閉。

他剛要說話，卻忽然住了嘴，床邊金髮少將低下頭，在無知無覺的機器人唇上輕輕吻了一下。

柯夏低下頭，伸手輕輕揉捏著正在啟動過來的機器人的嘴唇，壓下了那一刻想繼續深吻的欲望。

為什麼會親吻一個機器人，他其實還有點迷惑，這個機器人並不性感，也並不是特別出眾的外表設定，他也對身體欲望沒什麼感覺，但這一刻他的的確確是感覺到了那種彷彿靈魂的渴望，渴望更接近對方，與對方交融的那種感覺。

他想讓他知道，將要被處決的時候，他還在想著這個不解風情的機器人，他在小小的單人監牢裡，每一天都想著他的陪伴，彷彿永遠身處於芬芳的白薔薇花叢中，屬於盛開著白薔薇的回不去的家那種安定溫暖的感覺，早已被機器人這麼多年持之以恆的陪伴所取代。

他的靈魂已經枯萎了太久。

機器人睜開了眼睛，和他四目相對，柯夏低頭替他理好解開的襯衣，一顆一顆鈕扣扣上：「怎麼忘了換能源？」

邵鈞低頭檢查自己四肢：「之前還剩六〇%能源的，沒想到昨晚進元帥府遇到了假元帥，引爆了炸彈，逃亡過程中花了太多能源，替傑姆治療以及抬起石柱的時候，重量超出預計，一下子就耗盡了——傑姆還好嗎？」

柯夏道：「他在治療艙裡了，但是發現了你的機器人身分，只能好好威脅了一番，下次不能再這樣涉險了。」

邵鈞道：「讓你操心了，蟲族這邊情況如何了？」

柯夏道：「我立刻得回戰場，不然臨陣脫逃的罪名就要到我身上了，你也來吧，很久沒有用天寶的雙人操作功能了。」

天寶的光球躍了出來，滴溜溜轉著笑道：「歡迎杜因主人，好久不見了！」

邵鈞起身伸手去觸碰光球：「你好啊天寶。」

天寶輕靈降落在戰時指揮中心，將花間風放了下去，讓他帶著傑姆去醫療救治，然後便一躍沖天，再次殺回了蟲族戰場。

這還是邵鈞第一次正面面對蟲族的攻擊，雖然他也曾經在基地裡陪著羅丹研究過，但當真正面對迅猛凶殘的蟲族時，他還是感覺到了在對付蟲族戰爭時，所有大無畏戰士們的偉大。

柯夏仍然是精力旺盛，光劍劈落處，蟲子化為焦炭，邵鈞則運指如飛，操縱著手動鍵盤，精準無誤地狙擊蟲族。

高強度戰鬥讓人鬥志昂然，這一場戰鬥就戰到了第二天淩晨，無數的蟲族被斬落，天亮的時候，新的機甲小隊來接替他們，他們輪換下去休息。

天邊初霞緋紅，柯夏帶著邵鈞回了他的軍官宿舍，看著邵鈞打開窗子，讓天邊初陽照進窗子，微微有些冷的風讓宿舍裡空氣煥然一新，邵鈞打開了薔薇香氛，宿舍裡又充滿了那熟悉淡淡的清香。

柯夏心情也很不錯，他脫下外套，轉頭看著替他掛外套的邵鈞的側面，忽然心中一動：「杜因，你有沒有想過換一個外型？」

邵鈞轉頭茫然：「沒有。」

柯夏掃視了一會兒邵鈞，以一種令人頗為毛骨悚然的眼光，邵鈞被他看得喉頭一陣陣發緊，忍不住問：「夏？看我做什麼？」

柯夏凝視打量著他的眼睛：「你這個模仿花間風相貌的造型實在太顯眼了，其實可以考慮換一個，傑姆博士在模擬機器人研究上也有不俗的成就，他反正也知道了你的身分，不如找機會給你重新換個身體。」

邵鈞不知道說什麼才好，只好沉默著半蹲下來替他脫去長長的軍靴，柯夏湊近他，高挺的鼻樑幾乎撞上他的臉：「杜因，理論上，機器人沒有性別，所以如果給你換一具女的身軀，你就是女的。」

邵鈞忍不住抬頭道：「不！我是男的。」

柯夏一笑：「逗你的，男的就男的吧，我得好好想想你什麼外型最好，等戰後吧，到時候給你換個身分，換個獨一無二的外型，其他人就都不知道你是誰了，只有我知道，這樣更安全。」他的機器人，當然得是獨一無二的外型和身體。

邵鈞仍然沉默著垂眸去收拾靴子進鞋櫃裡，柯夏不知為何感覺到了他的機器人的不悅，又有些疑心是自己的錯覺，通訊器響起，他看了下是奧涅金伯爵的通訊，便接通了。

奧涅金伯爵臉上有些疲憊：「你們還好嗎？我聽說布魯斯元帥脫逃了，風先生那邊傳了情報給我，布魯斯應該已經離開了洛倫首都，守備那麼嚴密的情況下，應該是聯盟軍方有人故意放走了他。你們要注意，他必然會糾結黨羽和勢力，昨晚帝國果然夜襲了德芬萊港口，柯葉親王親自率隊，就是企圖要來一場奇襲，幸好霜鴉守住了。」

柯夏問：「守住了？戰損如何？」

奧涅金伯爵道：「霜鴉受了點傷，不過問題不大，柯葉親王也沒討到好處，僵持到天亮的時候撤離，帝國一方損失了好幾艘戰艦，他們捨不得，想來應該保留實力要去圍攻洛倫了，你們注意點。」

柯夏道：「知道了，已經在調各地的守軍，我稍後會和奧卡塔將軍建議，我們大概要暫時聯合來抵抗帝國比較穩妥。」

奧涅金伯爵道：「可以提議，但是我相信一旦洛倫之圍解了後，他們又會迫不及待地跳出來了。布魯斯元帥逃離在外，他當初能當上這個元帥，背後支持他的利益團體盤根交錯，你千萬當心，特別是戰時，包括奧卡塔將軍，和霍克公國更是千絲萬縷的關係，你們是一定會受到猜疑的，只是現在用得上你們而已，我們要想清楚下一步怎麼應對，不要軍備我們出，錢我們出，流血流汗是我們，最後勝利果實還是被別人奪取。」

柯夏冷笑了聲：「知道了。」他匆忙掛了通訊，又接到了緊急軍務會議，要求少將以上級別參加祕密軍務會議，柯夏便又匆匆出門去了，臨走前讓邵鈞待在他的宿舍裡：「哪裡都別去，等我回來。」他算發現了，他的機器人只要不在他身邊，就總能製造出點驚天動地的岔子。

邵鈞關在宿舍裡沒事，看柯夏一時半會也還回不來，便上了天網。

羅丹站在天臺，仍然是看著那幽藍色的主腦發呆，看到他來招了招手：「你看，有沒有感覺到主腦活躍開始更強烈了些。」

邵鈞凝視了一會兒那主腦，沒看出有什麼差別：「看不出。」

羅丹道：「新一代的天網聯接艙已經開始大規模製造，近期就會上市，目前我免費贈送了一批給每個居民避難點作為公用設施，你猜怎麼樣？大受歡迎，聯接天網使用天網的人越來越多了。等戰後全面擴展，艾斯丁一定就有足夠的精神力醒過來了。」

邵鈞點頭，又看了一會兒那主腦：「你上次說過，艾斯丁能夠對人的精神力進行暗示。」

羅丹一怔，轉頭：「是，怎麼忽然問這個？」

邵鈞道：「昨晚去元帥府，不小心能源耗盡，被傑姆博士發現了機器人的身分。」

羅丹道：「傑姆博士嗎？我記得我和你說過，暗示不是洗腦也不是修改記憶，暗示只是模糊記憶，強化需要暗示的內容，因此如果對方的精神力夠強，之後又遇到關鍵的正確資訊時，就會修正自己錯誤認知，所以暗示一般只是催化並強化他某個認知，最好不要使用太假的結論。」

「傑姆博士這件事，你想怎麼暗示？暗示你不是機器人？」

邵鈞搖頭道：「夏和花間風都知道他知道我是機器人了，就算成功暗示他說我不是機器人，將來他們一聊就會發現其中的不對。我只是想暗示傑姆，我是一個非常普通的模擬機器人，沒有任何奇怪的地方，我的所有做出的決定和行為，都是夏這個主人的指揮。」主要是之前他擔任隊長期間，有一些舉動，特別是夏被拘捕以後的舉動，太容易讓人懷疑。

羅丹道：「明白了，你只是要掩藏住你有獨立意識，等艾斯丁蘇醒過來應該沒問題，我會儘快推進天網聯接艙的全面普及和使用。」

邵鈞點了點頭，過了一會兒又問：「艾斯丁，他的暗示可以下在精神力很高的人意識中嗎？」

羅丹卻瞬間反應過來：「你想對夏下暗示？還是花間風？」

邵鈞沉默了，羅丹卻沒有想太多：「夏的精神力太高，又和你朝夕相處，很容易在之後的相處中意識到不對。暗示是需要不斷的多次的強化，比如這一次你暗示你只是個普通的模擬機器人，沒有什麼感情，沒有獨立意識，那暗示成功以後，你就必須要嚴格扮演一個普通的模擬機器人，完全服從他，聽命於他。或者乾脆離開他，讓他沒有機會再次發現你和機器人不一樣，否則暗示很快就會失效，你要知道精神力高的人，是非常，非常敏銳的。」

邵鈞默默無言，羅丹拍了拍他的肩膀：「你想清楚，等艾斯丁醒來我們再細細計畫。」

邵鈞問他：「前幾天，我發現我的機器人身體會隨著我的情緒而流淚，雖然這是模擬機器人原本就有的功能，但是從前至少要我調動情緒模式，現在這身體卻彷彿和我的精神融合起來，我悲傷的時候，他居然會直接流出生理鹽水，模仿人類流淚。」

羅丹有些吃驚，沉吟了一會兒：「你這種情況太特殊了，你畢竟在這具身體裡太久，可能你自己沒有意識到，你的精神力就已經控制身體自主行動。但是這樣的話，的確萬一你的機器身體毀損，對你的靈魂損害可能也會很大，同時將來精神分離更換身體之類的操作，都會有困難，我們又沒有第二個相似的案例來進行試驗，這真的有點棘手，我需要再研究一下。」

邵鈞苦笑了聲：「今天我的主人還和我說要給我換一具機器人身體，要更換為他喜歡的外型。」一具普通的機器人，當然可以不斷升級身體，更換外型，只要他的主人喜歡。他的主人只要一聲命令，他就只能待在宿舍裡，等著他的主人回來，而他甚至連上個天網，都要偷偷摸摸，他的頭髮他的眼睛他的面容，都將更換為他主人喜歡的樣子，變成他的主人最喜歡的收藏品，珍藏在屋裡，不捨得放出去導致損傷。

可是他不是機器人。

主人的看重和關愛，對他來說，是另外一種形式的囚禁和桎梏。

軍務會議回來柯夏看到邵鈞正在煮牛肉湯，他的機器人管家煮的湯都很奇怪，但味道確實不錯，柯夏伸手揭開湯鍋看了下裡頭的牛肉番茄湯，十分滿意：「很久沒好好吃頓飯了。」

邵鈞將湯盛出來給他：「開完會了？」

柯夏道：「嗯，除了霍克公國以外，今天匯總了各地情報。昨夜不僅霍克公國受襲，利羅港也丟了，柯冀親自領兵拿下了利羅港，目前屯了重兵在那裡，另外還有個不起眼的聯盟小國，里斯國已經歸順帝國，英萊國附屬的日倫市也被帝國駐軍占領，領軍統帥聽說是柯楓。你看地圖就知道，正好圍著整個洛倫首都。也就是說等蟲圍解除，聯盟也已經落在了帝國的包圍圈中，幸好這裡頭有個缺口，霍克公國。」

邵鈞默默切開一隻柳丁，小刀俐落，果汁豐沛，才喝了一口湯的柯夏熟練地拿過一瓣柳丁吃，邵鈞只好提醒：「你先吃點主食。」

柯夏懶洋洋拿了叉子去叉起羊排道：「軍部的人看戰況緩和，明顯又想扶洛克起來，看來他來救我這一招棋也是精心設計的，不過我對洛克也沒有惡意，算是個好人，脾氣好，想來是各方勢力選中的棋子了。會上暗示了這次守衛戰後我和洛克都將晉升中將，還有一批人都將提拔起來，第一軍團將會重新拆分，聯軍司令部已經名存實亡，帝國已經設重兵在利羅港，戰爭一觸即發，想來是霍克公國那邊不順利，我們這邊布魯斯元帥脫逃，威特被捕，他們奇襲的計畫落敗，目前軍部和議會的意思都是想要和談，爭取時間。」

「政府、議會、軍部都有想法，但目前都希望先和霍克公國和談，和帝國和談，爭取時間，他們需要奧卡塔將軍和我向霍克公國爭取和談利益，又防備著我們。」

「威特審訊有了些成果，正在緊急逮捕一些有嫌疑的人以及從前和涂浩有聯繫的人，就連我也被審查了一輪，幸好當時交往不多，而涂浩交遊廣闊，幾乎稍微有些權勢的人都和他接觸過，所以也很尷尬。」

柯夏慢悠悠說著，感覺十分放鬆，一頓飯吃完，他看了下時間：「我先睡一會兒，兩個星時，然後起來又要去指揮部那邊還有個軍事部署會議，人多眼雜，你和花間風太相似，軍部這邊太複雜，你就不用跟去了，把護衛隊這邊理一下，我讓莫林跟著我就行。」

邵鈞道：「我想帶護衛隊的軍官們去城裡排查設備，上次讓實驗室做了一批能夠快速檢測音波的儀器，我想試試看效果如何。」

柯夏認真思索了下：「城裡嗎？也好，相對安全，但是你一定要小心謹慎，涉險的事不要做了，我會擔心的。」

邵鈞道：「好的。」

柯夏點了點頭，躺下睡了兩個星時後，果然猶如鬧鐘一般以強大的自律精神起了身，繼續出去開會了。

邵鈞出來召集了花間琴花間酒、莉莉絲等幾個人，帶了護衛隊一些士兵，果然到城裡排查去了。

柯夏開完會回來，看到屋裡空蕩蕩，想起來邵鈞是出去排查還沒回來，有些不習慣，但還是走了出去，忽然想起該去看看傑姆，便走去了傷兵醫療中心，看到傑姆已經蘇醒過來，兩隻腳踝都打上了石膏固定，看到他十分興奮：「少將您怎麼來了？」

他又探頭看他身後：「怎麼沒帶隊長？我還想和他道謝呢。」

柯夏漠然道：「你謝我就好，是我要他去救你的。」

傑姆有些失望：「哦……我還想多和他交流交流呢，我還是第一次見到這樣的……」他小心翼翼東張西望了下，悄悄道：「太稀罕了。」

柯夏冰冷的目光從他臉上刮過，幾乎逼視他一般，可惜傑姆如今身體恢復，重新也恢復了那粗線條的樂觀精神，他一貫信任少將，一心認為昨夜是自己太疼痛而會錯了意，他怎麼會以為高尚、堅毅、高貴的少將想要保守祕密而為了一個模擬機器人要殺他呢？

一定是自己失血過多，又驚嚇過甚，才誤會了！杜因隊長是機器人的話，那一定是完全聽少將指揮的，既然指揮杜因隊長救自己，不惜暴露了這個少將的祕密，可見自己也是少將最看重的心腹了！他激動又興奮，如今看到少將親自來看自己，越發覺得少將親切寬厚，幾乎恨不得一顆心都剖給他表示忠誠。

他很沒心眼又熱切地和少將道：「我真的很想知道是哪個公司製作出來的，實在太逼真了，我也想訂製一隻，真是夢寐以求，現實生活中的女孩子太難追了，我經常和朋友聊天說，假如人形機器人能在聯盟實施，恐怕大部分人都願意把機器人當成伴侶啊，智慧仿人機器人真是完美，不會整天和你鬧彆扭，不需要整天陪著吃吃喝喝討她歡心，她卻會做所有你要求做的事情……嗯，或者乾脆上天網，你知道嗎？AG公司新出了大網聯接艙，大大降低了接入天網的精神力要求，只需要一點點精神力，就能進入天網。在天網裡，每天可以做自己最想做的事情，甚至只要精神力足夠強大，就可以自己構建自己的世界……我見過一個漫天星星的精神力世界……」

柯夏冷冷打斷了他：「管好你的嘴。」

傑姆連忙收斂了表情：「啊，對了，少將，你忽然被拘捕的時候，隊長帶著我們部署一切，軟禁幾位準將，簡直是，我覺得一般人都做不到這麼好！但是您都不在他身邊啊？您是怎麼下指令給他的？在羈押的時候應該沒辦法給隊長下指令吧？」

柯夏淡淡道：「當然是我提前下了指令給他，如果我遇到什麼不對的情況，他具體應該怎麼做。」

傑姆臉上一副少將英明，少將果然就是這麼厲害的神情：「少將，我能追隨您，真是三生有幸！您放心，您救了我，我這條命就是你的了！」

柯夏沒說什麼，只是嚴命：「管好自己，以後少接觸杜因，也不許和外人說起他。你最近多瞭解一下生物機器人外型的研究，等戰後，騰出手來，我有用處。」

傑姆激動道：「遵令！」

柯夏走了出來，推門便看到了花間風正倚在外邊的走廊上，看到他似笑非笑：「少將真是會自欺欺人。」

柯夏一言不發，直接無視地從他跟前走了過去。

花間風看著他的背影：「少將，你早已知道他已經有自我意識了吧？畢竟你和他朝夕相處，不可能到現在還沒有發現他的不對。」

柯夏停下了腳步：「又怎麼樣？他還是我的機器人，他的中樞裡設定的主人是我。」

廊間的風吹過，花間風道：「不要騙自己了，如果格式化掉他的晶片，他還是杜因嗎？他是獨一無二的，你心裡很清楚，你打算怎麼對待他？」他看了眼沉默的柯夏：「不用擔心，我過來的時候就已經把這裡封鎖了，誰都進不來，遮罩器也開了，我只想知道，少將究竟將如何看待杜因，我把他看成我很重要的朋友，不希望他被薄待。」

柯夏冷笑了聲：「很重要的朋友？花間一族的族長，也會有朋友嗎？是能夠利用的那種總是吃虧的『朋友』吧？」

花間風沉默了一會：「我承認一開始的確是想要利用他，但是他是那麼平靜而強大的接受一切困難，遇到難題，攻克難題，遇到障礙，翻越障礙。他自然而然地見山翻山，遇水涉水，沒有任何事可以動搖他的心性和意志，什麼都擋不住他前行的腳步，他一直目標堅定地往前走。夏，我被他感動了，他不是人類，卻比我們任何一個人類更高尚，他沒有感情，卻有著最純粹直接的天性。夏，我絕不會再傷害他，同樣我也不希望你傷害他。你究竟把他看成什麼，這一點很重要。」

柯夏站在明亮的走廊上，午間的陽光明亮，他沉默了許久，表情仍然冷漠，許久以後他說話：「我和他在一起感覺到心裡很平靜，因為他是機器人，我知道他永遠屬於我，永遠忠於我，永遠陪伴我，永遠不會離開我。有個詩人說過一句話，我覺得很有道理：當一個人想要得到內心的平靜，首先要做到不讓任何人和事掌控左右你的感情，只有他能夠讓我放心，誰都無法取代他的作用。」

花間風神色複雜：「所以？」愛上的那一刻，你就已經被對方掌控和左右了啊。

柯夏道：「所以，我覺得他是可以和我共度一生的同行者，我願意將我的一切榮耀和收穫都與他分享，即使他可能並不理解，也無法接受，即使他可能永遠也不知道人類的感情是什麼樣。」

他面容冷峻，下巴緊繃，並不打算和花間風再多說，畢竟他是一個不習慣透露自己心事的人。

他微微抬起下巴，想要離開，回到他的機器人身邊去，花間風卻還是叫住了他：「可是，少將，你知道他誕生了自我意識，那他其實就已經是一個有著獨立意識的個體，和所有有著自我意識的人類一樣，他不是任何人的附屬物，也不是一件物品，他有獨立意志，你如果想和他好好相處，應該把他當成一個獨立平等的人來對待，你明白我的意思嗎？」

「你應該尊重他的個人意願，而不是作為你的附屬物，自作主張地占有他的生活，安排他的一切。哪怕他不願意做你的附屬物，想要離開，追求自己想要追求的東西。」

柯夏的肩背忽然繃緊，他轉過頭看了眼花間風，那眼神幾乎是肅殺的：「風先生，我記得我和你說過，杜因是我的人，請你遠離他。」

花間風被那帶著狠意的冰冷藍眸給鎮住了，沒有再說話，柯夏沒有再說話，快步離開了醫療中心。

柯夏回到宿舍，看到邵鈞已經回來了，花間酒和花間琴站在外廳裡聽邵鈞的命令，看到柯夏回來都立正敬禮，柯夏點了點頭：「今天順利嗎？」

邵鈞道：「順利，拆了好幾個裝置，都是放在無人機上的，感覺城內有奸細。」

柯夏道：「一定有的，但沒時間慢慢查，還是要先想個辦法杜絕才好。上次傑姆說正在研究干擾器，但難免會誤傷到人類，所以還在想辦法。」

他看了眼邵鈞，吩咐花間兄妹：「你們回去和風先生說，最近不太平，請風先生回去幫忙奧涅金伯爵。今天軍務會上，有件事我很在意。有軍部高層說不必急著太早和霍克公國談判議和，讓步太多，再觀望一段時間。我懷疑有人會對奧涅金伯爵不利，要知道霍克公國的人有不少想要回歸帝國，畢竟本來就是從帝國分裂出來的，奧涅金伯爵近期要任首相，安全工作一定要做好，帝國的人想要他死，聯盟的人也想要他死，他太重要了，風先生還是趕緊過去坐鎮吧。」

花間琴花間酒兩兄妹乾脆地接下任務，柯夏便打發他們回去，然後關了門。雖然奧涅金伯爵如今處境的確有些危險，但根本原因還是花間風今天對他說的話讓他危機感頓生，並且害怕花間風留在這裡，會對邵鈞做什麼。

他上前去，替邵鈞理了理衣領，繼續端詳他的五官，對這個模仿著花間風製作出來的機器人外型，越發有些不滿，邵鈞實在是有些怕他又這樣看著他，彷彿像是一個主人正在打量自己的所有物，隨時想要根據自己的喜好做出改變一般，微微向後退了一步：「今天我在城裡，看到了鈴蘭。」

柯夏道：「她有些擔心布魯捲入漩渦中，特意來找我，布魯現在在第一軍團擔任少尉，我讓她放心就是。」

他又提醒邵鈞：「鈴蘭身邊人也雜，你不要和她來往太多。」

邵鈞垂下睫毛：「是。」

柯夏看著他甚至顯得有些猶豫的臉，不知為何心中一軟，走上前去將邵鈞按進扶手椅裡：「你坐著，我有話和你說。」

「杜因。」柯夏微微閉起眼睛，一時竟然也不知道從何說起：

「我不讓你出去，不讓你接觸其他人，不是要限制你的行動，我只是無法承受失去你的後果，你太特別了，你知道你自己的特別嗎？你知道你和別的智慧型機器人不一樣吧？」

邵鈞吃了一驚，抬起眼眸，正看到柯夏一雙湖水般的眼眸溫和地看著他，又柔軟，又悲哀：「不管你有沒有發現，你在本能地掩蓋和隱藏自己，保護自己，但是在我面前你不用隱藏，我知道你和別的機器人不一樣，但是你真的要藏好你自己，不要讓別人發現。」

邵鈞心念數轉，這是還是把自己當成機器人，但是是不一樣的機器人——誕生了自我意識的機器人嗎？他保持著沉默，柯夏伸手輕輕撫摸他的眉眼：「你和其他的機器人，不一樣，你是獨一無二的，不可取代的，對我來說你是很重要的珍寶，不讓你接觸其他人，是為了保護你，你明白嗎？」

他的手指終於沿著邵鈞的臉頰滑到了下巴處，伸手挑起他的下巴，居高臨下地輕輕親吻了一下他的額頭，克制而輕柔。

邵鈞抬起頭，顯然對他的舉動和言語完全不知如何應對，柯夏被自己機器人這樣迷惑而無措的表情取悅了，微微一笑：「乖，等戰後給你換一個外型，到時候再你新的身分，在我的保護下，你一定能好好的，我會一直陪著你的。」

他又輕輕撫順邵鈞的額發，然後轉身拿了軍服外套：「時間到了，我又要出戰了，來吧，你跟著我就好。」

邵鈞只能按照他的指令繼續出戰，在小小的駕駛艙內雙人配合，而這之後柯夏和平常對他的態度也沒有十分大的變化，於是這小小的剖白，就彷彿每一個平常相處的日子一般，自然而然地過去了。

洛倫首都被圍第八天，布魯斯元帥在法羅國聚集了十萬的軍隊，稱自己被污蔑栽贓，堅持不承認自己身上的一切罪名，宣布政治避難並創立聯盟獨立軍，將永遠捍衛聯盟的榮耀，為了光榮而戰。

蟲族圍城第十天，上萬隻蟲族都被剿滅及驅離，洛倫解圍，期間聯盟軍與進駐了利羅港的帝國軍有小規模的衝突，帝國拿著一張據說是聯盟軍方布魯斯元帥簽訂的同意帝國軍團常駐利羅港的命令，宣稱他們是按約行事。聯盟則斥責帝國勾結布魯斯元帥，偽造軍令，馴養蟲族，攻擊聯盟，居心險惡。

雙方言辭激烈，卻都只是停留在隔空辯論指責上，行動上兩方卻都比較克制，沒有任何一方率先使用大規模殺傷性武器。畢竟帝國和聯盟還簽訂著和平公約，雖然公約如今已經名存實亡，但戰爭才剛剛開始，誰都不想變成最後互相往對方國土扔核武器的局面，如果只是聯盟和帝國對戰也罷了，如今還有個新成立的霍克公國，已經有好幾個小國已經宣布加入了新自由聯盟，又有個叛逃出去的布魯斯元帥在興風作浪，雖然都知道成不了氣候，但如果真的帝國和聯盟先打起來，那就不好說了。

於是，帝國與聯盟啟動了和談。

和談地點定在利羅港和洛倫上空的紅狐空中要塞。

「原本如果那天晚上帝國偷襲德芬萊港口成功，拿下霍克公國的話，現在的一切局面又都不同了，我們會被動很多。」柯夏點評著，一邊和邵鈞道：「帝國那邊和談的代表是柯樺親王，聯盟這邊是愛思蒙總理。我被指定為保護和談團的將領，說是這樣對帝國才有威懾力。當然，他們心知肚明，是要分開我和奧卡塔將軍，如今洛倫首都蟲圍已解，下一次不知道是什麼時候，他們害怕我趁機奪權。盯著我的人一定很多，你跟著我太危險了。這次，你就不用跟著我了，你去霍克公國那邊吧。」

「柯冀已經準備了這麼久，以議和收尾不太可能，如果這一次仍然議和，帝國下一次再找到這麼好的機會不太可能了，錯過這次機會，柯冀稱霸全球的野心將在他有生之年都很難滿足，所以我懷疑霍克公國那邊很可能是個關鍵點，帝國那邊一定會有大動作，帝國打擊霍克公國沒有公約限制，再加上霍克公國已經脫離聯盟，一旦被襲擊，也將得不到聯盟的援護。我認為這次議和，兩邊都在拖時間，聯盟這邊則很可能會爭取對霍克公國懷柔，將他們納回聯盟；帝國也有可能會勸降，總之什麼可能都有。」

邵鈞沉默著，柯夏彷彿知道他在想什麼：「別擔心，他們還想用我，不會對我怎麼樣，他們忌憚我，又只能用我。和談會議的安全檢查會非常嚴格，你身分特殊，被人發現了不得了，你乖乖的去霍克那邊，都是自己人，我會叫花間風保護你。」說到花間風，他還是有些意難平，又和他強調：「乖乖等著我，哪裡都不要去，有什麼事一定要和我彙報，嗯？」

邵鈞道：「好。」

柯夏也有些捨不得，但現在聯盟暗湧翻滾，他處於風口浪尖上，和在星谷要塞那時候都是自己的地盤不同，和帝國和談是非常正式的外交場合，這樣一個仿人機器人放在他身邊，隨時可能會被人注意到，聯盟禁令舉世皆知，更何況他還有著帝國皇子的隱祕身分，雖然柯樺似乎看著是傾向他，但這麼多年過去了，被權力推上了前臺的三皇子，柯冀最寵愛的幼子，是否還如傳說中一般的高貴仁慈，善良寬厚如天使？

他再次和自己的機器人強調：「你和別的機器人不一樣，杜因，你不能讓其他人發現你的特殊，你再忍忍，等戰後。」等他掌握無上權柄，無人再敢檢查他身邊的人，無人敢質疑他的權威。

他對他的機器人承諾：「等我，找一定能陪著你，大不了戰後辭去軍職，我們找個太平地方隱居去，我看白銀星就不錯。」他想起了當初在白銀森林遇見拍戲的機器人的精靈造型，忍不住嘴角露出了愉快的微笑。

第二天邵鈞果然帶著花間琴，祕密離開了洛倫，回到了霍克公國首都的桑尼堡，奧涅金伯爵所住的別墅。

才下飛梭，許久不見歐德迎了上來，臉色鐵青，兩眼紅腫，嘴唇微微顫抖：

「杜因先生。」

邵鈞一怔：「怎麼了？」

歐德張嘴，眼淚卻先落了下來，他也顧不得失態了，微微有些哽咽道：「昨天奧涅金伯爵遇刺，子彈誤中了風先生，現在正在搶救。」

「子彈穿過他的頭顱，專家會診，已經宣告腦死亡了。」

歐德張了張嘴，幾乎崩潰一般：「伯爵不同意拔掉維生系統，現在還在緊急召集全世界的腦科專家來會診。」

「風先生之前立過緊急狀況的遺囑，當他失去意識，無法控制事態的時候，花間族的所有事務的管理，由您代理。」

花間風的診治是直接在伯爵的別墅後樓醫療樓裡，這裡本來就養著一批醫務人員，配備了各種高端醫療設備，歐德陪著邵鈞走到戒備森嚴的病房門口，低聲道：「還安置在治療艙裡，伯爵一直守著，宣布腦死亡的時候他失控了，現在正在祕密尋找調撥世界有名的腦科專家，用上了所有最好的藥和設備，他也不肯離開，怕有人擅自停了維生系統，心理醫生說他還不能接受現實，先順其自然。」

他情緒稍微穩定了些：「消息還壓著，正好你來了，現在族裡其他系肯定會想辦法鬧事，所以到時候還得您……」他深吸了一口氣：「還得勞煩您再扮演一下族長，以免生亂，以後如果風先生……」他聲音再次失控：「他確實醒不過來了，我們再做打算。」

邵鈞拍了拍他的肩膀：「好的，你再理一理看有什麼突發可能，我進去看看。」

寬闊的病房裡許多設備都在閃爍著微光，有些細微的滴答聲，一個巨大的醫療艙在房中央，阿納托利坐在醫療艙旁，一隻手撐著臉蓋著眼睛，聽到他進來的聲音抬頭看了他一眼，布滿血絲的眼睛明顯怔了下，然後又重新恢復了黯然：「是你，你來了。」

邵鈞走過去，透過醫療艙看進去，花間風全身泡在淺藍色的維生液體中，頭顱上套著密密麻麻的線和儀器，閉著眼睛，彷彿在睡覺。

阿納托利聲音還算穩定，只是有些低沉：「子彈從頭側面穿過後腦，在另外一側開了個大口，腦科專家會審說希望很渺茫，大腦組織被破壞嚴重，已經完全沒有腦電波，相關腦科專家已經會診過了，救不回來了。」

邵鈞低頭去看醫療艙旁邊一個巨大的儀器，這個儀器表面有些陳舊黯淡，看著和其他簇新的醫療機器格格不入，阿納托利眼光也落在上頭：「這是先祖當年花了天價從羅丹研究室買下來的儀器，據說是羅丹研究天網時使用的，人臨死前保存精神力的儀器，他的學生傳說有效，但是誰也不知道就算精神力保存下來了有什麼用——只是一個渺茫希望，我只是希望，等我找到能治好他大腦的專家，至少他的精神力還在……」

阿納托利神情黯然，他被布魯斯元帥刑訊過後的身體並沒有完全恢復，面容瘦削，雙眸深陷：「有位腦科專家曾經是羅丹的弟子，他說如果羅丹在世，可能還有救，羅丹曾經將艾斯丁的大腦切片研究，也研究過無數人的大腦，有過三例治療腦損傷成功，讓植物人以及癱瘓的腦損傷患者成功恢復意識的案例。」

「但是，人類歷史上只有這麼一個羅丹，他創造了天網，目前再沒有人能夠超越他。」

「我想將他一直放在治療艙裡維持生命，興許我能等到下一個生物天才羅丹的出現。」阿納托利伸出手掌，覆在治療艙花間風面部上的玻璃上，彷彿在輕輕撫摸他。

邵鈞終於開口：「我想，我認識一個這樣的人，你等等，我聯繫一下他，遲些給你答覆。」

阿納托利猛然抬頭，眼睛裡爆發出希望的光，但卻又帶上了警惕：「杜因，你要知道，我要的是百分之百，如果沒有百分之百的希望，我寧願讓他沉睡著等待機會。」

沒有任何人敢在醫療治療中說能夠保證百分之百的治療效果，興許聲名遠揚的這位地下皇帝的態度，讓所有的醫生不敢為這個神祕的男子治療，但邵鈞卻能理解他的心情，安撫他：「之前生物機甲的發明，全是他的研究成果，只是他不願意現身人前，所以才讓我和古雷站在臺前，你也知道的，我其實在這方面一竅不通。」

阿納托利臉上微微放鬆了些：「生物機甲嗎？我之前一直是懷疑你身後還有一個研究組，果然……」

邵鈞道：「我讓他來看看，你好好休息吧。」

阿納托利搖了搖頭：「你去聯繫吧，需要什麼找管家，他們會全力配合你，我等你的答覆。」他轉頭看他，聲音有些嘶啞，苦笑了下：「我睡不著，一閉上眼睛就看到他在我跟前被子彈洞穿的情景。」

「我當時腿麻，忽然軟了一下差點要跌倒，他過來扶我，還嘲諷我從此變成老年人了，子彈就這麼過來了。已經找到狙擊手，但對方當場服毒自殺了，不需要查也知道是什麼人，我的敵人實在太多了，他們想要誤導我以為是帝國，但是我知道這是來自於聯盟的刺殺。」他睜開血紅的雙眼，喉結滾動著，胸膛上下起伏，彷彿在壓抑著那過於強烈的感情。

邵鈞安慰地抱了抱他：「我這就出去聯繫，能不能先請這邊的醫生給我相關病情資料和已經進行的治療方案，我先傳過去給他看看。」自上次柯夏被祕密逮捕以後，邵鈞就將丹尼爾送回了古雷那兒，專心研製推廣新一代的天網聯接艙。

古雷看到他是意外的：「怎麼回來了？你上次提出的方案，目前實施狀況不錯。丹尼爾也幫了我好多忙。」一旁原本在看資料的星輝花蹦蹦跳跳地跳了過來，邵鈞抱起他，知道奧涅金伯爵被刺這件事應該是機密，沒有讓其他人知道，只是點了點頭和古雷道：「我回來有點事，我帶丹尼爾先離開，晚點再和你聯繫。」

古雷本來有滿肚子話想和他說，看他神色匆匆，也只能道：「好的，你上次提的那個創意，我覺得還是有點新的想法，算了晚點你把丹尼爾送回來，我和他說了之後再讓他和你說也行。」

邵鈞點了點頭，抱著丹尼爾又搭上了飛梭，羅丹好奇道：「怎麼了？」

邵鈞道：「花間風出事了。」他將他的大致情況說了下，又按開了懸浮螢幕，將相關的醫療情況給羅丹看，羅丹看了下：「這腦幹組織真的破壞得很厲害，不過，奧涅金伯爵真的挺厲害啊，他居然能把我當年用過的精神力保存設備買下來還用上了。這有用，雖然這個設備由於太過巨大，我後來已經重新升級過了，但這個初代設備的功能也是齊全的。」

他抬起花瓣，花瓣流光溢彩，顯示著他有些激動：「可以考慮用他的大腦組織培養複製一個新的健康大腦。我和你說過，我一直在研究怎麼將你的靈魂、精神力剝離這具身體，投入到生物身體上，我已經提出了一個理論上應該可以的方案，但是我沒有辦法找到實踐機會，如果這次花間風的這個情況我能夠解決，那麼對你的問題，我也更能有把握了。」

邵鈞提醒他道：「奧涅金伯爵想要百分之百的把握。」

羅丹搖了搖頭：「沒有百分之百的把握，誰都不可能有，但是除了我，我相信其他人不會再能比我做得更好了，最關鍵是他們啟用了這臺精神力保存設備，這是最完美正確的操作。有了這一步，那這可能性就能提高在百分之八十以上，只是可能會有些後遺症。」

邵鈞沉吟了一會兒：「精神力保存，那麼和你和我之前的情況一樣，他的精神力能夠傳上天網嗎？如果能讓他在天網出現，那可能由他本人來決定願不願意冒這個風險，這樣我們也比較容易說服奧涅金伯爵。」畢竟那位黑道帝王剛才的情緒，根本就是壓抑著能將整個世界毀滅的瘋狂。

羅丹道：「得看他精神力的具體情況，只能試試，還有，我這具身體無法取信於人，前陣子開展天網聯接艙研究的時候覺到很不方便，每次傳達資訊都要靠你，太麻煩了。我在帝國訂製了一個高模擬人類的機器人，和你的類似，新身分是羅丹基金公司特聘的高級專家，方便下一步和 AG 公司開展研究，正說要等你回來替我接收這個新身體。你把你的新地址傳給我吧，這東西得用走私的，訂製加上走私，又是戰時，花了我很多時間和周折，明天就能到貨了。這麼一來也好對花間風進行治療。」

邵鈞看了眼軟萌可愛的星輝花，心想如果自己和阿納托利介紹說：這是來為花間風治療，學識比肩羅丹大師的腦科專家，的確有些難以取信。於是便點頭道：「好，我就住在奧涅金伯爵別墅裡，就之前和你住過的地方。」

邵鈞才回到住所，伊蓮娜已經守在了門口，眼裡寫滿了擔憂，看到他來連忙道：「杜因先生，我聽說您對我父親說，風先生還有希望？」

邵鈞道：「只是有一線希望，我還在聯繫相關的專家。」

伊蓮娜點了點頭，有些黯然道：「我也是慢慢才發現，杜因先生是有兩人，一個是您，嚴肅不愛說話，身邊經常帶著丹尼爾，一個是風先生，他雖然擦去了面紋頂替你的身分陪在父親身邊，但和你還是截然不同的。他愛笑愛說話，還經常陪我玩，這次又是替父親受罪，我心裡很難過，希望您能救回他。風先生這樣，父親已經完全失控了，從事件發生到現在快四十八小時了，他沒有休息過。」

邵鈞道：「等等我去和他說明情況，或許能讓他安心些，然後妳請醫生替他打個鎮靜劑讓他休息一下吧。」

伊蓮娜搖了搖頭，滿臉黯然：「你不知道，他剛剛召集了所有部門的負責人開了個絕密的會議，金融經濟專家、政治專家和地下組織、安全專家開會，他想要……」她語聲艱澀：「他想要從金融上開始做空市場，擾亂聯盟各國經濟，摧毀各國經濟，用盡一切手段，包括刺殺、收買、威脅、扶持反對派等等見不得光的手段，不惜代價，逼迫聯盟各國加入新自由聯盟。」

「整個策劃小組已經組建在伯爵府，所有政治、經濟專家都被留在了這裡，分析形勢，他們選的第一個小國就是布魯斯元帥如今政治避難的法羅國，先試試水溫，殺一儆百。」

「很快聯盟各國都會陷入可怕的被操縱的經濟動盪中，原本經過這麼多年和蟲族的戰爭，各國民生凋敝，經濟水準原本就已經非常低下。就算他能夠達到目的，他也將會臭名昭著，萬人唾棄。」

「他已經瘋了，他在報復整個世界。」

羅丹的新身體果然第二天就送到了，一個需要複雜密碼才能打開的巨大密封低溫冷藏維生儀器。

羅丹指揮著邵鈞打開冷藏艙：「訂製這個花了很多時間，主要是複製人體在聯盟非法，我只能借助了一些非常手段在帝國訂製的一部分生物軀體，然後再在生物軀體中加裝生物機甲系統，讓精神力能夠驅動，和你的純機械身軀加仿生材料還是不一樣的，帝國才有這樣子膽大包天的地下實驗室，聯盟這邊缺乏這方面的人才和實驗室。」

冷藏著的人軀體栩栩如生，外貌完全就是一個真人，所有的器官都完備，面目栩栩如生，和羅丹從前的外貌大致相似，羅丹道：「修改了眼睛的顏色和頭髮的顏色，這肌膚等等外貌大部分是生物軀體，並且提前在頭顱裡埋入了一個和我精神力同頻率的精神力接收器。簡單來說整個身體其實就是一具有著人類外型的生物機甲，用新能源來提供能量，腹部做了特製開口，可以打開更換能源，前陣子做的生物機甲帶給我的很大的啟發。」

「你把他抱出來，把脊背的開關開一下，啟動後，放進天網聯接艙去。」

邵鈞低頭將那具身軀抱起來，感覺頗為沉重，羅丹道：「重量是個問題，但是沒辦法，按現在的技術只能做到這樣了，你現在這具身體的體重也是超出正常人的吧。」

邵鈞點了點頭，將他放了進去，羅丹也跳入了另外一臺天網接入儀內，過了沒多久那朵星輝花黯淡了下去，彷彿一具普通的寵物機器人，邵鈞緊緊盯著那具身軀，過了一會，那具身軀果然睜開了眼睛，一雙灰藍色的眼眸，他有些羞澀地笑了下：「你好，初次見面。」

邵鈞回以微笑，伸手拉他，他卻自己起身站了起來：「啊，還得麻煩你替我準備衣服，我忘了。」

邵鈞起身找了一套新的襯衣褲子來讓他穿上，又按照他的尺碼吩咐伯爵府的機器人管家，命人按這個尺碼送十套不同場合該穿的衣服、鞋襪來。

羅丹卻十分好奇地東捏西掰著身上的各個部位，一會將手往回折，手肘處便唰的一下閃出一把利錐，一會腳心能夠放出懸浮衝擊浮力滑板，一會胸口放出個離子盾護住全身，他演示了一輪給邵鈞看，笑道：「還不錯吧？比人體要強大多了，下一步我也是希望用一樣的思路，替你製作一具新的身體。為了保險起見，可能還是需要你這具身體來放在內核，這樣會更保險一些。你看看想要什麼功能吧，我再看看能不能設計整合進去。」

邵鈞欲言又止，羅丹道：「不用客氣，儘管說吧，我們科學家最喜歡天馬行空的幻想了。」

邵鈞老老實實道：「我只想要一具普通人的身體，和從前一樣，凡人的就行。」

羅丹一怔：「為什麼？」

邵鈞想了一會：「就是喜歡作為人的過去，餓了吃飯，飽了睡覺，傷心就大哭一場，高興就笑，所有作為人的感覺吧。」

羅丹若有所思：「你這倒有些和一些自然主義者的觀點類似，不喜歡後天改造軀體和基因，一切順其自然。」

邵鈞道：「也沒什麼堅持，就是希望回到做一個純粹凡人的過去，但是很難的話就算了。」

羅丹道：「完全變回凡人，我確實沒有把握。這不是難不難的問題，操作是一樣的，天然身體甚至比這具身軀還要容易製作，技術已經很成熟了，只是靈魂融合身軀的成功率低。目前，我的思路是如同人駕駛機甲一樣，讓我們的精神力來駕駛這具高模擬的生物身軀，但純凡人的身體就不一樣了。」

「靈魂和人體的契合，是非常玄妙的一件事，很多科學家都研究過卻拿不出結論，靈魂毫無疑問是獨一無二的，靈魂與人體究竟是為了什麼能夠相融。花間風這次是一次難得的實踐機會，但是他還是和你不同，他畢竟是自己的軀體和靈魂天然契合。」

「你卻不一樣，你已經沒有身體，如果你一定要凡人的軀體，那只能是訂製一具沒有靈魂的複製人身體來做實驗，可是我沒有把握那具複製人究竟能不能和你的靈魂與精神力相契合，萬一失敗，很可能面臨的是精神力消散的可怕後果。」

「即便是我和艾斯丁這樣的高精神力者，也不敢嘗試。你還是考慮考慮，我個人認為，靈魂的存在才是永恆的，身體遲早會衰老和腐朽，像我們這樣的純靈魂體，是無數人夢寐以求能夠達到的靈魂永存。這是很難很難實現的，我之前在許多臨終絕症的自願者身上試驗過，一例都沒有成功過，雖然曾有人短暫地在天網現身了一下，但很快就隨著身體的死亡而消散了，消散的時間和人精神力強弱成正比。」

「當初我以艾斯丁的大腦為基礎製造主腦，創造出天網的時候，清醒意識的艾斯丁靈魂也沒有立刻出現。你明白我的意思嗎？是越來越多人的精神力成就了天網，也同時才讓艾斯丁的靈魂在天網誕生，有了獨立意識。同樣，我也是如此，我死亡的時候，精神力接收器被扣押了，再次接入天網的時候，也是艾斯丁運用這麼多年的強大精神力重新喚醒了我。只有你，只有你是純然的天然靈魂，所以艾斯丁才對你那麼關注。」

羅丹忍不住伸手來摸了摸邵鈞的臉：「你這樣天然純粹的靈魂體，為什麼要放棄呢？這是上天的眷顧啊。」

邵鈞道：「一定要說個理由的話，我就是覺得我還沒有做夠人類。」

羅丹忍不住笑了下：「好吧，我尊重你的選擇，反正早期都是要做出一具複製人身軀出來，然後才在身軀上加裝相關生物機甲裝置，先幫你訂製一具身軀，有空你自己選一下你的相貌，和你原本身體的相貌越相似越好，這樣融合的機率應該能更高一些。現在先讓我們去看看花間風吧。」

伯爵府的管家果然不愧是高效率，很快就送來了二十套各種各樣的衣服，邵鈞讓羅丹換上正式外套皮鞋，然後羅丹在之前寄來的艙裡頭翻出來了一個介紹信和一個聯盟身分證。

邵鈞有些無語，羅丹晃了晃道：「必不可少的身分證明，接下來就要讓奧涅金伯爵閣下給我開個後門辦個新自由聯盟的身分證了。」

邵鈞道：「你如果沒治好風先生的話，他恐怕不會滿足你。」

羅丹道：「我如果治不好，沒人能治好。」屬於天才才有的滿滿自信，邵鈞心下也微定。

阿納托利看到羅丹微微一怔，總覺得有些眼熟，羅丹熟練露出了一個友善的笑容：「您好，我是羅丹基金公司聘請的高級生物研究員羅丹，你可以叫我丹尼爾。」

羅丹這個名字很普遍，畢竟天網之父，不少人都會給自己具有科學天賦的孩子起名羅丹，但這個看上去十分年輕的研究員，偏偏卻來自羅丹基金會。阿納托利雖然知道相貌年輕有可能是精神力高的原因，但還是不免對這樣過於年輕的面容產生了一點心裡動搖。

他接過介紹信看了下：「非常感謝你的到來，杜因說的那個能夠為我朋友治療的專家，就是你了吧？前些日子我們的股票大跌，也是羅丹基金伸出了援手，還沒有感謝你。」

羅丹道：「沒事，杜因說你們應該是在偽裝，我想著應該能賺一筆才買的。」非常耿直。

阿納托利眼角再次抽了抽，又看了眼邵鈞，邵鈞只好解釋：「羅丹先生一貫沉迷於研究，不太擅長俗務和人情往來，但專業領域上的成就是毋庸置疑的，我們的生物機甲全程都是他在幕後指揮。他對 AG 公司一直非常讚賞。」

阿納托利點了點頭：「是，能拿出那麼巨額的資金來購買股票，還是信任我們，實在非常感謝。那麼現在我這位朋友的病情……」

羅丹走進去道：「我專攻腦科和精神力大概花了五十年，做了許多臨床實驗，病歷我也看過了，有個初步的治療方案，但說實話，百分之百很難，還是能有百分之八十以上的成功率的。」

阿納托利跟在他身後：「如果失敗會怎麼樣？還能留存著他的身體等待科技發達嗎？」

羅丹道：「不能，我的方案是用他現有的基因以及腦組織，培養出一個全新的健康的大腦，然後做腦部移植手術，然後再將他的精神力融合，這一步如果失敗，他的精神力將會消散，那麼無論你再如何留存他的身體，也只會永遠是一個沒有靈魂的身軀，像那些沒有靈魂的複製人一樣，沒有任何意義。」

阿納托利臉色微變：「我要的是百分之百的把握。」

羅丹冷淡道：「他已經腦死亡了，百年內不可能還有人能超越我，百年後你也死了，誰還會管他？」他低下頭去查看花間風的情況，又去查看精神力接收器的數值，整個人顯得有些不近人情。

阿納托利有些難以接受：「我可以立下遺囑……」

邵鈞忽然伸手握住了阿納托利的手掌，乾燥而穩定的手握著的觸感讓阿納托利情緒稍微穩定下來：「會有能夠和羅丹一樣的天才出現的，我可以等，我會讓我的壽命儘量的延長……為了他。」

羅丹聽到這句話，忽然有所觸動，抬眼看了看阿納托利：「等待是很絕望的。

每一天，每一年，你都在失望和無望的等待，伯爵閣下，時光會沖淡一切，可能到了最後，你老了，你的身體腐朽不堪，你的記憶開始退化，你會發現你開始忘記他的面容，忘記和他相處的細節，只能從日記、影片中翻找出他的一切，連那些你覺得非常珍貴的細節，你都會忘記。」

阿納托利抬起眼，顯然對他能說出這樣細緻的細節有些震驚：「可能會吧……但是我還是會等下去，如果怕忘記，那我從現在就可以開始記錄。」

羅丹嘴角一彎：「我會盡力而為，成功的機率還是很大的，我聽朋友說過，花間家族有一種家傳練習精神力的方法，非常殘酷，通過從小反覆苦修來不斷磨練鍛打精神力，而且分外講究在細微處著力鍛煉精神力，因此他們家優秀天賦者的精神力會分外凝實，這種情況有點類似某些宗教中特別虔誠的信徒，精神力也會分外的純粹凝實。所以成功的機率很高，另外，你這個精神力接收的儀器，買得很好，在這次緊急突發事件上你能想到使用它，也非常棒，如果他能醒過來，必須要感謝你這個舉動，否則什麼辦法都沒有用了。」

阿納托利本來還對他有些不信任，但聽了羅丹這一席充滿信心甚至有些狂傲的話，也打消了些疑心，苦笑道：「我不要他感謝我什麼，我只要他好好活著，還能每天毒舌地取笑我就好。」

花間風的一切資料羅丹都看過檢查過以後，列下了一大堆設備、藥品清單，然後又列了個詳盡的治療方案，阿納托利拿過那張清單，雖然完全看不懂，但還是仔細看了一會。

羅丹道：「這些設備最好儘快到位，還有，今晚就可以嘗試一下能否讓他殘存的精神力接上天網，如果能接上，你可以徵求他本人的意見，是否同意手術。」

阿納托利一怔，忽然一陣狂喜：「你是說我還能在天網見到他？」

羅丹點了點那臺巨大的設備上的燈：「你看，捕捉到的精神力非常充沛，這讓我感覺到很意外，看來花間一族的苦修心法，很有參考價值，以後有機會要討教一下。這個精神力，理論上應該可以接入天網，但是我們必須儘快在他精神力消散之前培養出健康大腦然後進行腦部移植手術，並且在腦部加裝精神力增幅接收器。」

阿納托利顧慮道：「接上天網會不會讓他的精神力損失？」

羅丹道：「接上去會更有好處，讓他的精神力得到滋養，能堅持得更久一些。」

阿納托利疑惑：「那按你的說法，豈不是所有的人都可以在臨死前接收精神力，然後上傳到天網？」

羅丹道：「精神力的高低是一個關鍵，只有非常高精神力的人，才有可能在臨死時被精神力接收器接收部分精神力。精神力接收器非常難製造，至少目前世界上只有你這一臺了。其次從設備傳到天網，又是一個難點，精神力隨時有可能在過程中消散。最後，身體是精神力的本源，沒有身體，精神力很快就會枯竭，消散。」

阿納托利想了下倒也明白了：「也對，如果人人都能臨死前傳上天網，天網豈不是就是宗教傳說中的天堂了？但宗教只說有天堂，可也沒有看哪個死了的人能夠回到人間的，可見也只是傳說罷了。至少我們現在活人還能上天網。不過，花間風不太喜歡上天網，平常總是有些排斥，看到我上也會有些微辭。大意是說天網這東西有些像是會攝魂，一不小心魂會不會就沒了，我當時還笑他太過保守像是那種古董觀念的老頭子。」

羅丹和邵鈞對視了一眼，知道花間風是為什麼不敢上天網，他親眼見過花間雨上天網後變成白痴，狠狠算計得罪過邵鈞的花間風，自然嚇到了。

阿納托利追問：「那什麼時候我可以再見到他？」

羅丹低頭將其中幾項勾了下：「先把這幾樣設備準備好了，然後通知我，我和杜因住一塊。」

阿納托利道：「我們可以另外替你安排住處，不必這麼擠。」

羅丹隨口道：「不擠啊，而且我喜歡和杜因一起。」

阿納托利語塞，心裡這下他真的知道這位科學家是不通世故了，就算你不嫌，杜因說不定嫌啊，畢竟杜因也是柯夏心腹，有著無數機密。他徵詢地看向邵鈞，邵鈞點了點頭：「沒事，和我一起住好了。」

阿納托利便按了鈴，將單子交給身旁的工作人員立刻去置辦，邵鈞卻問：「伯爵——我聽說您想要對法羅國經濟制裁？」

阿納托利抬眼看他，邵鈞道：「伊蓮娜小姐很擔心，和我說的。」

阿納托利微微一點頭：「這個你不必擔心，我有我的底線，繼續讓這些人攪和下去，整個世界只會被他們拖入深淵，我沒有什麼道德觀念，我只知道他們惹了我，就該承受後果。」

「法羅國能夠替布魯斯撐腰，絕對是聯盟有在利益支持他們，布魯斯元帥雖然不得不逃走，但他背後的利益們可不甘心啊。他們一方面扶持新代言人，另外一方面也絕對不會輕易放棄布魯斯這個棋子，否則他怎麼好端端的能從蟲族圍攻、重兵把守的洛倫逃走？」

「然後現在就成了我如果搞他們，聯盟其他國家一定只會觀望，畢竟他們收容了政治避難的布魯斯。相信我，他們一定會飛快放棄他的，不過都是利益罷了，還真以為是正義嗎？」

邵鈞看他冷漠固執的眼，知道他心意已決，便也沒有繼續說什麼，阿納托利疲憊地笑了下：「你別擔心，縱觀歷史，決定戰爭與和平的，從來都不是軍人，而是政客們，你如果希望夏能夠早日從戰爭中脫離出來，我這是最快的辦法，逼迫所有聯盟國家站隊，儘快結束戰局，重新恢復和帝國抗衡的暫時穩定局面。」

邵鈞道：「我相信你，你好好休息吧，實在睡不著的話，服用點藥劑幫助。」

阿納托利抬眼看了他：「謝謝你的關心。」

幾人正說著話，邵鈞的通訊器響了，邵鈞低頭看了下是歐德，便接了起來，歐德出現在那邊：「杜因先生……實在對不住，風先生的父親母親都過來了，還有雪小姐，他們說從伯爵那裡知道了風先生垂危，一定要見您。」

邵鈞一怔，阿納托利道：「花間雪昨天有和我通訊，我想著她是風先生的親妹妹，平時也做了許多心腹之事，風先生對這個妹妹也挺愛惜的，就如實說了——風先生的父母還活著？」他十分茫然：「我怎麼從來沒有聽他說過？公開資料不是他們兄妹都是孤兒嗎？」

歐德和邵鈞對視了下，也有些無奈：「說來話長，總之，風先生的父母從前被囚禁在一處地方，風先生任族長以後，才將他們解救了出來，一直隱居休養著。他們人已經到了，還請杜因先生去和他們見見面吧。」

歐德頓了下，小聲道：「我看他們有些來意不善。」

阿納托利滿臉歉意道：「我也去吧，都怪我，我以為花間風和這個妹妹關係很好。風先生現在會這樣都是為了我，我也過去見見他們吧。」

羅丹道：「那我在這裡再觀察一下，你們過去吧。」他對這些俗世的事都不感興趣。

邵鈞便和阿納托利走了出去。

寬大豪華鑲嵌著豐富水晶的會客室裡，一個美得讓人屏息的女子穿著淺紫色的絲質長袍，額間耳邊全都垂著蓮花墜飾，雙眸細長卻分外含媚，她與一位黑髮中年男子坐在一塊，腹部隆起，赫然竟是懷胎在身。邵鈞已經一眼看出了這個形象有些像花間風臥室裡的中控 AI「蓮花」的虛擬形象。花間雪坐在一側，看到邵鈞進來已是站了起來，臉上帶了抱歉和愧疚。

黑髮男子沉聲道：「我是花間松，風兒的父親，你就是風兒聘請的替身杜因吧？這些日子費心你了。」

歐德道：「松長老，這位正是杜因先生。族長明確有命令，當他不能自主，意識不清或者死亡之時，一應事務由杜因先生全權代理，族長是十分信任杜因先生的，另外這位是奧涅金伯爵閣下，他聽說族長的父母親到了便連忙過來。」

阿納托利上前行禮道：「風先生是被我拖累的，我很抱歉，兩位長輩過來，還請我招待以盡心意。」

花間松看了眼阿納托利，才起身道：「原來是奧涅金伯爵閣下，不勝榮幸。聽小雪說，風兒被刺殺你的刺客誤殺，如今已經腦死亡了，我也很是難過，倉促趕過來，也是為了料理相關後事的，畢竟我們族裡的規矩眾多，怕手下的人不知輕重，伯爵一個外人，也不太瞭解情況。」

阿納托利一怔：「風先生垂危時尚能言語，的確和我說過讓杜因先生儘快趕來代理他的事務，目前我們封鎖了消息，還在盡力救治風先生……」

花間松道：「腦死亡不可能還能治療，我們必須儘早做打算！杜因先生不是我族中人，不可能得到花間一族長老和各族的認可！我們必須要儘快將下一任族長定下來，我這次趕過來就是讓杜因先生先出面，廢黜族裡四系輪選族長的規矩，將族長一位傳給他的幼弟，我已經說動了一大半的長老，只要杜因先生先以風兒名義下令，長老會就能通過這個決議，要儘快，否則就要來不及了，其他系我們瞞不住太久的，一旦被他們知道，族長大權立刻就會旁移！」

阿納托利問了句：「幼弟？」

花間松轉頭看了下一直溫婉垂頭的女子：「風兒的母親已經懷孕三年了，是他的弟弟，天賦非常強，精神力極佳，應該月內就會出生。」

阿納托利難以置信道：「這位夫人，還有——松先生，你們的兒子性命垂危，你進來後，一句都沒有問過花間風的病情和治療方案，沒有提出要進去看看花間風，卻只念著要趕緊為尚在腹中的幼子奪權？花間風的遺囑是有法律效用的！他說是杜因全權代理，那他就有權全權代理！」

那女子臉上出現了愧色，花間松道：「聯盟的法管不到我們族裡的事！杜因只是我兒聘請的替身罷了！真正的族長權力必須由族中嫡系擔任！腦死亡根本不可能還有方法，再不趕緊布局，怕是別有心思的人就要下手了！你根本不知道我們族裡有多凶險……」

邵鈞淡淡道：「我知道，整個花間族就是一個見不得人的老鼠家族，花間風一輩子都渴望將整個花間家族脫出泥沼，廢除那些腐朽陳舊的所謂規矩，廢除那噁心透頂的嫡庶制度，救出他被私刑囚禁的親生父母，讓整個家族都有正當職業、正當事業，從此堂堂正正站在陽光下。」

花間松臉上一怔，邵鈞道：「我如果下族長令，就是要求全族廢除嫡庶之分，廢除長老會，廢除所有族規，花間族人只需要遵守法律，自由嫁娶，可以選擇所有自己喜歡的職業，可以不必非要接受間諜訓練……」

花間松勃然大怒道：「胡鬧！你懂什麼？長老會根本不會通過這樣的命令！你不過只是一個拿錢辦事的小小替身！你真的以為你是誰？」

邵鈞笑了下，站了起來：「可以全族公投，看看是你們這些早就應該埋到墳墓裡去的長老有用，還是這十年來，堂堂正正站在陽光下，讀喜歡的大學，進入自己喜歡的行業工作，沒有嫡庶之分，只有才能高下的普通花間族人們說的話更管用？松長老是嗎？你想生幾個，就生幾個，殺兄的重罪，靠著兒子能幹保命脫了身，就還是好好退休養孩子去，還是不要來攪和你兒子的大事了。他沒有死，也不會死，他還肩負著全族的命運呢。」

他有些厭惡地看了眼一直垂著頭一言不發的那個和蓮花神似的「母親」以及一旁面紅耳赤的花間雪，轉頭往裡頭走去。

花間松看著邵鈞頭也不回走了進去，目眥欲裂，怒道：「站住！我沒讓你走你就敢走？歐德！你是要背叛族裡嗎？奧涅金伯爵根本不算是我們族裡的人，我要把花間風帶回去安葬！憑什麼把族長留在這兒？他該安葬在木沙島！」

阿納托利心裡那根繃緊的弦嗡的一下斷掉了，他站起來冷冷道：「這位松長老，花間風垂危一事原是機密，是我不慎洩露了，既然你們已經知道了，那就只好留在這裡了，你們那邊我會請人傳信，就說風先生將你們留下來做客了。」

花間松愕然抬頭：「你要囚禁我們？」

阿納托利道：「這涉及軍事機密，沒辦法，還要委屈幾位先在這裡住下，等風先生清醒過來，再送你們回去吧。」

花間松怒道：「他根本已經沒救了！你要扣押我們想做什麼！你是不是覬覦我們花間一族的財產！我懂了，你一定是勾結了這個替身！奧涅金家族如此戒備森嚴，怎麼可能能有狙擊手潛入進來？這明明就是設計好的！這個替身就是你的人！你們奧涅金家族想要吞併我們家族！」

阿納托利不怒反笑：「真是多謝你的高看，我覺得吞併下來也沒什麼不好，比在你們這些滿腦子只有權力和陰謀的古董老鼠強多了，都什麼年代了，還來族規嫡庶那一套，我真是想為花間風一哭，這是什麼父母親人，呸！真是有夠噁心。」

他按了個按鈕，一群護衛端著槍包圍了會客廳，花間松臉上還在強作鎮定：「等等……伯爵閣下，那是我們誤會了，既然風兒沒事，那我們先回去了。」

阿納托利道：「晚了！都說了是重大祕密，你們既然知道了，就只能先留下來了，我們會款待你們各位，等風先生醒過來再說吧，當然，也希望你們老實點，如果有什麼不合適的動作，那我也只好冒犯了，我可不是什麼慈善家，到時候——」他看了眼低著頭垂淚的花間風的母親的腹部冷笑道：「到時候一不高興，嚇壞了風先生這位天賦奇高尚未出世的小弟弟，那也實在是沒辦法了。」

他喝道：「押下去！」又對花間雪道：「雪小姐，妳好好勸勸你父母，所有的通訊器和武器都老實交出來，否則搜身起來，大家都沒面子，我也不想風先生清醒後不愉快。」

花間雪眼睛裡淚珠幾乎要奪眶而出：「對不起伯爵閣下，我哥哥，還有救嗎？」

阿納托利一言不發，轉頭也走了進去。

他比誰都想知道這個答案，花間風，你經歷了這麼多，背負了這麼多，連你的親人也不愛你不在乎你，你還願意留在這世上嗎？

往裡走的邵鈞又接到了通訊，他低頭看是柯夏的加密通訊，便回了房間接通。

柯夏出現在那兒，神采奕奕：「你還好嗎？已經到伯爵那裡了吧？一切平安嗎？我已經到了紅狐要塞，今天見到了柯樺，他可真是——真的猶如神子下凡一般！」他搖著頭笑：「你如果見到就好了，太可笑了，他要不是大奸大偽之人，就真的是至神至聖之人了。」

邵鈞道：「是嗎，談判順利嗎？」

柯夏道：「兩邊都打著拖延的主意，各懷鬼胎。」

邵鈞道：「我這裡有個消息，花間風生命垂危，正在搶救，奧涅金伯爵被惹惱了，近日將會對收留布魯斯政治避難的法羅開展經濟打擊和制裁，目前兩樣都是絕密資訊。」

柯夏一怔：「花間風能救回來嗎？病情嚴重嗎？」

邵鈞聽到柯夏這平時和花間風有些彼此都看不順眼的人，聽到消息都先關心身體，不由有些寬慰：「還在搶救中，伯爵祕密召集了許多專家，還有希望。」

柯夏鬆了口氣：「那還好，雖然看他不順眼，但這些年他真的做了不少。你也小心，你和他長得一樣，這實在是個隱患，真該早點想辦法替你換掉外型。」

邵鈞轉移話題：「花間風的親生父母過來，對他一句病情不問，也沒有看望他，就先想要奪族長的權，伯爵很生氣，將他們扣押居住了。」

柯夏道：「那樣的家族，養出來的都是沒有人情的怪物，花間風這樣已經勉強算過得去了，他的資料不是早就是父母雙亡了嗎？怎麼又冒出來親生父母，不管什麼家族祕事，看來親情本來就沒幾分，聽到他重傷垂危，先想到權力和利益，再正常不過了。」

邵鈞看了他一眼，有些惆悵：「如果這世界上包括親人，都已經沒有人在乎，等候和期盼的話，這個人是不是真的會活得很悲哀。」他早已沒有家人，他為什麼還要如此執著放棄靈魂之體，重複作為凡人的一生呢？羅丹問他的時候，他也答不出來，只能倉促用沒有做夠凡人來答覆，他總覺得他曾經短暫的凡人一生，還沒有圓滿，以至於在以靈魂之體重生以後，他還想孜孜以求，想要再將屬於凡人的一生過完，他究竟想要什麼？

柯夏道：「這是屬於機器人萌生的哲學思考嗎？你雖然沒有親人，但有我，不要想太多。」

柯夏藍眸露出了笑意，邵鈞發現自從那天柯夏揭穿他和一般機器人不一樣後，他真的下意識沒有再刻意扮演一個無知無覺的刻板機器人了，不由心中微驚，隨口拉了阿納托利來擋槍：「只是剛才聽到伯爵說的話。」

柯夏認真思考了下：「我也沒有親人在了，不過我還有你。所以不管多深的創傷，人是會自己走出來的，無論是被人期盼和等候，還是期盼和等候他人。」

過了沒多久，羅丹就通知可以試著將花間風的精神力接上天網了。應該是因為奧涅金伯爵這邊下了死令，基本羅丹要什麼給什麼，不計成本。

阿納托利躺入聯接艙內的時候，還有些恍惚：「你們真的不是騙我嗎？真的會有機會見到花間風？我的形象還行嗎？」

邵鈞替他蓋上了聯接艙，自己也躺進了另外一個天網聯接艙，很快在主腦下見到了阿納托利，招手示意，阿納托利看得到他黑髮黑眼的形象，將信將疑：「是杜因？你怎麼和現實生活的形象差這麼遠？」

邵鈞隨口搪塞：「隨便捏的，怕別人愛上我。」

阿納托利：「……」杜因什麼時候會開這樣隨便的玩笑了？

邵鈞卻提醒他抬頭看那幽藍色的登錄臺。

不多時，花間風影影綽綽的出現了，阿納托利喜悅地上前，卻又疑慮地停住了腳步，擔心自己的觸碰會讓那煙一般的精神體飄散開。這時羅丹也上線了，他伸手拉著花間風的手走了出來，然後伸手對他們一招手，阿納托利只覺得眼前一花，他們四人已經出現在一個高高的穹頂拱形圓堡閣頂上，紫色的紫藤花馥鬱芬芳，羅丹將花間風安置在了一張典雅的扶手椅上。

花間風仍然有些恍惚，長髮披散坐在那裡，雙眼茫然，看著羅丹和邵鈞，卻又都有些不認識，只覺得很迷茫：「你們是誰？」

阿納托利喜悅地站上前：「花間風！」

花間風漸漸神智清明，認出來：「阿納托利？」他伸手摸了下自己的後腦：「我不是——中槍了嗎？這裡是哪裡？」他看向天臺下繁華的天網主城，忽然回過神來：「這裡是天網？」

阿納托利眼睛裡幾乎要落淚：「是，我請了專家將你的精神力接上了天網，這是腦科專家羅丹，這是杜因，你認得吧？」

花間風一怔，邵鈞向他點了點頭，羅丹已經直截了當地解釋：「時間不多，我們簡單地說，你現在的身體已經腦死亡，大腦被破壞得太厲害無法恢復了，我們需要徵詢你的意見，用你的腦組織和基因重新複製一個新的健康的大腦，然後再將你的精神力倒送回你的身體，這個過程風險比較大，你的精神力有可能會直接消散，也就是說你會死亡。伯爵閣下無法決定，他的意見是希望將你的軀體放在維生系統裡，一直維生到科技發達，足以百分之百治癒你的時候。因此我們上來徵求你的意見。」

花間風歪了歪頭，黑色長髮流淌在肩上，眼神狡黠地看了下阿納托利：「腦死亡啊，來得還挺突然的，其實沒什麼，死亡對我來說也算是一種解脫。維生什麼的不現實，哪有百分之百無風險的醫療方案。再說了，就算等科技發展到那個時候，我醒過來了，世界一個認識的人都沒有，我活著又有什麼意義？不如還是賭一把，你們隨便試吧，我記得我立了遺囑，讓杜因主持代理事務……」

阿納托利道：「是，現在花間族一切我們都安排好了，目前沒人知道你受傷昏迷的消息，新自由聯盟這邊也開始有越來越多的國家向我們提出了加入的意向，你父親母親也來了，還有小雪，還有你弟弟，他天賦很高！這個月應該就能出生，他們都很關心你，希望你趕快恢復過來。」

花間風看著一反常態分外友善和多話的他，眼裡漸漸流露出笑意：「這樣嗎？那一切都挺好的。」

阿納托利道：「當然！我們都替你照顧著，不過你還是要儘快醒來，你父親說其他一族虎視眈眈你手中的權力，他們還需要你保護。」

花間風灑脫道：「好吧，我一定會醒來的。」他又看了眼邵鈞：「之前沒徵求過杜因先生您的意見，擅自就將您拉進來了，感覺很對不起您，到死又坑了您一把。花間家族是個早就該埋葬在塵埃裡的腐朽家族，如果您不願意接手的話，就請將花間家族交給阿納托利先生吧，一切財產，人員整編，我相信伯爵閣下一切都能安置好，並且廢除一切不合時宜的臭規矩。就是要委屈伯爵閣下，擔上吞併花間家族的汙名了。」

阿納托利道：「我不在乎。」

邵鈞卻道：「我是不願意接手，還是你自己來吧，每個人都有每個人的人生，你不應該半途而廢。」

花間風有些遺憾地一笑，羅丹催促道：「該下線了，不然消耗太大，我們的時間不多，還有什麼話趕緊說吧。」

花間風凝眸看著邵鈞：「給我五分鐘，我和杜因先生單獨說說話可以嗎？」

羅丹直截了當道：「好的，我先下去準備斷開了，有什麼事趕緊交代清楚。」

羅丹消失了，阿納托利拖拖拉拉抬頭看了一會花間風，花間風回望他，對他微微一笑：「伯爵閣下，再見。」

阿納托利神色黯然，也消失了。

邵鈞道：「他很關心你。」

花間風道：「我如果能醒來，就給他回應，如果醒不來，何必讓他抱憾終身？」

邵鈞嘆：「你們這家族都是不近人情的怪物嗎？」

花間風莞爾：「你是見到我那奇葩父母了吧？阿納托利可真夠傻了，我那父母怎麼可能為了我難過，他們還嫌棄我不受他們控制呢。他們不知道花了多少精力買了多少精神力藥劑用在那未出生的弟弟身上，拖了三年都還沒分娩，真正是要生個大天才出來，只有小雪還對他們心存幻想。」

邵鈞不說話，花間風凝視著他：「所以，你根本是有靈魂有精神力的，你根本不是機器人？短短這些年，我不信一個普通的機器人就能誕生出自我意識，養育出這樣強大的精神力，我和夏都搞反了，不是機器人誕生了自我意識，而是一個強大的靈魂，寄居在了機器人身上？」

邵鈞道：「差不多吧。」

花間風道：「我是不是醒來的機率很渺小，所以你都不掩飾你最大的祕密了。」

邵鈞搖頭：「機率在百分之八十以上。」

花間風嘴角露出了愉悅的笑容：「所以，我算是你的朋友了？」

「夏還不知道吧？」花間風幾乎得意洋洋了，眼睛亮晶晶圍著邵鈞轉了一圈：「這是你真正的樣子嗎？果然你和我一點都不像，但是也是黑髮黑眼呢？」

邵鈞有些無語：「這具人物是我隨便捏的，你到底有什麼重要的事，趕緊說，時間不多了。」

花間風笑道：「沒什麼重要的事，就是解開了心裡這麼多年的一個謎團，很開心，和你隨意聊聊罷了，死過一次，我發現花間一族也沒那麼重要了，什麼事情都不太重要，只剩下靈魂的感覺，真的很不錯，完全沒有身體的負累，你也是這個感覺嗎？」

邵鈞道：「可能吧。」

花間風笑道：「你就不能給我說幾句好聽的嗎？我現在可高興了。」

邵鈞看了看時間：「最後一分鐘，你確定沒有什麼重要的話，我就告訴你一件事吧。」

花間風一怔，邵鈞道：「羅丹做過很多實驗，死後精神力的保存會非常短暫，而對於精神力來說，這段經歷只在潛意識層裡保留，也就是說，如果你安然無恙回到你的身體，你會忘記今天這段經歷，只會深深埋藏在你的潛意識裡。」

花間風得意的笑容凝在了嘴角，邵鈞微微一笑：「不過，我還是把你當成我最重要的朋友，所以，趕緊醒過來吧。」

時間到了，花間風的身影慢慢消散，他有些無奈地一笑：「你真的是……過分謹慎的一個人了，到底誰能叩開你層層封閉的心門呢？」

「我真的太可憐柯夏小郡王了。」

花廊重新寂靜下來，紫藤花芬芳如故，虛擬世界的風輕輕拂過，花瓣層層疊疊地顫動。

邵鈞一個人站在華麗的地毯上，垂頭不知在想什麼，忽然聽到好友提示的聲音，他一怔，低頭，本應該在紅狐要塞執行談判保衛任務的柯夏居然上線了。

這個時間，應該是晚上，的確應該沒有什麼任務，他上天網做什麼？

邵鈞低頭看著好友的地點，看到他後頭顯示的地點，從主腦登陸點，變成了「本傑明博士心理諮詢所」。

這下邵鈞結結實實地愣住了。

他記得這個心理諮詢所，這是當年柯夏患上默氏病，整個人困在床上，身體漸漸凍無知無覺不能說話的時候，克爾博士介紹給他的著名天網心理諮詢所，建議讓柯夏定期接受心理治療，但是最後柯夏一次也沒有去過，反而是自己去過一次。

主治醫生本傑明博士的確是個充滿洞察力和分析力的心理諮詢師，他至今都還記得控制自己的控制欲，不讓自己干涉柯夏的人生選擇以及其他人的人生選擇。

柯夏在當年那麼艱難的時候，都拒絕接受心理治療，為什麼現在一切都在好轉，他們鬥倒了布魯斯元帥，他獲得了中將的授銜，一切都在好轉，他怎麼忽然要去心理諮詢所了？是前陣子被布魯斯元帥扣押囚禁出問題了嗎？還是別的什麼問題？

不對——他們之間還有過八年的分離，柯夏在風暴星的時候，很顯然也出現過明顯的抑鬱心理症狀，有過自殘的舉止。所以，會不會是在他在冰冠星研究蟲族的時候，柯夏已經慢慢成長，學會接受心理治療了？

畢竟他現在看著非常健康，勇敢無畏，任何一個人看到現在的柯夏，都不會認為他心理有問題，反而會由衷欽佩和讚嘆多麼年輕有為的將軍。

邵鈞疑慮叢生，但柯夏並沒有在那裡待太久，只短暫停留了大概十五星分，然後就又下線了。

滿腹疑竇的邵鈞念及花間風，也還是下了線。

確定治療方案以後羅丹就帶著一個醫療組馬不停蹄地投入了大腦培育、催化等方案中，與此同時他還在大力推進天網聯接艙的全面鋪開。

「因為是大腦重建，我擔心精神力轉移過程中會丟失記憶，最好能讓艾斯丁替他備份精神力記憶，雖然希望渺茫，人活著就還好。」羅丹私下和邵鈞說道：「奧涅金伯爵聽說記憶可能會丟失，竟然沒怎麼在意，說只要是他就好，其他的慢慢來，又笑說他在花間風記憶裡也不是什麼好人，如果能洗白重新開始，倒也不錯。」

邵鈞道：「記憶備份在主腦裡嗎？」

羅丹道：「是，我是覺得過去的經歷是構成一個完整人的要素，沒有那些記憶，沒有那些經歷，那還算得上是同一個人嗎？萬一重新開始，他忘記了過去的經歷，而又因為新的經歷愛上其他人，那原來的愛人多麼可悲？」

邵鈞點了點頭，默默無言，羅丹仍在孜孜不倦：「準備和帝國簽下一個大訂單，賣了一大批天網聯接艙，等帝國也鋪開使用的話，天網就更壯大了。」

他非常專注地凝視著懸浮螢幕，藍灰色的眼眸帶著紫羅蘭的幻彩，一心一意只想著如何喚醒他的愛人，並且專一無悔，決不放棄。這是一種超越了友情的感情，靈魂彼此相投，都盡全力為了對方付出犧牲。

邵鈞不知為何有些羨慕，他心裡想：莫非自己想過凡人的生活，就是希望找這麼一個靈魂伴侶嗎？畢竟一個人，實在太寂寞了。

每個人都很忙，似乎只除了邵鈞。

花間族的事有萬能的歐德在，其實他只裝成花間風出去露過幾次面，就徹底不需要他出面了，花間松一家子老老實實被奧涅金伯爵關著，也做不了什麼怪。

奧涅金伯爵則沉浸在了政治鬥爭中，法羅陷入了可怕的經濟危機中，他們的聯盟幣成了廢紙，本國的貨幣不堪一擊直接陷入了通貨膨脹，霍克公國拒絕一切與他們的經濟往來，與其他聯盟國家的經濟合約，則都附上了禁止條款，不允許將霍克公國的技術、專利、能源、貨物等銷售給法羅。

法羅先是派出了談判團，但霍克公國的態度很堅決，你們收容的布魯斯元帥曾經非法刑囚我們的首相閣下，除非交出布魯斯，否則一切免談。

法羅猶豫了。

但經濟情況進一步惡化，外資企業紛紛撤資，法羅國的企業無法接到訂單也只能縮減崗位，失業浪潮開始席捲這個小國，很快法羅國內不堪忍受的人們走上了街頭抗議。

布魯斯元帥忍無可忍，帶著軍隊先攻打霍克公國的空中要塞，然後被霜鴉領軍打了個落花流水。

戰爭加劇了法羅的經濟窘境，戰敗更是讓民眾忍無可忍，反對派藉機挑撥，法羅政權岌岌可危。

而聯盟這邊則一邊忙著和帝國和談，對法羅遇到的窘境也只能隔空譴責霍克公國霸權主義，不講道義。

帝國則興致勃勃地與霍克公國繼續保持貿易往來的同時，又和聯盟在談判上拖長著時間。

談判基本陷入了僵局。

邵鈞每天只能在星網上刷到新聞來瞭解談判的情況。

柯夏除了那天傳過通訊以後，再也沒跟他聯絡，他想到那天看到柯夏去心理諮詢所，有些心憂，旁敲側擊問過他身邊的花間琴。

花間琴道：「中將很好啊，如今聯盟要靠他撐場面呢，還有柯樺皇子好幾次私下邀請他小聚，他都拒絕了。」

邵鈞問：「我前天好像看到中將支付過一筆心理診療諮詢。」

花間琴道：「啊？哦哦，這是聯盟軍的福利啊，心理諮詢的方式可以自選，費用由軍務後勤費用統一支出，中將以前都不去的，但是之前不是忙嘛？打仗太忙了，現在蟲族漸漸少了，他又在紅狐要塞這邊每天沒什麼大事，大概就想起來去做了下心理諮詢吧。」

花間琴十分體貼：「隊長真是關心中將呀，您是擔心中將心理健康吧？放心我一定不會告訴中將的。」

「總覺得帝國還有什麼陰謀，但是上次圍攻洛倫的蟲族身上都加裝了遮罩器，所以我們沒有定位到新的蟲族養成地點，但有個好消息就是聯盟研究院這麼多年總算研製出了遮罩雌蟲聲波干擾的辦法，帝國如果再驅使蟲族，那我們也有克制的辦法了，但我們還在想辦法找到帝國的蟲族基地，按風先生的指示，我們在帝國的眼線已經全力以赴開展工作了。族長最近都沒有給我們下指令了，他還好嗎？」

邵鈞道：「他挺好，只是有些事需要處理，等忙完了就好了。」

花間琴點頭：「看伯爵閣下弄出來的大事，風先生一定也在裡頭添了不少力，新自由聯盟這邊會越來越好吧？我聽說已經有三個小國加入新自由聯盟了。」

邵鈞點了點頭：「嗯，他們花了很多心思。」

花間琴表示欣慰：「真好，比我們在這兒乾耗著好多了，這樣天天拉鋸談判，還不如痛痛快快打一仗呢，我們閒得身上都要長蘑菇了。」

所以，新晉的中將大人不聯絡，只是因為沒什麼事吧？說來也是，他沒有事要交代機器人，自然也就不需要聯絡了。

邵鈞有些惆悵地結束了和花問琴的通話。

整個世界風起雲湧，有人奮然投身進入波瀾壯闊的歷史進程，有人為了利益挑動起上千萬人的戰爭，疾病、自然災害、戰亂讓這個星球陷入了前所未有的紛擾，所有人都前行在自己的路上，或者有著自己堅定的目標，或者身不由己裹挾在時代洪流中，但他們都是這個世界上原本的人。

那種與整個世界格格不入的分裂和孤寂感又來了，百無聊賴的邵鈞先生於是開始用軟體捏自己未來身體的外貌，羅丹興致勃勃：「你真的也是黑髮黑眼？給你弄一具年輕點的身體，基因選擇想要什麼？長於計算邏輯思考能力的基因吧？這是很有用的天賦，和你也很相稱，藝術創造天賦基因要加一點不？」

邵鈞搖頭：「不用，我沒什麼興趣，如果能選，給我一具有運動、格鬥天賦的身體吧，反應快，視力好那種。」

羅丹道：「可以吧，真的不要點音樂細胞嗎？」

邵鈞詫異道：「可以選基因的話，豈不是所有人都可以自己選了？」

羅丹搖頭：「你忘了，精神力是天賦人類的獨一無二的瑰寶，每個人的靈魂獨一無二，基因修改會直接影響人的精神力和壽命。複製人是沒有靈魂的，給他什麼天賦，都沒有用，只是一具活著的身體，他們的壽命非常短，往往只能憑著本能大概有相當於人類三歲左右的智力行為。硬體再好，沒有中樞軟體還是不行的。所以帝國那邊的地下實驗室做複製人，基本基因選擇都是集中在外貌和身體素質上，比如經過挑選的優秀的外貌基因，更漂亮的眼睛嘴唇皮膚之類的，提高柔韌性、敏感性……等等，不過身體都是很健康的，畢竟本來壽命就短，更不能動不動就生病了，耽誤使用。」

他說得含含糊糊，邵鈞也沒在意，只是聽過就算，許久之後他回憶起來羅丹說過的話，才知道這是多大的一個坑。

在霍克公國毫不留情的軍事打擊和經濟制裁下，法羅國沒有堅持多久終於發生了兵變。

頑固派的一位將領在一次軍事會議中直接掏出槍以迅雷不及掩耳的速度逮捕了布魯斯元帥，並且迅速發動了兵變。

法羅國數日之內政府下臺，反對派上臺，很快將布魯斯元帥移交到了霍克公國，要求簽訂停戰協定，並且願意加入新自由聯盟。

霍克公國欣然與其簽訂了停戰協定，與此同時又有四個國家加入了新自由聯盟，這個時候，原西大陸聯盟十七個盟國，新自由聯盟已經爭取了八個，與萊恩為首的西大陸聯盟幾乎已經可以分庭抗禮。

但阿納托利並沒有停止他瘋狂的步伐，仍然全力以赴孜孜以求，收買拉攏、威脅暗殺、扶持反對派、經濟封鎖，無數的手段使盡，只為了推進新自由聯盟的組建。

萊恩公國一邊在與帝國議和，一邊對擅自脫離西大陸聯盟的國家予以了強烈譴責，然後對霍克公國傳達了外交要求，要求引渡布魯斯元帥公審。

霍克公國並沒有理會，而是在迅速收集證據及審訊後，以新自由聯盟軍事法庭名義，組織了對布魯斯、露絲兩戰犯的公審，全球星網直播。

布魯斯的公審使全世界譁然，布魯斯以反人類、危害和平、侵占挪用軍資罪、控制輿論、以非法手段誣告政敵、貪污等罪名被判處有罪，處以死刑；露絲中將協助父親施以多項罪行，被判處星際監獄終身監禁。

而隨著前聯盟元帥布魯斯元帥的公審，大量詳實的貪污腐敗、行賄受賄的細節被披露，涉及到的聯盟官員長達上百名，其中仍然還在任西大陸聯盟政府、議會的官員，甚至還有數十名！

這就引起了社會譁然。好事的線民們早已在網上將這些官員的履歷、任免提拔的過程以及背景全都扒了個乾乾淨淨，然後人們愕然地發現細究起來不少還是現任總統、議長的心腹官員。

所以這些官員收受了如此巨額的軍方賄賂，究竟拿來做什麼？不得而知，這十年來人類深陷在與蟲族的抗爭的災難中，流離失所，掙扎只求溫飽，然而聯盟官員卻與軍方相勾結，大發戰爭財！一個個中飽私囊，在這場全人類的戰爭中，吃得腦滿腸肥，甚至在布魯斯元帥倒臺時，還暗中放跑布魯斯元帥，就為了不讓布魯斯元帥牽扯出其他高官。

罪狀清清楚楚，所有人都憤怒了。

當天帝國與西大陸聯盟的談判桌上，一向友善溫和的柯樺皇子，都難得地酸了前來談判的愛思蒙總理：「我聽說前聯盟元帥布魯斯被公審後，又有三家國家宣布脫離了西大陸自由聯盟，所以現在請問總理，您還能代表幾個國家談判呢？帝國就算和你們簽訂了和平公約，還有意義嗎？我們現在是不是在浪費時間呢？還不如總理先處理好聯盟內部事宜，比在這裡貪得無厭地要求帝國拿出能源割讓領土的好，畢竟我國在這次戰爭中，可是被前聯盟元帥給貪污虧空了不少軍資，也是受害者呢。」

愛思蒙總理臉色青白交加，竟無言以對。

這談判的小插曲被多事的記者發到了星網上，又掀起了輿論熱潮。

人們甚至對這位溫和優雅，仁慈高貴的柯樺皇子產生了好感：「帝國皇子真是翩翩風度，都這樣了還能沒有口出惡言，要知道帝國也是深受蟲災威脅了十年，盟軍打仗的時候，帝國在軍資和能源上也出了很大的金額。」

「我聽說那巨額虧空就是主要從帝國那邊貪污的。」

「說起來的確是，帝國何必還和西大陸聯盟這邊談判？太浪費時間了，還不如和我們新自由聯盟談判呢。」

「或者還是三邊協議吧？」

「憑什麼三邊談判？看看那黑透了心的聯盟高層！我們強烈要求他們引咎辭職，開展調查，組織公審！」

「看來這談判再拖下去，帝國皇子的確可以改和新自由聯盟談判了，可憐柯樺皇子已經在紅狐要塞待了兩個多月了吧？還沒有出結果。」

「柯樺皇子那金色的長髮和碧藍色的眼睛，真像天使一樣。」

「只有我覺得柯樺皇子和夏柯中將站在一起超級好看嗎？大家有看到那張照片沒？夏柯中將站在艾德蒙總理身後，柯樺皇子很明顯轉頭去對他笑的那張，一樣都是金髮碧眼，一個深藍色筆挺聯盟軍服，一個卻是雪白金邊禮袍，五官奇跡般還有點相似！真是太美了！」

一些女孩子的小小聲音很快被更大的憤怒聲討蓋過。

在星網上發酵的醜聞如同雪球越滾越大，戰爭帶來的創傷，家園的滿目瘡痍，貧困潦倒的生活，妻離子散的人生，這一切，都是因為蟲族帶來的，蟲族是誰帶來的災難？是布魯斯這個人類罪人！和布魯斯勾結大發戰爭財的聯盟官員罪大惡極，必須審判！

西大陸聯盟內尚存的國家民眾自發遊行，要求脫離西大陸聯盟，審判戰犯！萊恩國的民眾們也群情激憤，議會提出要求相關官員停職接受審查。

數月內，聯盟諸國紛紛脫離了西大陸聯盟，加入了新自由聯盟。

帝國談判團以皇帝柯冀抱恙為由，柯樺皇子回國侍疾，談判無疾而終。

阿納托利意氣風發：「萊恩已經派人前來接洽，希望目前官員能在新自由聯盟裡保有相當的席位，呵呵，他們是傻了嗎？新自由聯盟換成他們的人，那不還是舊的聯盟嗎？不過我還是含糊著回應了，先哄他們加入聯盟再說。至於聯盟官員，還是得藉由新的議會選舉選出嘛，至於選舉結果怎麼樣，這次可就要看我們了，他們人人喊打，還指望能逃脫審判嗎？」

羅丹側目：「骯髒的政治，齷齪的政客。」

阿納托利不以為意：「與惡龍搏鬥的勇者，最後也成為了惡龍，這可是風先生演過的絕佳大片。」他凝視了一會兒邵鈞，彷彿又想起了那個飾演過勇者的花間風來：「後來我找出風先生和你演過的電影來看，可以很明確地區分出你和他飾演的每一個鏡頭，其實你和他一點都不像，同時認識你們兩人的人，一點都不會搞錯你們。」

羅丹道：「風先生的大腦已經培育好了，我打算近期就會動手術。」

阿納托利有些不安，站起來來回走了幾步，十分謹慎問道：「還有什麼需要我做的嗎？」

羅丹搖頭：「不用，你放心，成功率很高的。」他轉頭叫邵鈞：「晚上你也一起來，我今晚要去天網確認一下。」

邵鈞心裡明白是想去試試主腦備份了，便道：「好。」

天網裡熙熙攘攘，氣象宏大，熱鬧萬分。羅丹站在登錄臺高處往下看，有些唏噓：「短短在這一年內，天網登錄人數增加到了二十億，整個天網的精神能量分外充沛，可惜戰後人員少太多了，等回復和平後，人會更多。」

「我身上有艾斯丁的精神力，同源的話，比較容易引起他的共鳴。稍後我會嘗試呼喚他，如果能喚醒他，我們這些年，就算是成功了。」

他閉上眼睛，開始催動精神力呼喚艾斯丁。

他身上緩緩散發出了淺紫色的光輝，一團一團猶如螢火，緩緩漂浮，往上融入了主腦，整個人也變得朦朦朧朧，若隱若現。

邵鈞看著他，忽然不知哪裡來的一種從心裡自發的喜悅洋溢在心中，他一怔，轉頭果然看到了四周處處花團錦簇，腳底下也簇擁出了一張鮮花組成的花毯，天空傳來「砰」「砰」的聲音，抬頭看到藍色玻璃一樣的空中，一團一團鮮花在空中如同禮花綻放，然後無數花瓣從空中落下。

身上泛著光閉著雙眼的羅丹身後漸漸顯出了一個乳白色的光影，從後往前擁抱著他，無數泛著幽光的藍蝴蝶環繞擁抱著他。

銀灰色長髮的艾斯丁漸漸在光影中現身，銀色雙眼含著笑看向邵鈞：「很久不見了，大家。」

這一天在天網的人們感覺到了發自靈魂的歡悅和快慰，整個天網世界彷彿活過來一般的令整個精神力都在震顫，人們無法形容那種感覺，但在離開天網的時候，每個人都不約而同感覺到了自己精神力提高。那是一種玄妙的感覺，嚴格來說精神力並沒有準確的測試方式，但是他們就是能感覺到那精神力更充沛，更細膩，更敏銳。

從此後天網裡偶爾出現的這一種神跡，人們稱之為神賜的祝福。

然而這一刻邵鈞只是看著羅丹睜開眼睛，回抱艾斯丁，然後非常突然就哭了。羅丹外貌陰鬱自持，並不好接近，情緒一向內斂，這時他卻像孩子一樣一直將頭埋在艾斯丁的懷裡不肯抬頭，只有時不時抽動的脊背讓人知道他心情的激蕩。

有十年了吧？邵鈞並沒有怎麼感覺到時間的流逝，但也知道羅丹其實為艾斯丁是否永遠再也不能醒來心裡顧慮重重，雖然他並沒有怎麼表現出來，只是彷彿一個冷靜的科學家一樣不斷的研究，確定能讓艾斯丁蘇醒的方式，然後堅定不移地去做，不惜代價地全面推廣天網聯接艙。我要，所以我去做，至於能不能做到，這不在考慮範圍，這種非比尋常的執著和堅定，形成了羅丹一種彷彿孩童般的固執單純的氣質。

從前在艾斯丁去世的時候，他將艾斯丁的大腦切片，開展一項所有人都認為不可能的研究的時候，大概也是這樣簡單的執著堅持吧？

愛是恆久忍耐，愛是永無止息。

所有人都覺得不可能的事，他做到了，他研究出了天網，他復活了以靈魂形式永存的艾斯丁，他沒有等到相會，他死了。他們錯過，卻又陰差陽錯地再次相會，然後再次分離。

他完全可以理解羅丹在這種漫長煎熬的患得患失，在長久而沒有期限的等待終於得到結果後，和最愛的人好好擁抱和痛哭。

天網也因此在飄滿花瓣的晴天裡下起了淅淅瀝瀝的雨，但這雨仍然充滿著喜意，教所有人都感覺到了安寧和樂。

艾斯丁溫柔抱著他，一邊笑一邊安慰，一邊抱歉地看著邵鈞。

邵鈞卻非常理解，微微頷首，走出了那間花閣天臺，往下走到繞著城的河水邊，凝思。

然後他聽到了熟悉的好友上線通知聲，他低頭看了下虛擬面板，果然看到柯夏再次出現在了本傑明博士心理治療所。

其實邵鈞已經很久沒有使用「鈞」這個身分，因為隨著霜鴉他們和柯夏越來越緊密的合作，他不適合多次頻繁出現在天網，因此在柯夏的眼裡，這個曾經在天網裡認識的格鬥很厲害的人，已經消失了太久太久，成了一個算是認識的網友而已。

但這一次他幾乎想要再次和柯夏聯繫，問問他到底去心理諮詢所做什麼。

然而柯夏並沒有給他寒暄的機會，這一次他仍然待的時間很短暫，仍然是十多星分後再次迅速地下線。天網裡花團錦簇，天空裡的花瓣雨如夢似幻，他卻沒有為此多停留一刻，彷彿這些人人驚嘆的神奇景色，對他來說甚至不值得駐足掛懷。

「久等了，實在對不起。」艾斯丁的聲音響起。

他轉頭看到羅丹有些不好意思地看著他，但手卻仍然緊緊牽著艾斯丁的手，邵鈞微微失神了一會兒，他恍惚感覺自己這種感覺應該叫做羨慕，他笑道：「沒事，艾斯丁，你一切恢復正常了？」

艾斯丁笑道：「再好沒有，甚至比從前的力量更充沛，我甚至彷彿只是睡了一覺而已。」

他的笑容仍然純摯如天使，但手一直緊緊握著羅丹的手腕不曾放鬆，邵鈞完全感覺到了自己的多餘，只好有些尷尬道：「羅丹和你說了嗎？關於花間風的事。」

艾斯丁道：「知道了，我已經和丹尼爾說好了，今晚就會替他做個簡單的記憶備份，然後會協助你們將他的精神力導回他的身體。」

邵鈞點了點頭：「那最好不過，你們先聊，我想起還有件重要的事，我先下線看看。」

羅丹非常迫不及待道：「好的。」

艾斯丁笑意盈盈，眼睛裡完全看穿了邵鈞的善意，微微頷首，邵鈞便按了下線，下線前他看到艾斯丁再次將羅丹擁入了懷中，然後兩人完全融合成為了一團幽光，消失在了花閣內。

下線後的邵鈞仍然沒有什麼事。

本來還可以和羅丹一起湊合，畢竟兩人都是純靈魂體，一樣的情況，一樣的孤獨。

邵鈞撥通了柯夏的通訊，對面很快接起來，藍眼睛裡有著驚喜和意外：「杜因？」

邵鈞撥通以後才想起並沒有什麼事要和柯夏說，花間風的治療手段太過驚世駭俗，仍然需要嚴格保密，倉促之間只好道：「聽說你那邊談判已經結束了。」

柯夏笑意盈盈：「是的，花間家族那邊的暗線情報顯示，柯冀應該是真的生病了，他大概怕被兒子奪權，已經將所有皇子手上的軍權都卸了，牢牢控制在逐日城內，真是一場大戲，我很期待那三個都不是吃素的皇子展現演技。」

「想念你的主人了吧？放心我很快就好。萊恩正與霍克公國開展談判，但這談判毫無意義。萊恩這邊防我和奧卡塔將軍很厲害，奧卡塔將軍已經被迫交出了指揮權，目前正在停職審查中，不過你不用擔心，一切都盡在掌握。等我，我給你準備了一個禮物。」他眼裡看著他的機器人，藍眸又柔軟又閃亮，完全不像那個大半年都沒有聯繫應該早就將自己的機器人保母忘卻的忙碌中將。

邵鈞有些不習慣他的態度，這和他想像中的不太一樣：「什麼禮物。」主人給機器人的禮物？能源電池嗎？還是像孩子打扮洋娃娃一樣準備衣物什麼的……他一陣惡寒，想像不出還有什麼禮物會給機器人的。

柯夏卻很耐心：「到時候你就知道了，你過得還好嗎？每天做什麼呢？」倒像是要一副聊家常的樣子。

這實在和他身上那整肅的軍服不搭，邵鈞完全不理解自己忽然給柯夏撥通訊究竟是想要做什麼，似乎只是那個時候，想要見見他：「每天看書。」

柯夏嘴角含笑：「看什麼書？」

邵鈞拿起了一本初級機甲整備基礎來給柯夏展示，柯夏笑意更濃：「好事，那以後天寶的整備就靠你了。」

邵鈞微微無語，柯夏道：「你再等一段時間，我這邊還在謀劃一些事，最多兩到三個月，我們就可以會合了。」

邵鈞道：「好，還有事嗎？」

柯夏仍然眼裡含笑：「不是你主動找我的嗎？怎麼又急著掛。」

邵鈞也不知道自己在做什麼，只能木然道：「那再見。」

看著自己有了長進學會主動撥通通訊的機器人管家掛了電話，柯夏心情很好地也關了通訊器，外邊門口又輕輕敲了下門，是莫林：「中將，會議已經延期五分鐘了……奧卡塔將軍問你是否有什麼急事？建議你儘快，不然怕影響大家的決心。」

柯夏道：「來了。」他起身整了整軍裝，推門走了出去，穿過長長的走廊，走進了會議室，會議室裡，一群肩上都有著肩章的高階軍官，全都看向了他，他微微一笑：「久等了，抱歉。」

這一天的晚上，萊恩國發生了軍事政變。

機甲天才，聯盟的戰鬥明星夏柯中將，帶領整團的機甲團及空軍團，兵分兩路，包圍並控制了聯盟總部大樓及萊恩政府大樓、議會，聲稱要求聯盟總統引咎辭職，接受公審，要求萊恩國退出西大陸聯盟，加入新自由聯盟。

這一次軍事政變的主力將領，幾乎全來自於聯盟雪鷹軍校的畢業生，甚至還有聯盟軍校的教官、學生參與，多年後人們認為這次政變其實是「洛倫正義審判」運動的延續，是一次正義的、偉大的變革，這次變革加速了西大陸聯盟最終的解體崩塌，將在蟲族戰爭中與前聯盟元帥勾結的聯盟官員逮捕移交公審，並促成了新自由聯盟的大一統，是極具歷史意義的一刻。

而這一夜，移植了健康大腦的花間風也在羅丹縝密操作下，腦波恢復了正常的頻率，在沉眠數月之後，緩緩睜開了眼睛，被激動萬分的阿納托利緊緊擁抱到了懷裡。

一切都在變好。

被聯盟軍隊控制了的萊恩國很快放棄了對聯盟的支持，宣布加入新自由聯盟，而完全失去了國家的西大陸聯盟分崩離析，所有有嫌疑的原聯盟高官都被拘留待進一步審查，等待公審。

而原聯盟第一軍團，也在夏柯中將的帶領下，投誠了新自由聯盟。

新生的自由聯盟生機勃勃，花團錦簇，很快組起了議會，在普選出來的新任議長選舉下，迅速選舉出了新自由聯盟的第一任總統，阿納托利·奧涅金。

夏柯則當之無愧地被選上了新一任元帥。

新自由聯盟開始譜寫了萬象更新的第一章史詩。

而藍星的另外一端，逐日城深處的皇宮。

陰暗的寢殿中，懸浮螢幕上正顯示著年輕得有些過分的中將正在元帥授勳典禮上接過元帥佩劍，深藍色的軍帽下，碧眸金髮分外醒目。

一個長長的嘆息聲響起：「柯榮，到底還是生了個比我優秀的兒子啊……」

幾乎凝滯的空氣中彷彿有著腐朽塵土的味道，柯冀的心腹深深垂著頭不說話，柯冀將枯瘦的手從背上收起，看著懸浮螢幕上那青春逼人的青年：「年輕真好啊，再給我一百年，我一定能一統藍星，可惜了，可惜這大好的形勢……白白浪費了，原本唾手可得……生的兒子不如人啊。」

「嘖……」非常遺憾的柯冀忽然劇烈咳嗽起來，太陽穴上枯瘦蒼白的皮膚下青筋猙獰浮起，臉色漲成了青紫色，有侍者連忙上前扶他，柯冀足足咳嗽了幾分鐘，將一口血吐出後，才閉上了金星直冒的眼睛，喘息著道：「是我這老東西……謝幕的時候了。」

「退場吧……」

「帝國這次太反常了。我還以為談判他們會出什麼花招，結果沒有，我還以為他們會繼續驅使蟲族，至少會占領了洛倫，他們還是沒有，我以為他們會暗中收買支持布魯斯元帥，仍然沒有，一直到整個新自由聯盟都統一，他們還是什麼都沒有做，這太不合常理了。」阿納托利將一瓣新鮮橘子剝開，遞到還躺在病床上的花間風嘴邊。

花間風張開嘴吃了，他剛做過大腦移植手術，頭還光著，顯得漆黑的眼睛分外大，頗有些楚楚可憐的樣子，雖然精神力恢復得很好，但整個身體的肢體卻仍然有些失調，據羅丹說是暫時還不能完全和新大腦協調起來，因此還需要一段時間的物理治療和復健。

雖然花間風有些不理解為什麼自己醒來後，阿納托利對他的態度大相徑庭，但這不妨礙他享受阿納托利的大獻殷勤，他低聲道：「柯冀重病的消息也有許久了，聽說是精神力紊亂，但我們一直懷疑是放出來的煙霧彈。柯葉、柯楓大概也懷疑這是父親設下來的考驗，不敢輕舉妄動。如今看來，帝國沒有理由白白錯過這攪混水的機會，蟲圍洛倫，奇襲霍克，這樣轟轟烈烈的開頭，最後居然是以無疾而終的談判告結，那些消失的科學家，還有他們的祕密蟲族基地，都沒有下文了，我們在帝國也沒有查到，莫非真的是病了。」

柯夏道：「只能說是我們運氣好，奇襲我們躲過去了，否則帝國還真有可能在短期內迅速攻占聯盟的兩個大國首都，現在想來，洛倫的內亂，也有他們在推動，這樣大手筆的陰謀，花了多少時間精力，最後竟然就這麼放任新自由聯盟統一聯盟，怎麼看都不像是柯冀的手筆。」

霜鴉接著道：「是，那天回想起來，要不是杜因，我們真的要被柯葉那頭瘋狗打個措手不及，也只有柯冀才壓得住柯葉。如果柯冀真的病了，那帝國的確是只能專心內政，哪位皇子都不會還有空來管我們。」

花間風道：「那我再讓人打探。」

阿納托利忍不住道：「你別太過費神，反正事已成了定局，兵來將擋，他們來打我們接著就是，還是好好休養吧。」

他彷彿又是那個所有貴婦人眼裡完美的風度翩翩的優雅情人，雙眸含情，花間風卻神情詭異，霜鴉一旁吃吃的笑，柯夏也彷彿被傷了眼睛一樣的挪開了眼睛看向一旁一直默默無言的邵鈞：「你慢慢休養吧，我來接杜因回去。」

阿納托利笑道：「你那元帥府是倉促收拾出來的，要什麼沒什麼，你反正也是在軍營裡的時候多，讓杜因先住我這裡等你的元帥府收拾好再說吧。」他私心裡卻是這些日子看那個神祕的羅丹基本目無下塵，誰都不理，只聽杜因一個人的話，萬一杜因搬走，羅丹搞不好也要跟著走，那對花間風的治療卻會有些不便，雖說目前看著好像恢復得還行，但還是要羅丹住在宅子裡最保險。

柯夏投去了詫異的目光：「就是沒收拾好才讓杜因過去幫我收拾的啊，其他人我不放心。」

阿納托利被他這理所當然的口氣噎了下，一下子竟然不知如何反應，霜鴉在一旁笑道：「我說元帥閣下，不要把杜因當成下人啊，這些事隨便一個機器人管家都能做好的，何必大材小用。」

唯一知道真相的花間風：……

阿納托利附和道：「是，如果是嫌機器人管家不靈活，我把我府上的管家借過去給你用，什麼時候還都可以，需要什麼都可以提，他會幫你收拾好的。」

柯夏冷淡道：「我又不是要他親自收拾，我的事他才知道。走吧，風先生好好休息，有事再聯絡。」

他伸手示意邵鈞跟上，自己先走出了房間，幾個護衛也跟上了他，邵鈞站起來和他們告別道：「那我先過去，有事聯絡。」

阿納托利忙道：「羅丹先生呢？」

邵鈞道：「隨他，元帥府離這裡也不遠，其實住哪裡都一樣的，而且風先生已經脫離危險期了，剩下只是康復而已，伯爵不必太擔心。」

霜鴉道：「杜因，如果元帥為難你了，你隨時找我們啊。」

花間風不忍卒視：「行了霜鴉，那是他們的情趣，你就別管了。」

邵鈞總覺得花間風的話哪裡不對，還是點了點頭表示感謝，離開了。剩下三人一言難盡地看著他的背影，霜鴉道：「雖然說是情趣，但是為了這一天，杜因真的做了那麼多，我實在有些看不慣夏還那樣使喚他。細數起來，這幾年他真的算得上是隱藏在陰影裡呼風喚雨挑動世界局勢的大人物了，一想到這樣的大人物居然在夏身邊伏低做小，我真的有點不是滋味啊。」

阿納托利道：「所以做元帥的不是你啊。」他感慨道：「我也有點羨慕他，說起來我當初還想追求杜因呢。」

霜鴉道：「我也是。」

花間風十分無語：「各位，你們只是本能地知道這個人很強，想要利用他罷了。愛不是這樣的東西，那種為了某個人全力以赴，付出一切的感覺，我們這種自私的人是不懂的。」

霜鴉點了點頭：「是啊，我永遠做不到，為了誰付出一切，我永遠堅守我自己，誰都不能讓我放棄自我。」

阿納托利沉思了一會兒，對花間風道：「我試試看，有點難，但是我努力。」

花間風一臉受驚的模樣：「伯爵閣下，我一直覺得我醒過來以後你怪怪的，這一副情聖的樣子是要做給誰看的？我想提醒您，我和杜因一點都不像，我不做任何人的替身，你可別告訴我因為死了一次，你就忽然發現對我的愛意了？哈哈哈。」

阿納托利他凝視著花間風：「是的。」

花間風一怔，眼神對上了阿納托利的眼神，琥珀色的眼睛裡彷彿流了蜜，這是讓花間風從前痛恨處處含情讓人誤會的眼睛，如今看著他彷彿深愛著他。

阿納托利道：「你被宣布腦死亡的時候，我整夜守著你，害怕他們趁我不在，停掉你的維生設備，你甚至還沒有和我道別，他們就宣稱我將要失去你，我用盡一切方法只想留住你，的的確確只有那個時候我才意識到，我早已愛上了你。」

這是哪部爛俗言情電視劇裡的肉麻臺詞！霜鴉只覺得天雷陣陣，終於忍不住道：「我覺得我有點多餘，我先走了，下回聊。」他迅速地離開了病房，只留下滿臉一言難盡的花間風看著阿納托利。

阿納托利絲毫未覺得尷尬，而是上前細心地抱著花間風躺下：「我會重新追求你的。」

花間風：「……」他閉上了眼睛想裝睡，竟然不知道說什麼，戲份都讓尊貴的新任總統奧涅金閣下演完了。

邵鈞簡單收拾了自己的用品，和羅丹交代了幾句，羅丹道：「沒事，我繼續在這兒觀察花間風幾天，就回去我們以前住過的古堡，你還記得吧？就是艾斯丁的資產，我到時候把身軀留在那裡，就會回天網去了。」滿臉幸福的羅丹顯然早已對這個現實世界毫無留戀，他笑意盈盈：「放心，我會跟進你的事，你隨時上天網都能找到我和艾斯丁。」

邵鈞點了點頭，提了箱子走下樓，樓下停著元帥的軍用飛梭，莫林帶著幾個護衛在一旁衛護，柯夏站在飛梭外等著他，看到他出來，那一直嚴肅冷淡的表情就緩和了下來，他微微笑：「你的東西讓他們管家收拾送過去就好，你先陪我回去，我晚點還有會，中午你陪陪我。」

邵鈞有些不習慣他的親暱態度，點了點頭應道：「好的。」

柯夏伸手拉著他的手上了飛梭，啟動後，飛梭裡只剩下了他們。

柯夏靠過來，整個身體毫不在意地放鬆靠在他的機器人身上，笑盈盈地說話：「這幾天忙著授勳典禮，都沒有時間過來接你，好不容易一得閒就過來接你了，你不要怪我冷落了你。」

邵鈞不知該說什麼：「元帥府那邊你想怎麼收拾？」

柯夏道：「隨便吧，你想怎麼收拾就怎麼收拾。」他想了下又含笑：「你是不是又想全種上白薔薇？」

被一語道破打算的邵鈞有些無措，茫然看向柯夏，柯夏哈哈一笑，伸出手摸了摸他的頭髮：「隨便你，你想種就種，元帥府你愛怎麼整理就怎麼整理，今晚我有禮物要給你。」

邵鈞抬眼看他，滿臉茫然，柯夏滿臉彷彿邀功一般的喜悅：「晚上你就知道了……我下午還有個會，你在元帥府裡乖乖等我。」

忽然手腕上的緊急通訊打斷了柯夏想要說的話，柯夏有些不滿地低頭看了下，看到是阿納托利，便接通了語音，阿納托利急促的聲音在那邊響起：「夏，帝國皇家發了正式訃告，皇帝柯冀駕崩！三皇子柯樺繼位！」

飛梭中途拐了個彎去了軍部，然後這個高層緊急會議就一直開到了深夜，由於涉密，所有將領的護衛都在會議室外等候，跟著霜鴉來的艾莎看到他，悄悄打了個眼色，過了一會後出去，邵鈞會意便也走了出去，在樓道拐角隱蔽處，艾莎悄聲笑道：「怎麼你也來了？好久沒見到你了。」

邵鈞道：「嗯，其實一直住在伯爵那兒，只是你們太忙，霜鴉過來也不帶你，古雷他們好嗎？」

艾莎道：「都好，古雷還有機會見到你，我們都沒機會。目前在眾人眼裡，霜鴉和夏還是針鋒相對的關係，從前關係就不好，現在又被夏搶走了元帥的位置，外邊都在瘋傳說是總統為了招攬萊恩原本聯盟軍的勢力，才把元帥給了夏，不少人都在為霜鴉抱不平呢哈哈。霜鴉說要繼續保持這種表面不和的關係，在民眾和其他政客眼裡反而安全。反正他也確實看不慣夏，所以我也不好和你走太近，不過夏不愛帶你出來吧？我聽他的護衛都這麼說。」

邵鈞有些無語：「他們怎麼說？」

艾莎笑吟吟：「說對外協調、出外的事一般都是莫林副隊，你這個護衛隊長低調強大，元帥怕被人覬覦哈哈哈。」

邵鈞：「……」

他面無表情改變話題：「帝國那邊的軍隊有動作嗎？軍部這麼如臨大敵的。」

艾莎道：「接到的情報是柯冀臨終之前把柯葉、柯楓都給召喚到耀日宮裡了，他們的屬下就沒有見過他們出宮，一直到柯樺登基典禮結束，兩位皇子仍然是親王，一律居住在逐日城，所有的軍權全部收回帝國軍部。」

邵鈞道：「柯葉竟然沒有反？」被一直看不起的小白兔奪到了皇位，他不可能服氣，又是多年掌軍。

艾莎道：「怎麼反，兵權全都被卸了，玩不過老皇帝，柯樺雖然看上去軟弱，但是很得大臣們擁護，又是正式繼位的。然後帝國軍這些日子重兵雲集在與聯盟交界的冬霜堡一帶，所以聯盟這邊也如臨大敵，畢竟柯冀老奸巨猾，怕詐死是假消息，趁機突襲聯盟，畢竟他們手裡還馴養著蟲族，目前我們還沒有查到他們的祕密基地。」

邵鈞想了下深以為然：「很有可能，畢竟柯冀正當壯年，精神力也高，怎麼可能這麼早就病逝。」

艾莎搖頭道：「精神力高往往也有弱點，精神力高的人受到刺激容易精神崩潰或者狂暴、衰弱、分裂、抑鬱……等等，精神力疾病往往難以治療，帝國過去二十年，的確一直在吸收精神力方面的專家和人才。當年聯盟公約，也專門在聯盟引進了一批精神力專家，高薪聘請在帝國科學研究院，我聽說當年羅丹的弟子就被高薪聘請過去了。」

邵鈞震驚：「羅丹的弟子還有活著的？」

艾莎道：「西瑞博士，非常德高望重，聽說當年跟著天網之父學習的時候，就已經是天才少年了，羅丹很欣賞他的高精神力和敏銳，聽說著力栽培，他已經很老了，好像是三百多歲了吧，但看上去仍然不過五十多歲的樣子，是真有真才實學的，之前都是深居簡出，皇家花了大價錢聘請他，都知道是希望能夠長壽，誰知道呢。不過也對，精神力崩潰本來就不好治，再說帝國皇室那還是祖傳的瘋子基因呢，近親繁殖，你懂的。高機率遺傳基因病，就算沒這個病，也有那個病。」

邵鈞想起柯夏兩次去諮詢的心理病來，心裡一沉，但臉上卻也還不動聲色：「那看來軍部這邊也要隨時準備防守了。」

艾莎道：「是，當然也有可能是真死了，所以帝國也怕我們趁機打過去，總之互相提防吧，今天這會，怕是有的開了，你吃了沒?可以和莫林他們輪著去食堂吃。」

邵鈞搖了搖頭，兩人又說了些閒事就各自回去侯會。

這會果然一開就直接開到了淩晨，出來的時候柯夏又一連在作戰室做了一系列部署，下了不少命令，才出來帶著邵鈞上了飛梭，他應該很困倦了，一上飛梭就直接抱著後座上的蓋毯枕在邵鈞腿上睡著了。

等元帥府到了，邵鈞抱著柯夏平穩地下了飛梭，柯夏若有所覺睜開眼看了看，又安穩地閉了眼睛側頭縮進邵鈞的懷裡繼續睡。莫林帶著一隊衛隊迎了上來，看元帥睡著了微微有些驚詫，卻又反應過來，輕聲道：「元帥已經三天沒回來休息過了，想來軍務太忙，太累了。隊長請進內院去吧，我們衛隊都住在側院，不過元帥之前有過交代，等您回來和他住主院裡。」

邵鈞點了點頭，抱著柯夏沿著路走進了主院走廊，廊上的花型吊燈亮了亮，一個溫柔女聲響起：「歡迎元帥您回來，我是元帥府智能中控管家，請問您是？」

邵鈞回答：「我是杜因，你沒有名字嗎？」

吊燈又閃了閃：「元帥才入住了一次，之後一直忙於軍務在軍部沒有回來過，還沒有為我命名，他說杜因先生是元帥府的第二主人，請您為我命名。」

邵鈞一怔，隨口道：「那就叫薔薇吧。」

薔薇道：「好的，歡迎你回來，杜因主人。」

邵鈞道：「我是元帥身邊的護衛隊長，你可以稱呼我的職務。」主人什麼的，太奇怪了，外人聽見也不好。

薔薇道：「好的，杜因隊長。」

邵鈞道：「那請告訴我元帥的臥室在哪兒。」

燈一路亮了起來，指引他轉到了主院寬大的臥室內。臥室裡還簡單地放著幾大箱的衣物行李，床上倒是收拾好了，想來是護衛隊的人替他收拾了。他便將柯夏放進床上，替他脫了靴子皮帶帽子以及軍裝外套，柯夏總算睜開眼睛配合著讓他都脫了，然後睜著困倦得不行的眼皮對邵鈞道：「我為了今天特意把半個月的會都開完了，以為今天能好好陪你，誰想到今天又出了這事，算了，改天，我的禮物……改天吧，換個時間。」他口舌纏綿，眼皮更是沉重得睜不開，說話更是語無倫次，顯然已經太過困倦，半夢半醒中還在惦念著他的禮物。

邵鈞忍不住笑了下，將被子替他蓋好：「睡吧。」

能睡著總是好的，他還以為一心手刃仇人的柯夏，知道柯冀死了，會有些心情波動，他再清楚不過柯夏的執念了，這麼多年他心裡只有復仇，他欲望淡薄，幾近聖人，只不過是因為他只想要報仇而已，然而就在他才登上軍權頂峰，成為軍部元帥的時候，柯冀死了，這麼久的努力，這麼長久的執著，犧牲，付出，最後敵人卻可能敗於疾病。

他聽到柯冀死亡的消息就很擔心柯夏無法忍受，但沒想到他居然能平靜地接受這事實，還能安睡，更還掛念著他的禮物。

這倒的確是個好消息。

所以，看來那個本傑明心理醫生，還是很有辦法吧？柯夏如今已經是一個意志堅定，舉重若輕，拿得起放得下的成熟男子了。

他看著他沉睡的睡臉，不由心中油然而生一陣驕傲。

如今柯夏功成名就，還如此年輕，既有忠心的下屬和軍隊，又有了強有力的同盟，無論是奧涅金伯爵、花間風，還是霜鴉等人，都將會和他形成緊密的利益共同體，他還有來自聯盟雪鷹軍校四面八方戰友的支持，這麼二十多年來，他從帝國流亡到了聯盟，終於是紮下根來，長成了一株難以撼動的參天大樹了。

這個時候，正是他離開的最好時候，一個機器人保母，已經不是聯盟元帥的必需品，還有許多選擇，正是他換身體的最佳時機。

柯夏醒來的時候，天大亮著，臥室已經全部收拾好了，仍然是熟悉的薔薇清香，他翻身，赤腳落在柔軟地毯上，吊頂燈閃了下：「元帥閣下，早上好，杜因隊長已經替您做好早飯放在餐廳裡，他正在替您收拾書房。」

柯夏道：「哦，知道了。」他忽然想起一事：「他給你命名沒？」

薔薇道：「杜因隊長給我命名薔薇。」

果然，柯夏忍俊不禁，哈哈笑了起來，那點柯冀忽然死去所帶來的憋悶和連日來的勞累一掃而空，他伸手拉過一件晨褸披在身上，看著滿園鮮花神清氣爽，新的生活開始了，他穿過花園，心裡想著不知道他的機器人是不是很快又要將這裡改成白薔薇。

不過他喜歡就好，畢竟，他們是要共度一生的呢，他還有時間慢慢陪著他的特殊機器人，找出他們真正的愛好，白薔薇王府已經是過去，他們會有屬於他們的家的。

禮物——還沒有送出去，算了，不能這麼倉促，得找個合適有意義的時間，對了，也快要到自己的生日了，不如就生日那天？英姿俊發的青年元帥走進了書房，看到他的機器人正在將他的雪鷹軍校畢業勳章擺在書架上，那裡還有著他授勳的照片，各種軍功章。

那些榮耀，都是他的機器人和他共享，未來也一樣。

柯夏並沒能在元帥府待太久，用過早餐就又匆匆出去了，這次他留下邵鈞：「都是些繁瑣枯燥的事，沒必要讓你跟著，在家裡收拾一下，然後整理一下護衛隊，新招擴充了不少人，你還沒有見過他們吧。」臨走前還摸了摸邵鈞的頭：「禮物我挑個好日子送你。然後如果閒了可以想想喜歡什麼外貌。」

邵鈞總覺得這次重逢柯夏的身體語言太多了些，雖然他剛流亡的時候身體還是個小孩子，那時候比較依賴他，喜歡貼著他，但自從他長大後就比較少這樣——怎麼說呢，動手動腳？好像也沒那麼誇張和頻繁，但就是覺得哪裡不對。

柯夏才走沒多久邵鈞又接到了花間風的加密短信：「你走得匆忙，沒來得及和你交代，我在夏的護衛隊裡安排了個人，叫杜麗。你有什麼私底下見不得光的事都可交代她做，哪怕瞞著夏、瞞著我的，都可以，她為你服務。」

邵鈞一怔，想起柯夏是說護衛隊擴增了，要他整治，府裡也收拾得差不多了，該需要配置的安全設備等，他也列了單子讓傑姆按要求配備好。眼下無事，他便去了元帥府側院，這裡已經修建成為了護衛的駐地，莉莉絲今天是當值的領隊，看到他過來連忙召集護衛隊成員過來集合，給他介紹護衛隊成員：「這次我們新增了許多頗為能幹的護衛隊隊員，都是從各部隊中挑選出來的有潛質的新兵。」

邵鈞看了下，目光落在了一個黑髮黑眼的女子身上，這女子身材高挑，皮膚黝黑，雙眸淩厲，整個人彷彿一頭黑豹一般，她身上並沒有那種士兵自帶的朝氣蓬勃，反而籠罩著濃濃的不羈黑暗感，莉莉絲注意到他的目光，介紹道：「這是杜麗，擅長近身格鬥和潛伏、刺殺、暗器，赫塞也很欣賞她呢。」

邵鈞點了點頭道：「擅長暗器和潛伏是嗎？跟我來一下，我想替元帥府安裝幾個隱蔽攝影機，妳來參考一下。」

杜麗出列挺身敬禮道：「是！」

邵鈞帶著她一路往內院走去，一邊問她：「花間風派你來的？」

杜麗道：「是，已經有一段時間了，在洛倫就已經跟著元帥了，主要經手一些見不得人的事，比如刺殺、收買、偷盜之類的見不得人的事，當時就已經收到家主命令，要我無條件聽從你的命令。」

邵鈞道：「元帥有用過妳嗎？」

杜麗搖頭：「沒有，不過也和我談話過，說他也是出身貧民窟，目前雖然用不上我，但一旦要用肯定會是大事，所以就讓我好好在護衛隊裡待著，總能拚個好前途。」

邵鈞問：「你和花間酒、花間琴他們應該都是花間族的吧？你們關係也不錯吧？」

杜麗笑了下：「並不，他們是花間一族的精英子弟，並不知道我也是族長派來的暗子。我祖先被剝奪了花間的姓，父母親被放逐在永無島，我是分在死士組從小訓練的，毒藥、刺殺、潛伏，每完成一項任務，父母親就能減刑一年。而且我也不年輕了，只是外型看著年輕而已，小琴小酒還小呢，他們這麼早就能跟在元帥身邊，拚功勳，將來前途光明。」她的語氣有些羨慕。

邵鈞不說話了，杜麗道：「族長已經對永無島一批並沒有什麼大罪的人進行了特赦，不過我和父母親已經關係很遠了，親近不起來，以前很憧憬有父母，但父母真正回來了，卻發現我們這族人都是怪物，無法一起生活。族長一直希望我們能融入社會，便取消死士組，我從小就在貧民窟潛伏著，已經掌握了很多地下門路，族長就讓我過來跟著你，說會有一個好的開始，至少你不會讓我輕易犧牲。」

可是，他就要走了啊，邵鈞張了張嘴，忽然發現自己如果再繼續和柯夏在一起，將會越來越多的承擔更多人的命運。

杜麗還在表態：「隊長有什麼私下的事都可以交給我，我在洛倫和在萊恩的手底下都有人，什麼雜事都能做，上至暗殺，下至走私盜竊賣東西甚至跑個腿送個信的小事，都可以。」

邵鈞低聲道：「謝謝你，也替我謝謝風先生。」

杜麗笑了下：「好的，我有直接和族長報告的許可權，歐德大人和我說這是因為我跟著您，是最幸運的人了，死士組好幾個人都很優秀，據說族長挑了好久，後來決定選我是因為我是女的，比較容易被您和夏大人接受，也不容易破壞你們的感情。」

什麼叫不容易破壞感情？邵鈞茫然看向杜麗，杜麗只以為他是不好意思，斂容道：「我多嘴了，看隊長親切，所以多說了幾句，那隊長還有什麼事嗎？是要安裝隱祕攝影機嗎？這個我內行，請隊長把元帥府立體圖給我，我標記好明天給您。」

邵鈞點了點頭，呼喚薔薇調出了立體圖像交給了杜麗，又回了房間。

柯夏這天並沒有回來，只給他通訊說是去空中要塞坐鎮了，帝國邊境線有異動。

邵鈞便上了天網。

艾斯丁對他的精神力顯然頗為額外關注，他才接上天網就直接被召喚進了一幢十分漂亮的客廳內，大幅透明的落地窗玻璃外，是美得如夢如幻的藍色湖泊，湖上還飄著薄霧。

艾斯丁斜倚在一看就非常舒服的寶藍色絲絨沙發上，銀灰色長髮流淌在絲絨面上如同銀絲閃閃發光，他手裡正在往一個碩大的花盆中插花，笑著對他說：「不用客氣，隨便坐。」

羅丹正在畫架前專心地畫畫，聽到艾斯丁說話抬眼才發現他來了，也靦腆點了點頭：「來了？你的身體已經在培養了，大概還需要幾個月的催熟為十八歲的成年體，然後會郵寄過來，這次風先生的實踐成功給了我很大的啟發，我還有許多新的想法，等你真的能與複製體融合成功，將會是我整個研究生涯最完美的成就，但是我還是勸你慎重考慮，轉成生物機甲類型的身體，就像之前我做的那具，把握會大很多。純生物身體會有靈魂消散的風險，那是不可挽回的，你真的確定？」

邵鈞道：「我確定我想要凡人的身體，風險我自己承擔，其實已經賺了幾十年了，畢竟我之前早就已經死了。」

羅丹也很乾脆：「好吧，那就按你說的辦，只是你之前的事要處理好。我們往好的方面想，你打算好以後做什麼了嗎？」

邵鈞道：「我大概還是做個普通人吧，先換好身體，可能開個機甲整備店？或者可以開個武器店？我喜歡武器，就怕會很難。」

羅丹道：「隨便你想做什麼做什麼，什麼都不做也行，我和艾斯丁的財產可以交給你代理，再沒有更值得信任的人了。說不準到時候你又會想念這沒有身體束縛的純靈魂狀態了，但我可沒把握再把你換回來。還是那句話，你想清楚風險就好。」

邵鈞灑脫一笑：「謝謝你的提醒，我確定並且願意承擔風險。」

艾斯丁卻深思著看向他：「有打算好怎麼告別了嗎？」

邵鈞沉默了一會兒道：「還是不辭而別，讓機器人杜因消失吧。」

艾斯丁道：「你確定真的要放棄這一切嗎？確定他們真的會不在乎你的消失嗎？」

邵鈞想了下：「可能一開始會難過一陣吧，不過時間會淡化一切的，走之前還要勞煩您給相關的人都做一個心理暗示了。」

艾斯丁道：「羅丹和我說過，其他人好說，只有和你朝夕相處這麼多年的柯夏是個大問題，他究竟對你怎麼想，我們需要精確把握，這樣才能有針對性的下暗示，而且這已經不僅僅是暗示了，這還涉及到了大面積的記憶催眠，要讓他將許多關於你不符合一個普通機器人常理的事情，包括所有有關你的事情，都下意識地迴避、淡忘，這需要非常強的心理暗示。」

艾斯丁銀灰色的眼睛銳利地盯著邵鈞：「所以我必須要能夠掌握他對你的準確想法，是一個忠實的有些奇怪的機器人，還是一個已經誕生了自我意識的機器人，他對你又是什麼感覺，是把你永遠當成機器人，還是別的更重要的東西，比如重要的伙伴，或者別的什麼……」他看了眼明顯仍然懵然不覺的邵鈞，心下微微為那可憐的小主人嘆氣，將配偶兩個字吞了下去。

邵鈞陷入了沉思，過了一會道：「他曾經在天網裡進行過兩次心理諮詢，你能調出他的心理諮詢記錄看看嗎？雖然這有點侵犯隱私，但是……其實我也有些擔心，帝國皇室一直精神力不太穩定，如果心理暗示會對他有影響的話……」還是放棄吧。

艾斯丁嘆了口氣：「不會有的，只是效果有影響，一旦他想起來的話……你懂後果，他會傷心的，你能他進行心理諮詢的大概時間地點嗎？」

邵鈞翻了下自己的登錄記錄：「第一次是羅丹在天網讓我們見腦死亡的花間風的那天，第二次是你蘇醒那天，地點都是在本傑明心理諮詢所。」

艾斯丁點了點頭，手指一搓，一個影像浮在了空中。

金髮碧眼的柯夏在天網中還是個少年形象，大概是他登錄天網的時候還是意氣風發的山南中學時代，隨手捏出的形象，之後重病、流放，太多的事讓他極少顧及天網，天網上的形象也沒有修改過。

他冰藍色的眼眸看向了心理醫生：

「我覺得，我愛上了一個機器人。」

「我覺得我喜歡上了一個機器人，並且想要和他共度一生。」

心理醫生本傑明博士點了點頭，和藹問道：「前來尋求心理諮詢和心理幫助的許多人，都有愛上家裡虛擬人工智慧的這種困惑，大部分都是青少年時代的學生，所以這並不是很嚴重的一件事，你先要明確這一點，以減少你自己的心理負擔。那麼你今天想解決的問題是什麼呢？是覺得自己不該有這種想法想要矯正疏導？還是想來求得認同呢？」

柯夏看向醫生：「他一無所知，他不知道他的主人喜歡他，他只是和過去一樣的對待我。我不知道我對他目前的這種愛，只是基於長久陪伴的習慣和信任，基於他是我的機器人的占有欲，還是基於別的什麼，但是這算不算愛？這種愛會是永恆的嗎？」

醫生耐心問：「那麼你愛他的什麼地方呢？可以說說嗎？」

柯夏嘴角露出了一個笑容：「屬於機器人的堅忍耐力和沉默勤勞，永遠冷靜的頭腦和強大的攻擊力，縝密的邏輯計算能力和思維方式，對我永遠無限的包容和愛護，永遠服從於我。當然，還有那種基於人類灌輸給機器人的可笑的正義感。」

醫生點了點頭：「這屬於機器人的人格化，這是所有擬人工智慧機器人都共有的。當他如果擁有人類的外表，這種人格化會更像真的一樣，讓你產生他是一個擁有許多人類所不具備的誠實、堅忍、包容、勤快、忠誠，這本來就是人類所賦予他的擬人化品格，這會讓你產生同理心，讓你更喜歡他。聯盟禁止製作人型機器人，就是希望人們能夠明確區分，機器人和人類是不同的物種，他們所具有的所有超越人類的品質和特性，都是人類賦予的。」

柯夏搖頭：「他擁有個性，他的正義感在於總是試圖給我灌輸正確的可笑的人生格言，他甚至會為了勸阻我而和我頂嘴……並不像個完美機器人。」

醫生道：「我想你應該知道，為了讓人工智慧更像人，設計師會讓人工智慧偶爾擁有一些小個性，甚至包括犯一些無關大雅的小錯，和主人拌嘴，這些完全是迎合你的喜好而自我學習出來的個性化表現，因為你接受了他的勸諫和忤逆，在他的智腦裡便接受了主人喜歡我頂嘴這樣的設定，於是他會繼續這種行為模式，直到你明確表示不喜歡他這樣為止……」

柯夏微微有些不悅：「他不一樣，他和我度過了許多艱難的日子，他幫助我從匪盜手裡逃脫，他替我解決了經濟窘迫的情況，在我重病的時候一直陪伴著我，從未離棄。」

醫生耐心道：「可以問問是很重的病嗎？是只有他在陪伴重病的你是嗎？」

柯夏道：「是的。」

醫生點了點頭：「感情寄託，這一點在許多重病的孩子或者沒有子女伴侶的孤獨老人身上也會體現。因為生病而生活在家中，因此喜歡上了家長為了撫慰空虛而安排的虛擬人工智慧寵物。因為生活過於孤獨，因此對陪伴自己的貓、狗或者看護產生了依賴的感情。心理學上有一種學說，認為當人被隔離開人群，孤獨之時，或者在身體受到傷痛折磨，身體就會提醒自己『你需要朋友』，這個時候哪怕是任何一個寵物、包括具有高智商的仿人人工智慧，哪怕只是虛擬形象，都會成為身體痛苦、精神孤獨之時的寄託，人們往往分不清這是愛還是在特殊場合下的一種感情寄託。」

「另外，人類往往會對一同經歷了困難的伙伴產生感情，這一點在許多軍人的心理諮詢案例上可以看出。許多軍人會對自己使用的戰機、機甲甚至手槍等等產生極大的依戀感情，在這些案例中，裝載了最高人工智慧水準的機甲，又往往是案例集中的地方。許多機甲駕駛軍人，在退役之時因為捨不得離開自己的機甲嚎啕大哭，最嚴重的案例是一個軍人為了機甲損毀，人工智慧不得不重裝的時候出現了精神崩潰。」

柯夏沉思了一會兒道：「可是我也有我的專屬機甲和機甲智能，我很確定我對那個機甲和對機器人的感情不一樣。」

醫生又點了點頭：「畢竟機器人從你幼小的時候就陪伴著你，自然是在你心裡擁有非常重要的地位。」

柯夏終於有些不耐煩道：「你不明白，我對他有身體接觸的欲望，有性衝動，我想吻他，想擁抱他，想和他過一輩子！」

醫生仍然十分冷靜溫和：「這很正常，我們有收到來自帝國的案例，不少沒有配偶的人，會對自己的情趣用品產生感情。」

不願意將自己的機器人比做情趣用品的柯夏：「我只想知道一個答案，就是我和他能夠這樣子過一輩子嗎？」

醫生溫和道：「這個答案只能是你自己知道。有一點需要注意的是，對方是機器人，雖然裝載了較高的人工智慧，但是我看你的精神力很高，這意味著你對感情的界限、真偽、變化都會比一般人更敏感。也許有一天你清楚的意識到，你愛上的所有他的品質，都是你自己養成出來的，並沒有特殊之處，而你永遠無法真正從他那裡得到回應，也許當你意識到這點的時候，你會傷害他。」

柯夏臉色沉了下來，醫生冷靜道：「一些戀物的人，會在某一天忽然毀損自己最喜歡的東西，因為付出的情感過於熾熱，始終得不到回應，你也說了，他不知道你愛他，他無法接受，他是機器人，無法回應你的感情，他只是按既定程式做所有你喜歡做的事情。」

柯夏臉色鐵青，醫生繼續道：「如果他不是那種專用的機器人，可能在你擁抱他的時候，他也不會給你應有的反應，當然你可以改造他，替他加裝戀愛系統、情趣系統，但是你總會清醒的認識到那只是你想要的反應，並不是他的反應，甚至很可能因為他加裝了那些系統，可能就不是你愛的那個機器人了。」

「有一些喜歡寵物到了極點的患者，會在某一天忽然殺死自己的寵物，因為他發現自己的寵物會喜歡其他主人，或者他的寵物外型發生了改變，擁有過於強烈的占有欲的主人無法面對心裡的失落，就將寵物殺死。」

「機器人的主人，也是可以改的。」

柯夏忍無可忍：「我想你應該知道，因為機器人永遠不會背叛，永遠不會改變，永遠只會服從我，永遠在我身邊，所以我才會這麼喜歡他，無論他是什麼外型，他都是陪同我這麼長久的機器人。」

醫生平靜道：「那麼其實你根本只是想要一個不會背叛永遠聽你話，擁有力量和你喜歡的性格的愛人。那麼恭喜你，如果你是想要這樣的配偶和你一起度過下半生，那你已經找到了。選擇什麼樣的配偶共度人生，都是每個人的自由，只要不傷害到其他人，都是可以的。」

「但是你仍然過來進行心理諮詢，這說明你心裡還有疑惑吧？你對自己的愛，也並不確認吧？」

「人的感情是在變動的，人是有獨立人格的，沒有誰敢說永不背叛永遠服從，你可能需要正視你的感情需求。」

「我建議你可以和機器人分開一段時間，不要聯繫，不要見面，冷處理一段時間，然後開始嘗試接觸其他有可能成為配偶的人，甚至包括嘗試接觸其他類似的虛擬機器人。」

「考慮到你的機器人陪伴你的時間比較長，建議這個戒斷分離的時間也最好長一些，這樣你就能較好地辨別出，你是只喜歡這個機器人，只想要他，還是你只是想要一個服從你、忠於你、永遠不背叛你的人而已，而你還需要認識到，擁有獨立人格的人，是很難做到這一點的。」

柯夏忽然站了起來，鐵青著臉走出去了。

畫面結束了，全程不過十五星分。

艾斯丁和羅丹都看向了一臉震驚的邵鈞。

邵鈞思緒茫然一片，看向了艾斯丁和羅丹，腦海裡還迴盪著那句：「你不明白，我對他有身體接觸的欲望，有性衝動，我想吻他，想擁抱他，想和他過一輩子！」

這是自己養大的孩子啊！

他看著他長成了一個積極向上，英俊挺拔，事業有成的聯盟元帥，在全世界成為了一顆熠熠生輝的新星，然後現在他說他想要睡他！

他臉上一片空白機械地轉頭看向了艾斯丁，睜大的眼睛幾乎帶了些無助，讓艾斯丁簡直要同情他了，雖然這一刻他更同情的是那個小郡王。

他手指輕揮，第二場心理諮詢畫面出來了。

金髮碧眸的柯夏走了進來，對心理諮詢師乾脆俐落道：「我冷落了他六個月，每一天都在想他。再見到他的時候，我發現我還是愛他，我想抱他，吻他。」

「他和所有的機器人，甚至和別的人類都不一樣，他是獨一無二的，他是——讓我變得更好的人，我愛他。我已經訂了一對戒指，我決定了，就是他。」

他露出了一個燦爛的笑容：「並且當我做了決定以後，我發現從來沒有這麼愉悅過，想到下半輩子都和他一起度過，這世上再沒有比這更美好的事了。」

「沒有回應的話，我也不在乎。」

「時間很長，我可以慢慢教他。」

「我不會再來了，謝謝。」

自己養的孩子，到底是什麼時候對自己起了念頭？

下了天網的邵鈞仍然是完全懵懂的，下線前艾斯丁十分同情地拍了拍他：「你再好好考慮考慮吧。」

考慮什麼？

邵鈞茫然坐在寬敞的元帥府書房裡，他沒費多少勁就在書房書櫃上的暗格裡找到了那「禮物」，需要指紋打開的精巧首飾盒，但這並沒有攔住邵鈞，首飾盒裡是一對簡潔的祕銀戒指，但從戒指那簡潔的線條以及外包裝盒上醒目的商標看得出來，這一對戒指應該很昂貴。

兩輩子都沒有結婚和戀愛，感情經歷一張白紙的邵鈞將戒指原樣放了回去，心裡五味雜陳。

怎麼辦？

考慮什麼？

還沒有想好怎麼辦，柯夏又風風火火地回來了。這次仍然是短暫地停留，第二天又要出去巡察。

吃過豐盛的晚餐，柯夏斜靠在沙發上看著窗外魚鱗狀火紅與藍色交織的難得絢爛晚霞，和他的機器人說閒話：「帝國還是重兵壓境，但是柯樺已經成功地繼位了，看起來一切風平浪靜，但是我的確還是不太相信柯冀真的死了。還有蟲族基地，還是沒有下落，定位器全部受到干擾破壞，但傑姆和古雷他們想了個辦法，打算使用最原始的追蹤藥劑，但看來帝國短期內不會再放出蟲族，星球表面的蟲巢早已全部被破壞，真希望柯樺清醒一點，至少要和他神聖仁慈的形象相符合，不要再發瘋把蟲族弄出來了。」

邵鈞問：「柯樺會不會揭露你的身分。」

柯夏有些無所謂躺在沙發上：「應該不會，畢竟我也是有帝國繼承權的，當了皇帝以後，想法可能會不同，但應該也只會想辦法除掉我，而不是公布我的身分。就算公布了也沒關係，如果自由平等的新自由聯盟，人們也不願意接受帝國的流亡郡王作為聯盟元帥的話，我大不了辭職帶著你找個安靜的地方過日子，什麼都不管。或者——我們回翡翠星去？」

邵鈞收拾餐桌：「你喜歡機甲吧，你也喜歡戰鬥。」到完全沒人的荒星上去退隱，沒有哪個家長樂見自己的孩子對未來有這樣的謀畫。

柯夏側頭想了下笑了：「是啊，但是你別忘了我已經打了很多年了，我現在覺得退役也是個很不錯的好主意，很多老兵的夢想都是平安退役，衣錦還鄉，結婚生子。」

邵鈞沉默了，柯夏以前也說過類似要退隱的話，他那時候並沒有當真，所以，當發現自己是那個退役後結婚的對象，而不是新家庭的機器人保母時，他的心情還是非常複雜的。

柯夏這時候看著外邊的晚霞，覺得氣氛很好，他需要進一步的身體接觸，於是他暗示他的機器人：「風有點涼。」

然後他的機器人非常直接毫不意外地過去將窗戶關上，然後按下室內恆溫器，他啞然失笑，伸手召喚他的機器人：「過來，你看看這樣美好的晚霞，過來抱抱我，陪我一下。」

邵鈞卻心中警鈴大起，「我對他有嗶嗶嗶嗶嗶衝動……」那句太有衝擊力的話再次在他心中瘋狂迴盪，他不動聲色道：「我手髒。」

柯夏在沙發上笑了起來，對他這不解風情的機器人有些無奈，又對自己有些好笑，然後他光著腳站了起來，金髮落在肩上，藍色雙眼含著炙熱的笑意，他踩著柔軟的羊毛地毯走到了他的機器人身邊，給了他一個結結實實的擁抱。

霞光中不知所措瞪著漆黑眼睛茫然看著他的機器人是那麼可愛，於是他覺得還可以再進一步，也許可以教會他的機器人接吻——然而可恨的門鈴聲響起：「元帥閣下，奧涅金總統與花間先生來訪，已經進入外院，正在下車，警衛員請示是否請進內院。」

中控電腦薔薇不合時宜地通報元帥府來客。

邵鈞終於得到了在這曖昧而危險的情景下逃離的合適藉口，完全顧不得繼續遮掩自己，非常迅速地回答：「請他們進來，總統一定有要事。」

柯夏有些鬱悶，將頭埋入機器人懷裡蹭了蹭，不滿抬眼，一雙碧藍眼珠盯著他的機器人：「他們能有什麼重要的事？」

邵鈞反應敏捷：「帝國的情報？」

柯夏冷笑了聲，阿納托利的爽朗笑聲已經傳來：「我知道你不想見我，因為軍費被削減了。」

柯夏抱著機器人的手鬆開，將身體扔回柔軟的沙發上，滿臉欲求不滿：「知道就好，蟲族還沒有剿滅，帝國虎視眈眈，傷兵退役的軍人需要安撫，你現在跟我說要削減軍費！」

阿納托利走了進來，手裡提著一籃子珍貴的水果和酒，旁邊花間風穿著一件寬大柔軟的斗篷，斗篷上的兜帽罩住了他還沒有長出頭髮的頭，俊秀的面容蒼白，眼睛看向他們含笑致意：「阿納托利說有事和元帥商量，順便來拜訪你們的元帥府。」

柯夏道：「多謝了，總統最好還是和我劃清界限的好，晚上過來，不怕被記者看到亂寫？」

邵鈞上前接了那籃水果放到剛剛收拾乾淨的餐桌上，阿納托利有些無奈道：「你知道的，只有霍克公國的時候還好，我可以全力支持軍費，現在新自由聯盟一下子擴充成這樣，還全是千瘡百孔山窮水盡的窮國，原聯盟還有一個巨大虧空在那裡，各國都無法繳交會費，基礎設施、學校、婦女老人兒童的福利，哪樣不要錢，軍費開支實在太大，我是真的沒辦法了，不能讓奧涅金家族貼錢來建設聯盟吧？」

柯夏懶洋洋道：「呵呵，我看一時半會奧涅金家族還空不下來。軍費，你如果真能開個門讓我自籌，也不是沒有辦法。」

阿納托利道：「什麼辦法，你別打走私的主意，我最近正要嚴厲打擊走私，這樣才能從邊稅上挽回點損失，軍部必須配合，別以為我不知道，走私最厲害就是軍方內部，帝國那邊也在嚴查，顯然他們也窮了……不知道肥了多少走私商。」

柯夏冷笑了聲：「我帶的兵沒有走私的，不過我怎麼記得奧涅金家族才是走私大戶，怎麼如今搖身一變清清白白了……」

阿納托利正色道：「AG 公司一直是一家非常有社會責任感的公司，沒有任何違法情事。」

柯夏無語，看了眼花間風：「風先生能走路了？身體恢復得不錯？」

花間風道：「是，多謝關心，我看你們還有大事要商議，我和杜因先參觀下你們的府邸吧，你和阿納托利慢慢聊。」

說完他拉了邵鈞就走，阿納托利看柯夏眼睛還追著邵鈞，揶揄道：「我們不會打斷了你們的什麼好事吧，今天的晚霞的確很漂亮。『熔金晚霞下，最合適接吻，因對方實在太過美麗』我記得有首詩這麼說。」

柯夏不知為何忽然臉一熱，轉頭道：「去書房吧，你可真是情場浪子。」

阿納托利笑了下，和他並肩進入書房。

而花園裡，晚霞已經漸漸變暗，花間風道：「夏其實是顧忌我，我畢竟出身不光彩，索性走出來讓他們談聯盟大事吧。」

邵鈞道：「我覺得他只是不想和阿納托利說話，在你身上找話頭而已，無論是伯爵閣下，還是元帥，或者霜鴉，都很看重你這個盟友。」

花間風笑了下：「我想起鈴蘭說，你是個十分溫柔的人，真是不動聲色的體貼呢。」

邵鈞問：「她現在怎麼樣？」

花間風道：「她在白銀星籌備巡迴演唱會，近期她很快就回聯盟，今天傳了郵件給我，問我的病情如何，也問候你和夏。」

邵鈞道：「你現在一切正常了嗎？」

花間風搖了搖頭：「大動作沒問題，精細動作做不了，寫字還不行，但言語沒有問題了，說是精神力融合大概還要一段時間——你究竟是去哪裡找到這個羅丹，實在是淵博。」

邵鈞笑了下沒說話，花間風看向他：「阿納托利說在我昏迷後，在天網見過我，還諮詢過我是否手術的意見，我完全不記得了。」

邵鈞道：「可能只是一時，等過一段時間你就能想起？」

花間風深深看向他：「伯爵說在天網裡也見到了你。」

邵鈞不置可否，花間風輕聲道：「我再也不會想起來那段記憶了是吧？」

邵鈞搪塞：「我也不知道，人類的大腦是很神奇的。」

花間風低聲在晚風中嘆息：「誰能叩開你的心門呢？杜因，我知道你不信任我，會不會有一天，我連你的存在都忘卻？像那些遙遠傳說裡的狐精雪女，在迷惑人之後，抹去人的所有記憶。」

邵鈞：「……」

花間風笑了下：「我還是很高興認識你，很感謝你，如果真的你覺得我忘掉比較好，我願意遺忘，雖然很捨不得。」

邵鈞忍無可忍：「風先生，我只是一個很普通平凡的人，和其他人沒有區別。」

花間風抬眼看他：「你完全不知道自己有多特別嗎？」

邵鈞道：「究竟哪裡特別了？不要說因為我是個機器人。」他剛受到天網裡的刺激，忍不住重複天網裡心理醫生的話：「機器人和人類是不同的物種，他們所具有的所有超越人類的品質和特性，都是人類賦予的。」

「你們只是在羨慕你們人類賦予我的能力嗎？比如卓絕的耐力，快速精準的計算能力，強大的身體力量，你是說這些任何一個機器人都能做到的事特別嗎？」他微微帶了些嘲諷。

花間風笑了下搖了搖頭：「不要生氣，你在遷怒於我，誰惹怒了你？夏嗎？」

邵鈞不能理解花間風這種跳躍的談話思維：「你不是在和我說話嗎？關夏什麼事？」

花間風啞然失笑：「你沒發現你越來越人性化了嗎？你會敷衍我，會焦躁，會生氣，會安慰，會質問。你在改變，杜因，我沒有把你當成機器人看待，夏應該也早已發現了你的不同。」

邵鈞道：「可是他並沒有把我當成人看待，我還是他的所有物，他可以處置我每一個部位，無需徵詢我的意見。」哪怕只是當成一個陪伴他輔佐他長大的長輩？他就這麼……就這麼決定了他的未來，沒有問過他的意見，他承認從看到那心理諮詢後，他就處於焦躁不安無所適從的狀態中，不知道如何面對這個孩子。

花間風笑了下：「這只是占有欲，我相信他絕對不會傷害你，你不要這麼不安，你要相信他會愛護你，你需要和他坦誠你的想法，而不是掩飾。」

邵鈞道：「你把占有欲認為是愛護？」

花間風彷彿看著一個情竇未開的孩子一樣看著他，循循善誘：「占有欲是相互的，相愛的人會渴望對方對自己忠實，自己是對方獨一無二的，他對你有占有欲，難道你對他沒有嗎？」

邵鈞愕然：「我為什麼要對他有占有欲？」

花間風一怔，忽然發現他似乎弄錯了什麼：「等一下，杜因，我想先和你確認，你知道人類相愛，是什麼意思吧？就是配偶之間的那種，戀人之間的那種。」

邵鈞道：「當然知道。」

花間風屏住呼吸和他確認：「所以你知道什麼是愛，然後，你並不愛你的主人？」

邵鈞彷彿被雷劈到一般：「是什麼讓你認為我愛夏？我認識他的時候，他只是個孩子！」

花間風不可思議看著他：「杜因，我想你要理解他。任何一個人類，當遇到一個在他孤苦無依的時候長久陪伴過他，拯救他，輔佐他，把他當成生命中最珍貴的東西一般的愛護，為了他可以付出一切的人，是很容易認為這個人深愛著自己。」

「你不是他的父母，但是你為他做了這麼多，就算是父母，也很難做到你這樣的地步，他要什麼，你就給他什麼。」

「你已經誕生了自我意識，杜因。我不知道你和我們有什麼區別，但是即便是機器人為了刻在中樞內核的主人可以奮不顧身，你也早就做出了遠遠超過普通機器人能付出的東西。正因為我們把你當成人看待，才會認為你也深愛著他，才會為他付出這麼多。柯夏必須要對你的深情做出回應，否則就是辜負你。」

邵鈞看向花間風，難以置信：「你們？」所以過去才有那麼多奇怪的對話，他們居然認為他和柯夏早就是一對相愛的戀人？

花間風點頭確認：「不錯，我們，包括阿納托利，包括霜鴉。雖然他們不知道你的身分，只是把你當成普通人，但即使是知道你身分的我，也深信不疑這一點。雖然你可能不理解這種人類的愛，但是對我們人類來說，你這樣的付出，只有愛可以解釋。」

邵鈞茫然：「沒有人類會這麼做？他遇到危險的時候，只是個孩子，我……他是我的責任，我不可能坐視不理，換成你們，一定也會這樣的。」

他已經開始語無倫次地回憶過去，剖析著自己行為的尋常，他明明就是一個非常普通的人類靈魂，只不過因為他的機器人身體給了他更多的能力，所以他才能做到這些事情罷了。

花間風失笑：「不，我們只會把他送去福利院，頂多多給點錢，絕不會在自顧不暇的情況下犧牲自己的利益，時間、精力、甚至生命。你為了他的病冒險做了我的替身，你為了他陪他流放星球，你甚至為了他，促成了西大陸聯盟的瓦解。阿納托利曾經很喜歡你，為什麼止步了？因為你對夏的好太明白，太執著，他自知無法取代，於是退而求其次。」他微微有些自嘲。

他看了眼邵鈞茫然無措的臉，漸漸開始同情柯夏：「可能真的是我們弄錯了，如果你不愛他，那只能說你是我見過最具有同情心的慈善家，真正的聖母。你有太多的機會可以離開，但是你一直在付出。如果說那一切都是寫在你中樞內核中的服從主人的命令的話……我想那無論是對你還是對夏，都是另外一種殘忍。」

夜幕完全降下，天邊絢爛的晚霞已經全然消失在黑暗中，寂靜的花園裡，仍然有著馥鬱的玫瑰香味，但邵鈞並沒有人類的嗅覺，他只是通過感測器，知道空氣品質很好，有玫瑰香味。是那種被日光晒後的玫瑰香味，和清晨的玫瑰香味不一樣，和盛午陽光下的玫瑰香味也不一樣，只有活著的生命，才能體會這種微妙而又美麗的差別。

他只能憑著過去人類的記憶，來想像這樣的味道。

以及這一刻，用他有限的感情經歷，來回憶所有和柯夏相處的細節，以確認他是否真的給予了錯誤的信號。

花間風輕聲說話：「他那樣的個性，對你充滿占有欲是很正常的，你如果真的不愛他，停止你的付出。我不知道你能不能擺脫中樞內核對你行為的控制，如果你需要的話，我可以幫助你。」

他伸出食指，輕輕點在機器人的額心：「只是在中樞取消主人而已，也許當你沒有了主人，你才能正視你過去的所有行為，究竟是服從你的中樞內核指令，還是因為愛。」

邵鈞閉上了眼睛，感覺到了機器身體內，鈷藍能源正在源源不絕為他的身體提供能源，能源進度百分之八十，機械關節靜止了下來，但體內仍然有著十分輕微的能源運轉的聲音，模擬皮膚散發著恆溫，模仿著人類的體溫，中樞系統在喀喀的飛速運轉，顯示著正在進行高效率的計算。

可是他的心呢？他沒有心，他沒有大腦，他只有玄之又玄的靈魂，而沒有承載的靈魂，每一刻都在嚮往自由。

花間風不知道，中樞內核從來都不能控制他，他不是真正的機器人，他有靈魂，他來自不可知的遙遠過去。這具機器人身體一直在他的控制之下，但他無論如何計算，他的機器人身體無法告訴他，他究竟是不是真的愛上了他陪伴了這麼久的那個孩子。

心理醫生的話再次在他心中冷酷響起。

「機器人無法給你回應。」

「總有一天你會失望，你會傷害他，因為永遠得不到回應的愛。」

Chapter 200 決定

談完話的時候阿納托利敏感感覺到了花間風的心不在焉，他以為花間風是被冷落了，不由有些忐忑不安，連忙安撫：「不知不覺和夏聊太久了，我們沒說什麼，就說新能源礦開發的事，畢竟現在已經是新聯盟了，我們如今只能靠著這個和帝國周旋，弄些錢回來花了。」

沉思著的花間風回過神來，並沒有理會他的話，而是喃喃問道：「你覺得杜因，是喜歡元帥的吧？」

阿納托利心中雷達響起，連忙表忠心：「當然的，我早已對他無意了。」

花間風白了他一眼，心裡卻在默默思索邵鈞和夏這一對，但願他們幸福，又不希望他們誰受到傷害，特別是那個總是默默站在主人身後的機器人，雖然這一刻，他有著強烈不祥的預感，在濃重的夜色中，那個機器人站在玫瑰花從中看向他的時候，那種濃重無助悲哀的感覺讓他喘不過氣來。

邵鈞走進書房的時候，柯夏也坐在寬大的書桌後沉思著什麼。邵鈞端了杯熱牛奶過去給他，柯夏被打斷了思緒，抬頭看著他的機器人，眼裡含著愧疚：「剛才和總統在討論新能源開發的事，杜因，對不起，我要把你發現的新能源給捐給聯盟了，新自由聯盟，百廢待興，新能源不能繼續藏下去了。」

邵鈞道：「那本來就該屬於人類的。」

柯夏抬眼看著他：「為了那個新能源我差點就失去你，那是你發現的新能源。」

他伸手去觸摸邵鈞的額頭，然後手指慢慢沿著他的鼻樑往下滑動到嘴唇：「我欠你太多，整個聯盟的人民都虧欠你。」

邵鈞道：「並沒有那麼嚴重，我在那裡又不會死。」

柯夏搖了搖頭：「我那天才第一次知道，害怕失去你的心情是什麼樣，恐懼，狂怒，想要毀滅一切，包括毀滅自己。那也是第一次意識到你對我多麼重要，杜因，我愛你，雖然你可能不理解，但是我不能沒有你。」

屬於位高權重的元帥的告白如此自然地脫口而出，因為告白的對象只是機器人，所以才能如此輕而易舉，書房裡滿牆的各式各樣的勳章，還有懸掛著的薔薇之歌都在昏暗的燈光中沉默著。

柯夏伸手從身側暗格裡拿出了那個小而精緻的祕銀首飾盒子，想要打開，因為這一刻的氣氛很好，他決定不再等待。

但機器人伸手按住了他的手，居高臨下俯視著他，這是一個有些強勢的姿勢，但機器人卻沒有改變，漆黑的無機質眼珠盯著他：「如果，我不是機器人，你還會覺得我重要，不可或缺嗎？你還會愛我嗎？」

柯夏很明顯地怔了下，抬頭去看他的機器人，落地燈的光線打在側面，他的機器人和從前一樣看不太出表情，只有一雙眼睛分外幽深。但不知為何，柯夏覺得這是一個很重要的問題，他的機器人在很認真地問他這個問題，他不能隨便回答。

於是他慎重地反問：「什麼叫不是機器人？」

邵鈞看著他的小主人抬起頭，那張迷醉萬千少女之心的俊美臉上被柔光鍍上了漂亮的金邊，金髮熠熠，藍眸是最通透的藍寶石，被這樣的眼光看著，沒有人會捨得拒絕他的求愛。

他低聲道：「假如我是人的身體，不會再像機器人那樣無堅不摧，強大從容，永遠冷靜，永遠忠實，永遠服從。我會生病，會受傷，會脆弱，會生氣，會撒謊，會失敗，會想要自由，想做你不一定贊成的事。我不一定再比你強，不一定能夠再保護你，但是我能回應你，和你一起悲傷歡樂，和你嘗試尋找共同喜歡的事情，為了你心臟跳動，為了你流淚，會為了保護你而努力變強……」

柯夏笑了，伸手去撫摸他的機器人的臉：「可是你現在不是人的身體，不是嗎？我愛的就是由無數過去組成的你，一直陪伴著我的你，現在的你就很完美，我不在乎你不是人類，無論你是什麼外型，我都喜歡你，我會永遠對你好的。」他再次去按那個裝著對戒的盒子，這一刻的氣氛實在太好了，他覺得需要送出他的戒指來讓今晚圓滿。

但他的機器人再次按住了他的手，俯身準確無誤地含住了他的嘴唇。

這是一個極盡溫柔繾綣的吻，柯夏不知道原來他的機器人有如此靈巧的舌頭，他也第一次知道接吻原來是這樣美妙的感覺，他被他的機器人抱著，心跳如鼓，臉熱到了極點，他看向他的機器人，難以相信他本來是要教他的機器人接吻的，現在是他的機器人顯然持有的教材比他更豐富，掌握的技巧更高超！

他氣息不穩地笑著道：「你這可真是……」然後他再次被他的機器人以下犯上，用嘴攫取了他的唇，這一次時間太過長久，以至於他再次緩過神來時，已經被機器人抱著回到了書房旁邊的臥室裡，珍重地放回了床上。

這次食髓知味的他並沒有再讓機器人採取主動，而是再次抱緊了邵鈞，狠狠地吻了回去。

邵鈞看著他的小主人看向他的藍眸脈脈，蒙著一層動人的霧氣，臉頰潮紅如同盛開的粉紅薔薇花瓣，他的心跳是如此之快，他的額上鼻尖早已沁出了汗珠，他喘息著，笨拙的唇舌顯示出他對這方面技巧的生疏，但屬於年輕人熾熱的熱情彌補了這一點，毫無疑問他的情緒已經被完全調動，他眼眸含笑地看著他的機器人，陶醉在幸福中，他的身體甚至忠實地給出了反應。

但是機器人的身體仍然恆溫，機械身體精密運轉一如既往，呼吸穩定一毫不亂，機器管家的思緒冷靜得如同飄在空中若無其事的旁觀者。

旁觀著一個最忠實的機器人，為了滿足他的主人，認真地取悅，用一切他所知道的辦法笨拙地去補償他。不錯，是補償和憐憫，憐憫這孩子愛上的是一個虛擬出來的機器人形象，補償的是他已經決定拋棄他，拋棄那個多少年前哇哇大哭在深夜失去了父母的孩子。因為他永遠無法回應他的愛，他根本不是他愛的那個機器人。

這一夜柯夏終究沒有送出他的對戒，他被他的機器人結結實實上了一課，陷入了巨大的幸福感和從來未有的愉悅中，他從來不知道他的機器人如此冷淡自持，卻居然知道這麼多的方法讓他快活。雖然沒有走到最後一步，但是他太喜歡這種彷彿靈魂交融的感覺。

第二天他想起他的對戒，發現那被遺忘在書房裡的小盒子早已又被忠實勤勞的機器人收拾回了書櫃暗格內，剛剛被巨大驚喜沖昏頭的他只好等待下一個更好的時機。畢竟經歷過昨夜以後，他更不願意敷衍輕待他的機器人，總之來日方長，他可以準備一個更為盛大的儀式，於是他匆匆告別了他的機器人，踏上了繼續巡查基地的征程。

邵鈞卻登錄上了天網，羅丹看到他卻十分焦慮：「正要找你，糟糕了，帝國那邊的聯絡人和我緊急聯絡，帝國和聯盟不約而同都在嚴厲打擊走私，複製體的走私管道完全被破壞了！他們無法保證在複製體成熟後能夠穩妥的從帝國走私到聯盟！聯絡人甚至願意退訂金，也不敢再接這筆生意了！複製體已經在培養皿裡了，還埋入了和你精神力對應的精神力接收儀，這個時候放棄，太可惜了！聯盟這邊嚴禁複製人類，沒有如此成熟的複製人體的技術，只有帝國那邊的地下實驗室才能做得如此完美，怎麼辦？再重新做的話，自己建立相關實驗室，採用成熟技術，需要的時間精力又太久了。」

邵鈞一怔，已經迅速找到了辦法：「無法走私過來，那如果我們過去呢？」

羅丹道：「我過不去，我需要每天跟進花間風精神體和大腦的融合，還有複製體和精神體的結合的儀器在聯盟，走私過去同樣是個難題，畢竟要不驚動其他人太難了。」

邵鈞果斷道：「我偷渡過去，然後想辦法將那具身體帶回來，你把聯絡人的聯繫方式給我。」

羅丹有些猶豫道：「你能確保帶回來？」

邵鈞道：「我試試花間風那邊的門路，等確定偷渡路線和穩妥的方法以後，我會想辦法安排一次護衛隊的巡檢，以護衛隊長的名義提前出去檢查踩點。」他想起了杜麗。

艾斯丁在一旁道：「夏會放你離開？」

邵鈞道：「正想上來和你們商量，考慮到需要一次暗示柯夏、花間風、傑姆等等人，我想藉著半個月後，歌后夜鶯在白銀星天網演唱會的機會，贈票給他們，邀請他們聯上天網聽演唱會。希望你能夠藉此機會同時給花間風、傑姆、柯夏等人都下暗示，讓他們認為我只是一個普通的智慧型機器人，只是因為經歷得多了些，又投射了主人的情感，因此像人類。」

艾斯丁深思著看向他：「你決定了？」

邵鈞道：「是，給夏下催眠暗示吧，機器人保母杜因，從來只是一個奉了柯榮親王和王妃的命令，盡心盡力照顧他的一個人工智慧比較發達的機器人保母，和別的人工智慧機器人並沒有特別的區別，柯夏從來沒有對他產生過任何除去主人和機器人管家之外的任何感情，當然因為長久的陪伴，所以杜因是他最忠實的助手，他可以信任他，但是，僅此而已。」

「沒有愛情，沒有特別多餘的捨不得的感情——也從未有過越距的舉動，只是一個好用的機器人而已。」

艾斯丁和羅丹對視了一眼，羅丹低聲道：「你確定不接受他的愛？你不愛他嗎？」

邵鈞側了側頭，雙眸冷靜而清醒：「老師、醫生等職業，因為職業的關係給予學生、病人指導和幫助，從而也更容易導致學生、病人對老師、醫生產生了依戀和傾慕，這是心理學上非常常見的情況。那麼當老師或者醫生借助這種身分上的優勢來引誘學生，我們認為這是違反道德的。」

「我從柯夏是一個孩子就開始照顧他，他遇到了太多的波折，從小失去父母，患上常人無法忍受的重病，遇到過強大的敵人，我只不過因為正好是他的保母機器人，比他年長，因此一直代替他的父母陪伴守護著他，幫助著他。他從小就依戀於我，甚至因為不想失去這種陪伴和幫助而對我產生了占有欲，假如等我獲得身體回來，向他坦誠一切，他因為我為他做過的一切而對我好，這是挾恩以報，這樣做我覺得不道德。」

「還有，他喜歡的，是那個能夠讓他內心寧靜，永不背叛、永遠忠誠，永遠不會離開他的機器人，是那個強大到無堅不摧，一直在為他提供保護和力量的機器人，可是我是一個獨立的靈魂，並不能真的能夠從此附庸於他，完全服從他，永不離開他，當我選擇人類身體以後，也會脆弱受傷，再也不是他心目中那個強大的人。更何況，你們再清楚不過了，從前許多事，都是你們提供的幫助，並非我本人的力量，我並沒有他們想像的那麼強大、無私以及奉獻，我也並不忠誠和永遠服從，我一直想要離開，我並不是他愛的那個人。」

「如果我能夠獲得身體，重新成為人類，我願意與他重新以一個全新的人來和他平等相處，可能再也不能像一個強者一樣保護他，沒有那麼強大，也不會對他唯命是從，如果他那個時候還會重新喜歡上身為一個獨立靈魂的我，願意接受一個不完美的人類，那我願意從此以後以我最大的善意和溫柔來對待他，補償這一刻對他的殘忍和之前的欺騙、此時的離棄。」

「假如我失敗了……我寧願希望他永遠只認為他失去的只是一個普通的機器人，而不是一個有著獨立意識，寄居著人類靈魂的機器人。」

「是我欠他的，如果還能回來，我加倍償還他。」

艾斯丁微微嘆了口氣：「你也不需要有太大的負疚感，畢竟這事關你個人的安危，我尊重你的選擇——不過有一點還是需要申明，這個暗示只是潛意識的暗示，對於高精神力者來說，對他們進行暗示是很難的，即便暗示成功，興許某一個契機，他忽然細細追憶思考和分析，仍然會發現出不對和不合理，並不能篡改記憶，只是淡化，讓他近乎忘卻有關於你的所有不對的情緒、感情、以及發生過的事件，下了暗示以後，你要儘快地遠離他，避免他想起來。」

「還有，效果也不一定那麼好，不可能做到讓他對你完全無視，畢竟你過去那麼長久的陪伴和付出仍然是存在他記憶裡的，我只是沖淡了他曾經有過的感動，依戀等等過於強烈的感情，但如果他本來對你的感情就很深的話，這個沖淡的效果並不會很突出，他仍然會很在乎你，但我會給他下一個強有力的心理暗示，讓他潛意識裡完全迴避深想你的事。」

邵鈞垂下了眼簾：「潛意識就好了，或許他見不到我，慢慢慢慢的，也就會淡忘了在他生命中曾經出現過的保母機器人。畢竟皇族的壽命都很長，時間會沖淡一切，將有更多的人走進他的生命，也將會有越來越多的責任讓他承擔，他會很忙，漸漸淡忘這一切。」

「就讓杜因，成為一個真正的保母機器人吧。」

——《鋼鐵號角05》待續

高寶書版集團
gobooks.com.tw

FH063
鋼鐵號角 4

作　　者　灰谷
繪　　者　HONEYDOGS 蜜犬
編　　輯　賴芯葳
美術編輯　彭裕芳
排　　版　彭立瑋
企　　劃　黃子晏

發 行 人　朱凱蕾
出　　版　朧月書版股份有限公司
Hazy Moon Publishing Co., Ltd
地　　址　臺北市內湖區洲子街 88 號 3 樓
網　　址　www.gobooks.com.tw
電　　話　(02) 27992788
電　　郵　readers@gobooks.com.tw（讀者服務部）
傳　　真　出版部　(02) 27990909　行銷部 (02) 27993088
郵政劃撥　19394552
戶　　名　英屬維京群島商高寶國際有限公司台灣分公司
發　　行　英屬維京群島商高寶國際有限公司台灣分公司 / Print in Taiwan
初版日期　2023 年 5 月

本著作物《鋼鐵號角》，作者：灰谷，由北京晉江原創網絡科技有限公司授權出版。

國家圖書館出版品預行編目 (CIP) 資料

鋼鐵號角 / 灰谷著 .-- 初版 . -- 臺北市：朧月書版股份有限公司出版：英屬維京群島商高寶國際有限公司臺灣分公司發行 , 2023.05-
面； 公分 . --

ISBN 978-626-7201-45-9(第 4 冊：平裝)

857.7　　111020689

朧月書版

朧月書版